胡适精品典藏 —05—

人生有何意义

胡适 ◎ 著

图书在版编目（CIP）数据

人生有何意义 / 胡适著. —— 南京：江苏凤凰文艺出版社，2013.9（2024.3重印）

ISBN 978-7-5399-5997-9

Ⅰ.①人… Ⅱ.①胡… Ⅲ.①散文集-中国-现代 Ⅳ.①I266

中国版本图书馆CIP数据核字（2022）第135193号

书　　　名	人生有何意义
著　　　者	胡　适
责 任 编 辑	孙金荣　刘　璐
出 版 发 行	江苏凤凰文艺出版社
出版社地址	南京市中央路165号，邮编：210009
出版社网址	http://www.jswenyi.com
经　　　销	凤凰出版传媒股份有限公司
印　　　刷	南京新洲印刷有限公司
开　　　本	880毫米×1230毫米　1/32
印　　　张	11.25
字　　　数	230千字
版　　　次	2013年9月第1版　2024年3月第7次印刷
标 准 书 号	ISBN 978-7-5399-5997-9
定　　　价	38.00元

江苏凤凰文艺版图书凡印刷、装订错误，可向出版社调换，联系电话：025-83280257

目 录

辑一 人生有何意义

问题与主义 …………………………………… 003
新生活（为《新生活》杂志第一期做的）…… 022
新思潮的意义 ………………………………… 025
人生有何意义 ………………………………… 035
十七年的回顾 ………………………………… 037
《科学与人生观》序 …………………………… 043
不朽（我的宗教）……………………………… 063
不老（跋梁漱溟先生致陈独秀书）…………… 073
归国杂感 ……………………………………… 079

辑二 个人的新生活

易卜生主义 …………………………………… 089
贞操问题 ……………………………………… 108
"我的儿子" …………………………………… 119
我对于丧礼的改革 …………………………… 125
非个人主义的新生活 ………………………… 139
朋友与兄弟（答王子直）……………………… 150
名教 …………………………………………… 151
我们对于西洋近代文明的态度 ……………… 163

请大家来照照镜子 …………………………………… 177
　　漫游的感想 ……………………………………………… 185

辑三　信心与反省

　　充分世界化与全盘西化 ………………………………… 203
　　我们走那条路 …………………………………………… 207
　　惨痛的回忆与反省 ……………………………………… 222
　　信心与反省 ……………………………………………… 230
　　再论信心与反省 ………………………………………… 238
　　三论信心与反省 ………………………………………… 246
　　悲观声浪里的乐观 ……………………………………… 253
　　写在孔子诞辰纪念之后 ………………………………… 259

辑四　爱国与读书

　　领袖人才的来源 ………………………………………… 269
　　文学改良刍议 …………………………………………… 275
　　建设的文学革命论 ……………………………………… 287
　　治学的方法与材料 ……………………………………… 304
　　整理国故与"打鬼"（给浩徐先生信） ………………… 317
　　读书 ……………………………………………………… 321
　　黄梨洲论学生运动 ……………………………………… 330
　　爱国运动与求学 ………………………………………… 334
　　赠与今年的大学毕业生 ………………………………… 340
　　教育破产的救济方法还是教育 ………………………… 346
　　大众语在那儿 …………………………………………… 351

辑一

人生有何意义

与其终日冥想人生有何意义,不如试用此生作点有意义的事。……

问题与主义

一　多研究些问题，少谈些"主义"！

本报（《每周评论》）第二十八号里，我曾说过：

> 现在舆论界大危险，就是偏向纸上的学说，不去实地考察中国今日的社会需要究竟是什么东西。那些提倡尊孔祀天的人，固然是不懂得现时社会的需要。那些迷信军国民主义或无政府主义的人，就可算是懂得现时社会的需要么？
>
> 要知道舆论家的第一天职，就是细心考察社会的实在情形。一切学理，一切"主义"，都是这种考察的工具。有了学理作参考材料，便可使我们容易懂得所考察的情形，容易明白某种情形有什么意义，应该用什么救济的方法。

我这种议论，有许多人一定不愿意听。但是前几天北京《公言报》、《新民国报》、《新民报》（皆安福部的报），和日本文的《新支那报》，都极力恭维安福部首领王揖唐主张民生主义的演说，并且恭维安福部设立"民生主义的研究会"的办法。有许多人自然嘲笑这种假充时髦的行为。但是我看了这种消息,发生一种感想。这种感想是:"安福部也来高谈民生主义了,这不够给我们这班新舆论家一个教训吗?"什么教训呢?这可分三层说:

第一,空谈好听的"主义",是极容易的事,是阿猫阿狗都能做的事,是鹦鹉和留声机器都能做的事。

第二,空谈外来进口的"主义",是没有什么用处的。一切主义都是某时某地的有心人,对于那时那地的社会需要的救济方法。我们不去实地研究我们现在的社会需要,单会高谈某某主义,好比医生单记得许多汤头歌诀,不去研究病人的症候,如何能有用呢?

第三,偏向纸上的"主义",是很危险的。这种口头禅很容易被无耻政客利用来做种种害人的事。欧洲政客和资本家利用国家主义的流毒,都是人所共知的。现在中国的政客,又要利用某种某种主义来欺人了。罗兰夫人说,"自由自由,天下多少罪恶,都是借你的名做出的!"一切好听的主义,都有这种危险。

这三条合起来看,可以看出"主义"的性质。凡"主义"都是应时势而起的。某种社会,到了某时代,受了某种的影响,呈现某种不满意的现状。于是有一些有心人,观察这种现象,想出某种救济的法子。这是"主义"的原起。主义初起时,大都是一种救时的具体主张。后来这种主张传播出去,传播的人要图简便,便用一两个字来代表这种具体的主张,所以叫他做"某某主义"。主张成了主义,便由具体的计划,变成一个抽象的名词。"主义"的弱点和危险就在这里。因为世间没有一个抽象名词能把某人某派的具体主张都包括在里面。比如"社会主义"一个名词,马克思的社会主义,和王揖唐的社会主义不同;你的社会主义,和我的社会主义不同;决不是这一个抽象名词所能包括。你谈你的社会主义,我谈我的社会主义,王揖唐又谈他的社会主义,同用一个名词,中间也许隔开七八个世纪,也许隔开两三万里路,然而你和我和王揖唐都可自称社会主义家,都可用这一个抽象名词来骗人。这不是"主义"的大缺点和大危险吗?

我再举现在人人嘴里挂着的"过激主义"做一个例:现在中国有几个人知道这一个名词做何意义?但是大家都痛恨痛骂"过激主义",内务部下令严防"过激主义",曹锟也行文严禁"过激主义",卢永祥也出示查禁"过激主义"。前两个月,北京有几个老官僚在酒席上叹气,说,"不好了,过激派到了中国了。"前两天有一个小官僚,看见我写的一把扇子,大诧异道,"这不是过激党胡适吗?"哈哈,这就是"主义"的用处!

我因为深觉得高谈主义的危险,所以我现在奉劝新舆论界的同志道:"请你们多提出一些问题,少谈一些纸上的主义。"

更进一步说:"请你们多多研究这个问题如何解决,那个问题如何解决,不要高谈这种主义如何新奇,那种主义如何奥妙。"

现在中国应该赶紧解决的问题,真多得很。从人力车夫的生计问题,到大总统的权限问题;从卖淫问题到卖官卖国问题;从解散安福部问题到加入国际联盟问题;从女子解放问题到男子解放问题;……那一个不是火烧眉毛紧急问题?

我们不去研究人力车夫的生计,却去高谈社会主义;不去研究女子如何解放,家庭制度如何救正,却去高谈公妻主义和自由恋爱;不去研究安福部如何解散,不去研究南北问题如何解决,却去高谈无政府主义；我们还要得意扬扬夸口道，我们所谈的是根本"解决"。老实说罢，这是自欺欺人的梦话，这是中国思想界破产的铁证，这是中国社会改良的死刑宣告！

为什么谈主义的人那么多，为什么研究问题的人那么少呢？这都由于一个懒字。懒的定义是避难就易。研究问题是极困难的事，高谈主义是极容易的事。比如研究安福部如何解散，研究南北和议如何解决，这都是要费工夫，挖心血，收集材料，征求意见，考察情形，还要冒险吃苦，方才可以得一种解决的意见。又没有成例可援，又没有黄梨洲、柏拉图的话可引，又没有《大英百科全书》可查，全凭研究考察的工夫：这岂不是难事吗？高谈"无政府主义"便不同了。买一两本实社《自由录》，看一两本西文无政府主义的小册子，再翻一翻《大英百科全书》，便可以高谈无忌了：这岂不是极容易的事吗？

高谈主义，不研究问题的人，只是畏难求易，只是懒。

凡是有价值的思想，都是从这个那个具体的问题下手的。先研究了问题的种种方面的种种的事实，看看究竟病在何处，这是思想的第一步工夫。然后根据于一生经验学问，提出种种解决的方法，提出种种医病的丹方，这是思想的第二步工夫。然后用一生的经验学问，加上想像的能力，推想每一种假定的解决法，该有什么样的效果，推想这种效果是否真能解决眼前这个困难问题。推想的结果，拣定一种假定的解决，认为我的主张，这是思想的第三步工夫。凡是有价值的主张，都是先经过这三步工夫来的。不如此，不算舆论家，只可算是抄书手。

读者不要误会我的意思。我并不是劝人不研究一切学说和一切"主义"。学理是我们研究问题的一种工具。没有学理做工具,就如同王阳明对着竹子痴坐,妄想"格物",那是做不到的事。种种学说和主义,我们都应该研究。有了许多学理做材料,见了具体的问题,方才能寻出一个解决的方法。但是我希望中国的舆论家,把一切"主义"摆在脑背后,做参考资料,不要挂在嘴上做招牌,不要叫一知半解的人拾了这些半生不熟的主义去做口头禅。

"主义"的大危险,就是能使人心满意足,自以为寻着包医百病的"根本解决",从此用不着费心力去研究这个那个具体问题的解决法了。

民国八年七月

（原载 1919 年 7 月 20 日《每周评论》第 31 号）

四　三论问题与主义[①]

我那篇《多研究些问题,少谈些主义》,承蓝知非、李守常两先生,做长篇的文章,同我讨论,把我的一点意思,发挥的更透彻明了,还有许多匡正的地方,我很感激他们两位。

蓝君和李君的意思,有很相同的一点:他们都说主义是一个

[①] 胡适《问题与主义》发表后,蓝志先(知非)在《国民公报》上发表《问题与主义》,李大钊(守常)在《每周评论》发表《再论问题与主义》,反驳胡适的主张。原文"二"、"三"为蓝志先、李大钊的文章,本书不录。

"共同趋向的理想"（李君的话），是"多数人共同行动的标准，或是对于某种问题的进行趋向或态度"（蓝君的话）。这种界说，和我原文所说的话，并没有冲突。我说，"主义初起时，大都是一种救时的具体主张。后来这种主张，传播出去，传播的人，要图简便，便用一两个字来代表这种具体的主张，所以叫他做某某主义。主张成了主义，便由具体的计划，变成一个抽象的名词"。我所说的是主义的历史，他们所说的是主义的现在的作用。试看一切主义的历史，从老子的无为主义，到现在的布尔札维克主义，那一个主义起初不是一种"救时的具体主张"？

蓝、李两君的误会，由于他们错解我所用的"具体"两个字。凡是可以指为这个或那个的，凡是关于个体的及特别的事物的，都是具体的。譬如俄国新宪法，主张把私人所有的土地，森林，矿产，水力，银行，收归国有；把制造和运输等事，归工人自己管理；无论何人，必须工作；一切遗产制度，完全废止；一切秘密的国际条约，完全无效；……这都是个体的政策，这都是这个那个政治或社会问题的解决法。——这都是"具体的主张"。现在世界各国，有一班"把耳朵当眼睛"的妄人，耳朵里听见一个"布尔札维克主义"的名词，或只是记得一个"过激主义"的名词，全不懂得这一个抽象名词所代表的是什么具体的主张，便大起恐慌，便出告示捉拿"过激党"，便硬把"过激党"三个字套在某人某人的头上。这种妄人，脑筋里的主义，便是我所攻击的"抽象名词"的主义。我所说的"主义的危险"，便是指这种危险。

蓝君的第二个大误会，是把我所用的"抽象"两个字解错了。我所攻击的"抽象的主义",乃是指那些空空荡荡,没有具体的内容的全称名词。如现在官场所用的"过激主义",便是一例;如现在许多盲目文人心里的"文学革命"大恐慌,便是二例。蓝君误会我的意思,把"抽象"两个字,解作"理想",这便是大错了。理想不是抽象的,是想像的。譬如一个科学家,遇着一个困难的问题,他脑子里推想出几种解决方法,又把每种假设的解决所涵的结果,一一想像出来,这都是理想的。但这些理想的内容,都是一个个具体的想像,并不是抽象的。我那篇原文自始至终,不但不曾反对理想,并且极力恭维理想。我说:

> 凡是有价值的思想,都是从这个那个具体的问题下手的。先研究了问题的种种方面的种种事实,看看究竟病在何处,这是思想的第一步工夫。然后根据于一生的经验学问,提出种种解决的方法,提出种种医病的丹方,这是思想的第二步工夫。然后用一生的经验学问,加上想像的能力,推想每一种假定的解决法,该有什么样的效果,推想这种效果,是否真能解决眼前这个困难问题。推想的结果,拣定一种假定的解决,认为我的主张,这是思想的第三步工夫。凡是有价值的主张,都是先经过这三步工夫来的。不如此,算不得舆论家,只可算是抄书手。

这不是极力恭维理想的作用吗?

但是我所说的理想的作用,乃是这一种根据于具体事实和学问的创造的想像力,并不是那些抄袭现成的抽象的口头禅的主义。我所攻击的，也是这种不根据事实的，不从研究问题下手的抄袭成文的主义。

蓝、李两君所辩护的主义，其实乃是些抽象名词所代表的种种具体的主张（这个分别，请两君及一切读者，不要忘记了）。如此所说的主义，我并不曾轻视。我屡次说过，"一切学理，一切主义，都只是我们研究问题的工具"。我又屡次说过，"有了学理做参考的材料，便可使我们容易懂得所考察的情形，看什么意义，应该用什么救济方法"。我这种议论，和李君所说的"应该使社会上多数人，先有一个共同趋向的理想主义，作他们实验自己生活上满意不满意的态度"，并没有什么冲突的地方。和蓝君所说的"我们要提出一种具体的方法来解决问题，必定先要鼓吹这问题的意义，以及理论上的根据，引起一般人的反省"，也没有什么冲突的地方。因为蓝、李两君这两段话，所含的意思，都是要用主义学理作解决问题的工具和参考材料，所以同我的意见相合。如果蓝、李两君认定主义学理的用处，不过是能供给"这问题"的意义，以及理论上的根据，——如果两君认定这观点，我决没有话可以驳回了。

但是蓝君把"抽象"和理想混作一事，故把我所反对的和我所恭维的，也混作一事。如他说"问题愈广，理想的分子亦愈多；问题愈狭，现实的色彩亦愈甚"。这是我所承认的。但是此处所谓"理想的分子"，乃是上文我所说的"推想"，"假设"，"想像"几步工夫，并不是说问题的本身是"抽象的"。凡是能成问题的问题，都是具体的，都只是这个问题或那个问题。决没有空空荡荡，不能指定这个那个的问题，而可以成为问题的。

蓝君说，"问题的范围愈大，那抽象性亦愈增加"。这里他把"抽象性"三字，代替上文的"理想的分子"五字，便容易使人误解了。试看他所举的例，如法国大革命所标的自由平等，如中国辛亥革命所标示的排满，都不是问题本身，都是具体问题的解决。为什么要排满呢？因为满清末年的种种具体的腐败情形，种种具体的民生痛苦，和政治黑暗，刺激一般有思想的志士，成了具体的问题，所以他们提出排满的目标，作为解决当时的问题的计划。这问题是具体的，这解决也是具体的。法国革命以前的情形，社会不平等，人民不自由，痛苦的刺激，引起一般学者的研究。一般学者的答案说：人类本生来自由平等的，一切不平等不自由，都只是不自然的政治社会的结果。故法国大革命所标示的自由平等，乃是对于法国当日情形的具体解决。法国大革命所要解决的问题，都是具体的。大革命所提出的自由平等，在我们眼里，自然很抽象了，在当日都是具体的主张，因为这些抽象名词，在当日所代表的政策，如废王室，废贵族制度，行民主政体，人人互称"同胞"，……那一件不是具体的主张？

所以我要说：蓝君说的"问题的范围愈大，那抽象性亦愈增加"，是错了。他应该说，"问题的范围愈大，我们研究这种问题时所需要的思想作用格外繁难，格外复杂，思想的方法，应该格外小心，格外精密"。更进一步：他应该说，"问题的范围愈大，里面的具体小问题愈多。我们研究时，决不可单靠几个好听的抽象名词，就可敷衍过去；我们应该把那太大的范围缩小下来，把那复杂的分子分析出来，使他们都成一个一个的具体的简单问题，如此然后可以做研究的工夫"。

我且举几个例：譬如手指割破了，牙齿虫蛀了，这都是很简单的病，可以随手解决。假如你生了肠热症（Typhoid），病状一时不容易明了，因为里面的分子太复杂了。你的医生，必须用种种精密的试验方法，每时记载你的热度，每日画成曲线表，表示热度的升降，诊察你的脉，看你的舌苔，化验你的大小便，取出你的血来，化验血里的微菌；……如此方才可以断定你的病是否肠热症。断定之后，方才可以用疗治的方法。一切大问题，一切复杂的问题，并不是"抽象性增加"；乃是里面所含的具体分子太多了，所以研究的时候，所需要的思想作用，也更复杂繁难了。补救这种繁难，没有别法子，只有用"分析"，把具体的大问题，分作许多更具体的小问题。

分析之后，然后把各分子的现象，综合起来，看他们有什么共同的意义。譬如医生把病人的脉，血，小便，热度等现象综合起来，寻出肠热症的意义，这便是"综合"。但是这种综合的结果，仍旧是一个具体的问题（肠热病），仍旧要用一种具体的解决法（肠热病的疗法）。并不是如蓝君所说"从许多要求中，抽出几种共同性，加上理想的色彩，成一种抽象性的问题"。

以上所说，泛论"问题与主义"，大旨只有几句话："凡是能成问题的问题，无论范围大小，都是具体的，决不是抽象的；凡是一种主义的起初，都是一些具体的主张，决不是空空荡荡，没有具体的内容的。问题本身，并没有什么抽象性；但是研究问题的时候，往往必须经过一番理想的作用；这一层理想的作用，不可错认作问题本身的抽象性。主义本来都是具体问题的具体解决法。但是一种问题的解决法，在大同小异的别国别时代，往往可以借来作参考材料。所以我们可以说主义的原起，虽是个体的，主义的应用，有时带着几分普遍性。但不可因为这或有或无的几分普遍性，就说主义本来只是一种抽象的理想。"

蓝君和我有一个根本不同的地方。我认定主义起初都是一些具体的主张。蓝君便不然。他说：

> 一种主张，能成为标准趋向态度，与具体的方法恰成反比例。因为愈具体，各部分的利害愈不一致。……故主义是一件事，实行的方法又是一件事。……主义并不一定含着实行的方法，那实行的方法也并不是一定要从主义中推演出来的。……故往往有一种主义，在主义进行的时候，效力非常之大，各部分的团结也非常坚强。一到具体问题的时候，主张纷歧，立刻成一纷扰的现象。

蓝君这几段话，简直是自己证明主义决不可和具体的方法分开。因为有些人，用了几个抽象名词，来号召大众；因为他们的"主义"里面，不幸不曾含有"实行的方法"和"具体的主张"；所以当鼓吹的时候，未尝不能轰轰烈烈的哄动了无数信徒，一到了实行解决具体问题的时候，便闹糟了，便闹出"主张纷歧，立刻扰乱"的笑柄来了。所以后来扰乱的原因，正为当初所"鼓吹"的，只不过是几个糊涂的抽象名词，里面并不曾含有具体的主张。最大最明的例，就是这一次威尔逊先生在巴黎和会的大失败。威总统提出了许多好听的抽象名词，——人道，民族自决，永久和平，公道正谊等等，——受了全世界人的崇拜，他的信徒，比释迦、耶稣在日多了无数倍，总算"效力非常之大"了。但他一到了巴黎，遇着了克里蒙梭、鲁意乔治、牧野、奥兰多等一班大奸雄，他们袖子里抽出无数现成的具体的方法，贴上"人道"，"民族自决"，"永久和平"的签条，——于是威总统大失败了，连口都开不得。这就可证明主义决不可不含具体的主张。没有具体主张的"主义"，必致闹到扰乱失败的地位。所以我说蓝君的"主义是一件事，实行的方法又是一件事"，只是人类一桩大毛病，只是世界一个大祸根，并不是主义应该如此的。

请问我们为什么要提倡一个主义呢？难道单是为了"号召党徒"吗？还是要想收一点实际的效果，做一点实际的改良呢？如果是为了实际的改革，那就应该使主义和实行的方法，合为一件事，决不可分为两件不相关的事。我常说中国人（其实不单是中国人）有一个大毛病，这病有两种病征：一方面是"目的热"，一方面是"方法盲"。蓝君所说的"主义并不一定含着实行的方法"，便是犯了这两种病。只管提出"涵盖力大"的主义，便是目的热；不管实行的方法如何，便是方法盲。

李君的话，也带着这个毛病。他说：

> 大凡一个主义，都有理想与实用两方面。例如民主主义的理想，不论在那一国，大致都很相同。把这个理想适用到实际的政治上去，那就因时，因地，因事的性质情形，有些不同。……我们只要把这个那个主义拿来做工具，用以为实际的运动，他会因时因地因事的性质情形，生一种适用环境的变化。

这是一种不负责任的主义论。前次杜威先生在教育部讲演，也曾说民治主义在法国便偏重平等；在英国便偏重自由，不认平等；在美国并重自由与平等，但美国所谓自由，又不是英国的消极自由，所谓平等，也不是法国的天然平等。但是我们要知道这并不是民治主义的自然适应环境，这都是因为英国、法国、美国的先哲，当初都能针对当日本国的时势需要，提出具体的主张，故三国的民治各有特别的性质（试看法国革命的第一二次宪法，和英国边沁等人的驳议，便可见两国本来主张不同）。这一个例，应该给我们一个很明显的教训：我们应该先从研究中国社会上政治上种种具体问题下手；有什么病，下什么药；诊察的时候，可以参用西洋先进国的历史和学说，用作一种"临症须知"；开药方的时候，可以参考西洋先进国的历史和学说，用作一种"验方新编"。不然，我们只记得几首汤头歌诀，便要开方下药，妄想所用的药进了病人肚里，自然"会"起一种适应环境的变化，那就要犯一种"庸医杀人"的大罪了。

蓝君对于主义的抽象性极力推崇，认他为最合于人类的一种神秘性；又说："抽象性大，涵盖力可以增大。涵盖力大，归依的人数愈增多。"这种议论，自然有一部分真理。但是我们同时也该承认人类的这种"神秘性"，实在是人类的一点大缺陷。蓝君所谓"神秘性"，老实说来，只是人类的愚昧性。因为愚昧不明，故容易被人用几个抽象名词骗去赴汤蹈火，牵去为牛为马，为鱼为肉。历史上许多奸雄政客，懂得人类有这一种劣根性，故往往用一些好听的抽象名词，来哄骗大多数的人民，去替他们争权夺利，去做他们的牺牲。不要说别的，试看一个"忠"字，一个

"节"字，害死了多少中国人？试看现今世界上多少黑暗无人道的制度，那一件不是全靠几个抽象名词，在那里替他做护法门神的？人类受这种劣根性的遗毒，也尽够了。我们做学者事业的，做舆论家的生活的，正应该可怜人类的弱点，打破他们对于抽象名词的迷信，使他们以后不容易受这种抽象的名词的欺骗。所以我对于蓝君的推崇抽象性和人类的"神秘性"，实在很不满意。蓝君是很有学者态度的人，他将来也许承认我这种不满意是不错的。

但是我们对于人类迷信抽象名词的弱点，该用什么方法去补救他呢？我的答案是：多研究些具体的问题，少谈些抽象的主义。一切主义，一切学理，都该研究，但是只可认作一些假设的见解，不可认作天经地义的信条；只可认作参考印证的材料，不可奉为金科玉律的宗教；只可用作启发心思的工具，切不可用作蒙蔽聪明，停止思想的绝对真理。如此方才可以渐渐养成人类的创造的思想力，方才可以渐渐使人类有解决具体问题的能力，方才可以渐渐解放人类对于抽象名词的迷信。

民国八年七月

（原载1919年8月24日《每周评论》第36号）

五　四论问题与主义

论输入学理的方法

上一期里，我已做了五千多字的《三论问题与主义》一篇文章。后来我觉得还有几点小意思,不曾发挥明白,故再说几句。

我虽不赞成现在的人空谈抽象的主义,但是我对于输入学说和思潮的事业,是极赞成的。我曾说过:

> 我们应该先从研究中国社会上,政治上,种种具体问题下手,有什么病,下什么药,诊察的时候,可以参考西洋先进国的历史和学说,用作一种"临症须知",开药方的时候,也可以参考西洋先进国的历史和学说,用作一种"验方新编"。

若要用这种参考的材料,我们自然不能不做一些输入的事业。但是输入学理,不是一件容易做到的事。做的不好,不但无益,反有大害。我对于输入学理的方法,颇有一点意见,写出来请大家研究是否可用。

(1)输入学说时应该注意那发生这种学说的时势情形　凡是有生命的学说,都是时代的产儿,都是当时的某种不满意的情形所发生的。这种时势情形,乃是那学说所以出世的一个重要原因。若不懂得这种原因,便不能明白某人为什么要提倡某种主义。当时不满意的时势情形便是病症,当时发生的各种学说便是各位医生拟的脉案和药方。每种主义初起时,无论理想如何高超,无论是何种高远的乌托邦(例如柏拉图的《共和国》),都只是一种对症下药的药方。这些药方,有些是后来试验过的,有些是从来不曾试验过的。那些试验过的(或是大试,或是小试)药方,遇着别时别国大同小异的症状,也许可以适用,至少可以供一种参考。那些没有试验过的药方,功用还不能决定,至多只可以在大同小异的地方与时代,做一种参考的材料。但是若要知道一种主义,在何国何时是适用的,在何国何时是不适用的,我们须先知道那种主义发生的时势情形和社会政治的状态是个什么样子,然后可以有比较,然后可以下判断。譬如药方,若要知道某方是否可适用于某病,总得先知道当初开这方时的病状,究竟是个什么样子。当初诊察时的情形,写的越详细完备,那个药方的参考作用便越大。单有一个药方,或仅仅加上一个病名,是没有什么大用的,是有时或致误事的。一切学理主义,也是如此。一种主义发生时的社会政治情形越记的明白详细,那种主义的意义越容易懂得完全,那种主义的参考作用也就越大。所以我说输入学说时,应该注意那发生这种学说的时势情形。

（2）输入学说时应该注意"论主"的生平事实和他所受的学术影响　"论主"两个字,是从佛书上借来的,论主就是主张某种学说的人。例如"马克斯主义"的论主,便是马克斯。学说是时代的产儿,但是学说又还代表某人某人的心思见解。一样的病状,张医生说是肺炎,李医生说是肺痨。为什么呢？因张先生和李先生的经验不同,学力不齐,所受的教育不同,故见解不同。诊察时的判断不同,故药方也不同了。一样的时代,老聃的主张和孔丘不同,为什么呢？因为老聃和孔丘的个人才性不同,家世不同,所受教育经验不同,故他们的见解也不同。见解不同,故解决的方法也不同了。即如马克斯一个人的事迹,就是一个明显的例。我们研究马克斯主义的人,知道马克斯的学说,不但和当时的实业界情形,政治现状,法国的社会主义运动等等,有密切关系，并且和他一生的家世（如他是一个叛犹太教的犹太人等事实），所受的教育影响（如他少时研究历史法律，后来受海智儿一派的历史哲学影响等），都有绝大的关系。还有马克斯以前一百年中的哲学思想，如十八世纪的进化论及唯物论等，都是马克斯主义的无形元素，我们也不能不研究。我们须要知道凡是一种主义，一种学说，里面有一部分是当日时势的产儿，一部分是论主个人的特别性情家世的自然表现，一部分是论主所受古代或同时的学说影响的结果。我们若不能仔细分别，必致把许多不相干的偶然的个人怪僻的分子，当作有永久价值的真理，那就上了古人的当了。我们对于论主的时势，固然应该注意，但是对于论主个人的事实与教育，也不可不注意。我们雇一个厨子，尚且要问他的家世经验，讨一个媳妇，尚且要打听他的性情家教；何况现在介绍关于人生社会的重要主张，岂可不仔细研究论主的一生性情事实吗？

（3）输入学说时应该注意每种学说所已经发生的效果　上面所说的两种条件，都只是要我们注意所以发生某种学说的因缘。懂得这两层因缘，便懂得论主何以要提倡这种学说。但是这样还算不得真懂得这种主义的价值和功用。凡是主义，都是想应用的，无论是老聃的无为，或是佛家的四大皆空，都是想世间人信仰奉行的。那些已经充分实行，或是局部实行的主义，他们的价值功用，都可在他们实行时所发生的效果上分别出来。那些不曾实行的主义，虽然表面上没有效果可说，其实也有了许多效果，也发生了许多影响，不过我们不容易看出来罢了。因为一种主张，到了成为主义的地步，自然在思想界，学术界，发生一种无形的影响，围范许多人的心思，变化许多人的言论行为，改换许多制度风俗的性质。这都是效果，并且是很重要的效果。即如老聃的学说未通行的时候，已能使孔丘不知不觉的承认"无为之治"的理想；墨家的学说虽然衰灭了，无形之中，已替民间的鬼神迷信，添了一种学理上的辩护，又把儒家提倡"乐教"的势力减了许多；又如法家的势力，虽然被儒家征服了，但以后的儒家，便不能不承认刑法的功用。这种效果，无论是好是坏的，都极重要，都是各种主义的意义之真实表现。我们观察这种效果，便可格外明白各种学说所涵的意义，便可格外明白各种学说的功用价值。即如马克斯主义的两个重要部分：一是唯物的历史观，一是阶级竞争说（他的"赢余价值说"，是经济学的专门问题，此处不易讨论）。唯物的历史观，指出物质文明与经济组织在人类进化社会史上的重要，在史学上开一个新纪元，替社会学开无数门径，替政治学说开许多生路：这都是这种学说所涵意义的表现，不单是这学说本身在社会主义运动史上的关系了。这种唯物的历史观，能否证明社会主义的必然实现，现在已不成问题，因为现在社会主义的根据地，已不靠这种带着海智儿臭味的历史哲学了。但是这种历史观的附带影响——真意义——是不可埋没的。又如阶级竞争说指出有产阶级与无产阶级不能并立的理由，在社会主义运动史与工党发展史上固然极重要。但是这种学说，太偏向申明"阶级的自觉心"一方面，无形之中养成一种阶级的仇视心，不但使劳动者认定资本家为不能并立的仇敌，并且使许多资本家也觉劳动者真是一种敌人。这种仇视心的结果，使社会上本来应该互助而且可以互助的两种大势力，成为两座对垒的敌营，使许多建设的救济方法成为不可能，使历史上演出许多本不须有的惨剧。这种种效果固然是阶级竞争说本来的涵义，但是这些涵义实际表现的效果，都应该有公平的研究和评判，然后能把原来的主义的价值与功用一一的表示出来。

以上所说的三种方法，总括起来，可叫做"历史的态度"。凡对于每一种事物制度，总想寻出他的前因与后果，不把他当作一种来无踪去无影的孤立东西，这种态度就是历史的态度。我希望中国的学者，对于一切学理，一切主义，都能用这种历史的态度去研究他们。

我且把上文所说三条作一个表：

```
当日的时势 ┐          ┌ 政治上的影响
论主的才性 │          │ 社会上的影响
           ├─ 主义 ──┤
古代学说的影响 │       │ 思想上的影响
同时思潮的影响 ┘       └ 他项影响
```

这样输入的主义，一个个都是活人对于活问题的解释与解决，一个个都有来历可考，都有效果可寻。我们可拿每种主义的前因来说明那主义性质，再拿那主义所发生的种种效果来评判他的价值与功用。不明前因，便不能知道那主义本来是作什么用的；不明后果，便不能知道那主义是究竟能不能作什么用的。

输入学说的人，若能如此存心，也许可以免去现在许多一知半解，半生不熟，生吞活剥的主义的弊害。

民国八年七月

（原载 1919 年 8 月 31 日《每周评论》第 37 号）

新 生 活

为《新生活》杂志第一期做的

那样的生活可以叫做新生活呢？

我想来想去，只有一句话。新生活就是有意思的生活。

你听了，必定要问我，有意思的生活又是什么样子的生活呢？

我且先说一两件实在的事情做个样子，你就明白我的意思了。

前天你没有事做，闲的不耐烦了，你跑到街上一个小酒店里，打了四两白干，喝完了，又要四两，再添上四两。喝的大醉了，同张大哥吵了一回嘴，几乎打起架来。后来李四哥来把你拉开，你气忿忿的又要了四两白干，喝的人事不知，幸亏李四哥把你扶回去睡了。昨儿早上，你酒醒了，大嫂子把前天的事告诉你，你懊悔的很，自己埋怨自己："昨儿为什么要喝那么多酒呢？可不是糊涂吗？"

你赶上张大哥家去，作了许多揖，赔了许多不是，自己怪自己糊涂，请张大哥大量包涵。正说时，李四哥也来了，王三哥也来了。他们三缺一，要你陪他们打牌。你坐下来，打了十二圈牌，输了一百多吊钱。你回得家来，大嫂子怪你不该赌博，你又懊悔的很，自己怪自己道："是呵，我为什么要陪他们打牌呢？可不是糊涂吗？"

诸位，像这样子的生活，叫做糊涂生活，糊涂生活便是没有意思的生活。你做完了这种生活，回头一想，"我为什么要这样干呢？"你自己也回不出究竟为什么。

诸位，凡是自己说不出"为什么这样做"的事，都是没有意思的生活。

反过来说，凡是自己说得出"为什么这样做"的事，都可以说是有意思的生活。

生活的"为什么"，就是生活的意思。

人同畜生的分别，就在这个"为什么"上。你到万牲园里去看那白熊一天到晚摆来摆去不肯歇，那就是没有意思的生活。我们做了人，应该不要学那些畜生的生活。畜生的生活只是糊涂，只是胡混，只是不晓得自己为什么如此做。一个人做的事应该件件事回得出一个"为什么"。

我为什么要干这个？为什么不干那个？回答得出，方才可算是一个人的生活。

我们希望中国人都能做这种有意思的新生活。其实这种新生活并不十分难，只消时时刻刻问自己为什么这样做，为什么不那样做，就可以渐渐的做到我们所说的新生活了。

诸位，千万不要说"为什么"这三个字是很容易的小事。你打今天起，每做一件事，便问一个为什么，——为什么不把辫子剪了？为什么不把大姑娘的小脚放了？为什么大嫂子脸上搽那么多的脂粉？为什么出棺材要用那么多叫化子？为什么娶媳妇也要用那么多叫化子？为什么骂人要骂他的爹妈？为什么这个？为什么那个？——你试办一两天，你就会晓得这三个字的趣味真是无穷无尽，这三个字的功用也无穷无尽。

诸位，我们恭恭敬敬的请你们来试试这种新生活。

民国八年八月

（原载 1919 年 8 月 24 日《新生活》第 1 期）

新思潮的意义

研究问题
　输入学理
　　整理国故
　　　再造文明

1

　　近来报纸上发表过几篇解释"新思潮"的文章。我读了这几篇文章，觉得他们所举出的新思潮的性质，或太琐碎，或太笼统，不能算作新思潮运动的真确解释，也不能指出新思潮的将来趋势。即如包世杰先生的《新思潮是什么》一篇长文，列举新思潮的内容，何尝不详细？但是他究竟不曾使我们明白那种种新思潮的共同意义是什么。比较最简单的解释要算我的朋友陈独秀先生所举出的《新青年》两大罪案，——其实就是新思潮的两大罪案，——一是拥护德莫克拉西先生（民治主义），一是拥护赛因斯先生（科学）。陈先生说：

要拥护那德先生，便不得不反对孔教，礼法，贞节，旧伦理，旧政治。要拥护那赛先生，便不得不反对旧艺术，旧宗教。要拥护德先生，又要拥护赛先生，便不得不反对国粹和旧文学。(《新青年》六卷一号页一〇)

这话虽然很简明，但是还嫌太拢统了一点。假使有人问："何以要拥护德先生和赛先生便不能不反对国粹和旧文学呢？"答案自然是："因为国粹和旧文学是同德、赛两位先生反对的。"又问："何以凡同德、赛两位先生反对的东西都该反对呢？"这个问题可就不是几句拢统简单的话所能回答的了。

据我个人的观察，新思潮的根本意义只是一种新态度。这种新态度可叫做"评判的态度"。

评判的态度，简单说来，只是凡事要重新分别一个好与不好。仔细说来，评判的态度含有几种特别的要求：

(1) 对于习俗相传下来的制度风俗，要问："这种制度现在还有存在的价值吗？"

(2) 对于古代遗传下来的圣贤教训，要问："这句话在今日还是不错吗？"

(3) 对于社会上糊涂公认的行为与信仰，都要问："大家公认的，就不会错了吗？人家这样做，我也该这样做吗？难道没有别样做法比这个更好，更有理，更有益的吗？"

尼采说现今时代是一个"重新估定一切价值"（Transvaluation of all Values）的时代。"重新估定一切价值"八个字便是评判的态度的最好解释。从前的人说妇女的脚越小越美。现在我们不但不认小脚为"美"，简直说这是"惨无人道"了。十年前，人家和店家都用鸦片烟敬客。现在鸦片烟变成犯禁品了。二十年前，康有为是洪水猛兽一般的维新党。现在康有为变成老古董了。康有为并不曾变换，估价的人变了，故他的价值也跟着变了。这叫做"重新估定一切价值"。

我以为现在所谓"新思潮"，无论怎样不一致，根本上同有这公共的一点：——评判的态度。孔教的讨论只是要重新估定孔教的价值。文学的评论只是要重新估定旧文学的价值。贞操的讨论只是要重新估定贞操的道德在现代社会的价值。旧戏的评论只是要重新估定旧戏在今日文学上的价值。礼教的讨论只是要重新估定古代的纲常礼教在今日还有什么价值。女子的问题只是要重新估定女子在社会上的价值。政府与无政府的讨论，财产私有与公有的讨论，也只是要重新估定政府与财产等等制度在今日社会的价值。……我也不必往下数了，这些例很够证明这种评判的态度是新思潮运动的共同精神。

2

这种评判的态度，在实际上表现时，有两种趋势。一方面是讨论社会上，政治上，宗教上，文学上种种问题。一方面是介绍西洋的新思想，新学术，新文学，新信仰。前者是"研究问题"，后者是"输入学理"。这两项是新思潮的手段。

我们随便翻开这两三年以来的新杂志与报纸，便可以看出这两种的趋势。在研究问题一方面，我们可以指出（1）孔教问题，

(2)文学改革问题,(3)国语统一问题,(4)女子解放问题,(5)贞操问题,(6)礼教问题,(7)教育改良问题,(8)婚姻问题,(9)父子问题,(10)戏剧改良问题,……等等。在输入学理一方面,我们可以指出《新青年》的"易卜生号""马克思号",《民铎》的"现代思潮号",《新教育》的"杜威号",《建设》的"全民政治"的学理,和北京《晨报》,《国民公报》,《每周评论》,上海《星期评论》,《时事新报》,《解放与改造》,广州《民风周刊》……等等杂志报纸所介绍的种种西洋新学说。

  为什么要研究问题呢?因为我们的社会现在正当根本动摇的时候,有许多风俗制度,向来不发生问题的,现在因为不能适应时势的需要,不能使人满意,都渐渐的变成困难的问题,不能不彻底研究,不能不考问旧日的解决法是否错误;如果错了,错在什么地方;错误寻出了,可有什么更好的解决方法;有什么方法可以适应现时的要求。例如孔教的问题,向来不成什么问题;后来东方文化与西方文化接近,孔教的势力渐渐衰微,于是有一班信仰孔教的人妄想要用政府法令的势力来恢复孔教的尊严;却不知道这种高压的手段恰好挑起一种怀疑的反动。因此,民国四五年的时候,孔教会的活动最大,反对孔教的人也最多。孔教成为问题就在这个时候。现在大多数明白事理的人,已打破了孔教的迷梦,这个问题又渐渐的不成问题了,故安福部的议员通过孔教为修身大本的议案时,国内竟没有人睬他们了!

  又如文学革命的问题。向来教育是少数"读书人"的特别权利,于大多数人是无关系的,故文字的艰深不成问题。近来教育成为全国人的公共权利，人人知道普及教育不是可少的，故渐渐的有人知道文言在教育上实在不适用，于是文言白话就成为问题了。后来有人觉得单用白话做教科书是不中用的，因为世间决没有人情愿学一种除了教科书以外便没有用处的文字。这些人主张：古文不但不配做教育的工具，并且不配做文学的利器；若要提倡国语的教育，先须提倡国语的文学。文学革命的问题就是这样发生的。现在全国教育联合会已全体一致通过小学教科书改用国语的议案，况且用国语做文章的人也渐渐的多了，这个问题又渐渐的不成问题了。

为什么要输入学理呢？这个大概有几层解释。一来呢，有些人深信中国不但缺乏炮弹兵船电报铁路，还缺乏新思想与新学术，故他们尽量的输入西洋近世的学说。二来呢，有些人自己深信某种学说，要想他传播发展，故尽力提倡。三来呢，有些人自己不能做具体的研究工夫，觉得翻译现成的学说比较容易些，故乐得做这种稗贩事业。四来呢，研究具体的社会问题或政治问题，一方面做那破坏事业，一方面做对症下药的工夫，不但不容易，并且很遭犯忌讳，很容易惹祸，故不如做介绍学说的事业，借"学理研究"的美名，既可以避"过激派"的罪名，又还可以种下一点革命的种子。五来呢，研究问题的人，势不能专就问题本身讨论，不能不从那问题的意义上着想；但是问题引申到意义上去，便不能不靠许多学理做参考比较的材料，故学理的输入往往可以帮助问题的研究。

这五种动机虽然不同，但是多少总含有一种"评判的态度"，总表示对于旧有学术思想的一种不满意，和对于西方的精神文明的一种新觉悟。

但是这两三年新思潮运动的历史应该给我们一种很有益的教训。什么教训呢？就是：这两三年来新思潮运动的最大成绩差不多全是研究问题的结果。新文学的运动便是一个最明白的例。这个道理很容易解释。凡社会上成为问题的问题，一定是与许多人有密切关系的。这许多人虽然不能提出什么新解决，但是他们平时对于这个问题自然不能不注意。若有人能把这个问题的各方面都细细分析出来，加上评判的研究，指出不满意的所在，提出新鲜的救济方法，自然容易引起许多人的注意。起初自然有许多人反对。但是反对便是注意的证据，便是兴趣的表示。试看近日报纸上登的马克斯的《赢余价值论》，可有反对的吗？可有讨论的吗？没有人讨论，没有人反对，便是不能引起人注意的证据。研究问题的文章所以能发生效果，正为所研究的问题一定是社会人生最切要的问题，最能使人注意，也最能使人觉悟。悬空介绍一种专家学说，如《赢余价值论》之类，除了少数专门学者之外，决不会发生什么影响。但是我们可以在研究问题里面做点输入学理的事业，或用学理来解释问题的意义，或从学理上寻求解决问题的方法。用这种方法来输入学理，能使人于不知不觉之中感受学理的影响。不但如此，研究问题最能使读者渐渐的养成一种批评的态度，研究的兴趣，独立思想的习惯。十部"纯粹理性的评判"，不如一点评判的态度；十篇"赢余价值论"，不如一点研究的兴趣；十种"全民政治论"，不如一点独立思想的习惯。

总起来说：研究问题所以能于短时期中发生很大的效力，正因为研究问题有这几种好处：（1）研究社会人生切要的问题最容易引起大家的注意；（2）因为问题关切人生，故最容易引起反对，但反对是该欢迎的，因为反对便是兴趣的表示，况且反对的讨论不但给我们许多不要钱的广告，还可使我们得讨论的益处，使真理格外分明；（3）因为问题是逼人的活问题，故容易使人觉悟，容易得人信从；（4）因为从研究问题里面输入的学理，最容易消除平常人对于学理的抗拒力，最容易使人于不知不觉之中受学理的影响；（5）因为研究问题可以不知不觉的养成一班研究的，评判的，独立思想的革新人才。

这是这几年新思潮运动的大教训！我希望新思潮的领袖人物以后能了解这个教训，能把全副精力贯注到研究问题上去；能把一切学理不看作天经地义，但看作研究问题的参考材料；能把一切学理应用到我们自己的种种切要问题上去；能在研究问题上面做输入学理的工夫；能用研究问题的工夫来提倡研究问题的态度，来养成研究问题的人才。

这是我对于新思潮运动的解释。这也是我对于新思潮将来的趋向的希望。

3

以上说新思潮的"评判的精神"在实际上的两种表现。现在要问："新思潮的运动对于中国旧有的学术思想，持什么态度呢？"

我的答案是："也是评判的态度。"

分开来说，我们对于旧有的学术思想有三种态度。第一，反对盲从；第二，反对调和；第三，主张整理国故。

盲从是评判的反面，我们既主张"重新估定一切价值"，自然要反对盲从。这是不消说的了。

为什么要反对调和呢？因为评判的态度只认得一个是与不是，一个好与不好，一个适与不适，——不认得什么古今中外的调和。调和是社会的一种天然趋势。人类社会有一种守旧的惰性，少数人只管趋向极端的革新，大多数人至多只能跟你走半程路。这就是调和。调和是人类懒病的天然趋势，用不着我们来提倡。我们走了一百里路，大多数人也许勉强走三四十里。我们若先讲调和，只走五十里，他们就一步都不走了。所以革新家的责任只是认定"是"的一个方向走去，不要回头讲调和。社会上自然有无数懒人懦夫出来调和。

我们对于旧有的学术思想，积极的只有一个主张，——就是"整理国故"。整理就是从乱七八糟里面寻出一个条理脉络来；从无头无脑里面寻出一个前因后果来；从胡说谬解里面寻出一个真意义来；从武断迷信里面寻出一个真价值来。为什么要整理呢？因为古代的学术思想向来没有条理，没有头绪，没有系统，故第一步是条理系统的整理。因为前人研究古书，很少有历史进化的眼光的，故从来不讲究一种学术的渊源，一种思想的前因后果，所以第二步是要寻出每种学术思想怎样发生，发生之后有什么影响效果。因为前人读古书，除极少数学者以外，大都是以讹传讹的谬说，——如太极图，爻辰，先天图，卦气，……之类，——故第三步是要用科学的方法，作精确的考证，把古人的意义弄得明白清楚。因为前人对于古代的学术思想，有种种武断的成见，有种种可笑的迷信，如骂杨朱、墨翟为禽兽，却尊孔丘为德配天地，道冠古今！故第四步是综合前三步的研究，各家都还他一个本来真面目，各家都还他一个真价值。

这叫做"整理国故"。现在有许多人自己不懂得国粹是什么东西，却偏要高谈"保存国粹"。林琴南先生做文章论古文之不当废，他说，"吾知其理而不能言其所以然！"现在许多国粹党，有几个不是这样糊涂懵懂的？这种人如何配谈国粹？若要知道什么是国粹，什么是国渣，先须要用评判的态度，科学的精神，去做一番整理国故的工夫。

4

新思潮的精神是一种评判的态度。

新思潮的手段是研究问题与输入学理。

新思潮的将来趋势，依我个人的私见看来，应该是注重研究人生社会的切要问题，应该于研究问题之中做介绍学理的事业。

新思潮对于旧文化的态度，在消极一方面是反对盲从，是反对调和；在积极一方面，是用科学的方法来做整理的工夫。

新思潮的唯一目的是什么呢？是再造文明。

文明不是拢统造成的，是一点一滴的造成。进化不是一晚上拢统进化的，是一点一滴的进化的。现今的人爱谈"解放与改造"，须知解放不是拢统解放，改造也不是拢统改造。解放是这个那个制度的解放，这种那种思想的解放，这个那个人的解放，是一点一滴的解放。改造是这个那个制度的改造，这种那种思想的改造,这个那个人的改造,是一点一滴的改造。

再造文明的下手工夫,是这个那个问题的研究。再造文明的进行,是这个那个问题的解决。

中华民国八年十一月一日晨三时

(原载 1919 年 12 月 1 日《新青年》第 7 卷第 1 号)

人生有何意义

一 答某君书

……我细读来书，终觉得你不免作茧自缚。你自己去寻出一个本不成问题的问题，"人生有何意义？"其实这个问题是容易解答的。人生的意义全是各人自己寻出来，造出来的：高尚，卑劣，清贵，汙浊，有用，无用，……全靠自己的作为。生命本身不过是一件生物学的事实，有什么意义可说？生一个人与一只猫，一只狗，有什么分别？人生的意义不在于何以有生，而在于自己怎样生活。你若情愿把这六尺之躯葬送在白昼作梦之上，那就是你这一生的意义。你若发愤振作起来，决心去寻求生命的意义，去创造自己的生命的意义，那么，你活一日便有一日的意义，作一事便添一事的意义，生命无穷，生命的意义也无穷了。

总之，生命本没有意义，你要能给他什么意义，他就有什么意义。与其终日冥想人生有何意义，不如试用此生作点有意义的事。……

十七，一，廿七

（原载 1928 年 8 月 5 日《生活》周刊第 3 卷第 38 期）

二　为人写扇子的话

> 知世如梦无所求，无所求心普空寂。
> 还似梦中随梦境，成就河沙梦功德。

王荆公小诗一首，真是有得于佛法的话。认得人生如梦，故无所求。但无所求不是无为。人生固然不过一梦，但一生只有这一场做梦的机会，岂可不努力做一个轰轰烈烈像个样子的梦？岂可糊糊涂涂懵懵懂懂混过这几十年吗？

十八，五，十三

十七年的回顾

我于前清光绪三十年的二月间从徽州到上海求那当时所谓"新学"。我进梅溪学堂后不到两个月，《时报》便出版了。那时正当日俄战争初起的时候，全国的人心大震动。但是当时的几家老报纸仍旧做那长篇的古文论说，仍旧保守那遗传下来的老格式与老办法，故不能供给当时的需要。就是那比较稍新的《中外日报》也不能满足许多人的期望。《时报》应此时势而产生。他的内容与办法也确然能够打破上海报界的许多老习惯，能够开辟许多新法门，能够引起许多新兴趣。因此《时报》出世之后不久就成了中国智识阶级的一个宠儿。几年之后《时报》与学校几乎成了不可分离的伴侣了。

我那年只有十四岁，求知的欲望正盛，又颇有一点文学的兴趣，因此我当时对于《时报》的感情比对于别报都更好些。我在上海住了六年，几乎没有一天不看《时报》的。我记得有一次《时报》征求报上登的一部小说的全份，似乎是《火里罪人》，我也是送去应征的许多人中的一个。我当时把《时报》上的许多小说诗话笔记长篇的专著都剪下来分粘成小册子，若有一天的报遗失了，我心里便不快乐，总想设法把他补起来。

我现在回想当时我们那些少年人何以这样爱恋《时报》呢？

我想有两个大原因：第一，《时报》的短评在当日是一种创体，做的人也聚精会神的大胆说话，故能引起许多人的注意，故能在读者脑筋里发生有力的影响。我记得《时报》产生的第一年里有几件大案子：一件是周生有案，一件是大闹会审公堂案。《时报》对于这几件事都有很明决的主张，每日不但有"冷"的短评，有时还有几个人的签名短评，同时登出。这种短评在现在已成了日报的常套了，在当时却是一种文体的革新。用简短的词句，用冷隽明利的口吻，几乎逐句分段，使读者一目了然，不消费工夫去点句分段，不消费工夫去寻思考索。当日看报人的程度还在幼稚时代，这种明快冷刻的短评正合当时的需要。我还记得当周生有案快结束的时候，我受了《时报》短评的影响，痛恨上海道袁树勋的丧失国权，曾和两个同学写了一封长信去痛骂他。这也可见《时报》当日对于一般少年人的影响之大。这确是《时报》的一大贡献。我们试看这种短评，在这十七年来，逐渐变成了中国报界的公用文体，这就可见他们的用处与他们的魔力了。

第二，《时报》在当日确能引起一般少年人的文学兴趣。中国报纸登载小说大概最早的要算徐家汇的《汇报》。那时我还没有出世呢。但《汇报》登的小说一大部分后来汇刻为《兰苕馆外史》，都是聊斋式的怪异小说，没有什么影响。戊戌以后，杂志里时时有译著的小说出现。专提倡小说的杂志也有了几种，例如《新小说》及《绣像小说》（商务）。日报之中只有《繁华报》（一种"花报"），逐日登载李伯元的小说。那些"大报"好像还不屑做这种事业（这一点我不敢断定，我那时年纪太小了，看的报又不多，不知《时报》以前的"大报"有没有登小说的）。那时的几个大报大概都是很干燥枯寂的，他们至多不过能做一两篇合于古文义法的长篇论说罢了。《时报》出世以后每日登载"冷"或"笑"译著的小说，有时每日有两种冷血先生的白话小说，在当时译界中确要算很好的译笔。他有时自己也做一两篇短篇小说，如福尔摩斯来华侦探案等，也是中国人做新体短篇小说最早的一段历史。《时报》登的许多小说之中，双泪碑最风行。但依我看来，还应该推那些白话译本为最好。这些译本如《销金窟》之类，用很畅达的文笔，作很自由的翻译，在当时最为适用。倘《几道山恩仇记》（Count of monte cristo）全书都能像《销金窟》（此乃《恩仇记》的一部分）这样的译出，这部名著在中国一定也会成了一部"家喻户晓"的小说了。《时报》当日还有《平等阁诗话》一栏，对于现代诗人的绍介，选择很精。诗话虽不如小说之风行，也很能引起许多人的文学兴趣。我关于现代中国诗的知识差不多都是先从这部诗话里引起的。

我们可以说《时报》的第二个大贡献是为中国日报界开辟一种带文学兴趣的"附张"。自从《时报》出世以来，这种文学附张的需要也渐渐的成为日报界公认的了。

这两件都是比较最大的贡献。此外如专电及要闻，分别轻重，参用大小字，如专电的加多等等，在当日都是日报界的革新事业，在今日也都成为习惯，不觉得新鲜了。我们若回头去研究这许多习惯的由来，自不能不承认《时报》在中国日报史上的大功劳。简单说来，《时报》的贡献是在十七年前发起了几件重要的新改革。这几件新改革因为适合时代的需要，故后来的报纸也不能不尽量采用，就渐渐的变成中国日报不可少的制度了。

我是同《时报》做了六年好朋友的人，庚戌去国以后，虽然不能有从前的亲密，但也时常相见；现在看见《时报》长大成了一个十七岁的少年，我自然很欢喜。我回想我从前十四岁到十九岁的六年之中——一个人最重要最容易感化的时期——受了《时报》的许多好影响，故很高兴的把我少年时对于《时报》的关系写出来，指出他对于当时读者和对于中国报界的贡献，作为《时报》的一段小史，并且表示我感谢他祝贺他的微意。

但是我们当此庆贺的纪念，与其追念过去的成功，远不如悬想将来的进步。过去的成绩只应该鼓励现在的人努力造一个更大更好的将来，这是"时"字的教训。倘若过去的光荣只使后来的人增加自满的心，不再求进步，那就像一个辛苦积钱的人成了家私之后天天捧着元宝玩弄，岂不成了一个守钱虏了吗？

我们都知道时代是常常变迁的，往往前一时代的需要，到了后一时代便不适用了。《时报》当日应时势的需要，为日报界开了许多法门，但当日所谓"新"的，现在已成旧习惯了，当日所谓"时"的，现在早已过时了。《时报》在当日是报界的先锋，但十七年来旧报都改新了，新报也出了不少了，当日的先锋在今日竟同着大队按步徐行了。大队今日之赶上先锋，自然未必不是先锋的功劳，但做先锋的人还应该努力向前争这个"先锋"的位置。我今年在上海时曾和《时报》的一位先生谈话，他说："日报不当做先锋，因为日报是要给大多数人看的。"这位先生也是当日做先锋的人,这句话未免使我大失望。我以为日报因为是给大多数人看的,故最应该做先锋,故最适宜于做先锋。何以最适宜呢?因为日报能普及许多人,又可用"旦旦而伐之"的死工夫,故日报的势力最难抵抗,最易发生效果。何以最应该呢?因为日报既是这样有力的一种社会工具,若不肯做先锋,若自甘随着大队同行,岂不是放弃了一种大责任?岂不是错过了一个好机会?岂不是孤负了一种大委托吗?

即如《时报》早年的历史,便是一个明显的例。《时报》在当日为什么不跟着大家做长篇的古文论说呢?为什么要改作短评呢?为什么要加添文学的附录呢?《时报》倡出这种种制度之后,十几年之中,全国的日报都跟着变了,全国的看报人也不知不觉的变了。那几十万的读者,十几年来,从没有一个人出来反对某报某报体例的变更。这就可见那大多数看报的人虽然不免有点天然的惰性,究竟抵不住"旦旦而伐之"的提倡力。假使《申报》今天忽然大变政策,大谈社会主义,难道那看《申报》的人明天就会不看《申报》了吗?又假使《新闻报》明天忽然大变政策,一律改用白话,难道那看《新闻报》的人后天就会不看《新闻报》了吗?我可以说:"决不会的"。看报人的守旧性乃是主笔先生的疑心暗鬼。主笔先生自己丧失了"先锋"的锐气,故觉得社会上多数人都不愿他努力向前。譬如戴绿眼镜的人看着一切东西都变绿了,如果他要知道荷花是红的,金子是黄的,他须得把这副绿眼镜除下来试试看。今天是《时报》新屋落成的纪念,也是他除旧布新的一个转机,我这个同《时报》一块长大的小时朋友,对他的祝词,只是:"《时报》是做个先锋的,是一个立过大功的先锋,我希望他不必抛弃了先锋的地位,我希望他发愤向前努力替社会开先路,正如他在十七年前替中国报界开了许多先路!"

十,十,三　北京
(原载 1921 年 10 月 10 日《时报》)

《科学与人生观》序

亚东图书馆主人汪孟邹先生近来把散见国内各种杂志上的讨论科学与人生观的文章搜集印行，总名为《科学与人生观》。我从烟霞洞回到上海时，这部书已印了一大半了。孟邹要我做一篇序。我觉得，在这回空前的思想界大笔战的战场上，我要算一个逃兵了。我在本年三四月间，因为病体未复原，曾想把《努力周报》停刊；当时丁在君先生极不赞成停刊之议，他自己做了几篇长文，使我好往南方休息一会。我看了他的《玄学与科学》，心里很高兴，曾对他说，假使《努力》以后向这个新方向去谋发展，——假使我们以后为科学作战，——《努力》便有了新生命，我们也有了新兴趣，我从南方回来，一定也要加入战斗的。然而我来南方以后，一病就费去了六个多月的时间，在病中我只做了一篇很不庄重的《孙行者与张君劢》，此外竟不曾加入一拳一脚，岂不成了一个逃兵了？我如何敢以逃兵的资格来议论战场上各位武士的成绩呢？

但我下山以后，得遍读这次论战的各方面的文章，究竟忍不住心痒手痒，究竟不能不说几句话。一来呢，因为论战的材料太多，看这部大书的人不免有"目迷五色"的感觉，多作一篇综合的序论也许可以帮助读者对于论点的了解。二来呢，有几个重要的争点，或者不曾充分发挥，或者被埋没在这二十五万字的大海里，不容易引起读者的注意，似乎都有特别点出的需要。因此，我就大胆地作这篇序了。

1

这三十年来，有一个名词在国内几乎做到了无上尊严的地位；无论懂与不懂的人，无论守旧和维新的人，都不敢公然对他表示轻视或戏侮的态度。那个名词就是"科学"。这样几乎全国一致的崇信，究竟有无价值，那是另一问题。我们至少可以说，自从中国讲变法维新以来，没有一个自命为新人物的人敢公然毁谤"科学"的，直到民国八、九年间梁任公先生发表他的《欧游心影录》，科学方才在中国文字里正式受了"破产"的宣告。梁先生说：

> ……要而言之，近代人因科学发达，生出工业革命，外部生活变迁急剧，内部生活随而动摇，这是很容易看得出的。……依着科学家的新心理学，所谓人类心灵这件东西，就不过物质运动现象之一种。……这些唯物派的哲学家，托庇科学宇下建立一种纯物质的纯机械的人生观。把一切内部生活外部生活都归到物质运动的"必然法则"之下。……不惟如此，他们把心理和精神看成一物，根据实验心理学，硬说人类精神也不过一种物质，一样受"必然法则"所支配。于是人类的自由意志不得不否认了。意志既不能自由，还有

什么善恶的责任？……现今思想界最大的危机就在这一点。宗教和旧哲学既已被科学打得个旗靡帜乱，这位"科学先生"便自当仁不让起来，要凭他的试验发明个宇宙新大原理。却是那大原理且不消说，就是各科的小原理也是日新月异，今日认为真理，明日已成谬见。新权威到底树立不来，旧权威却是不可恢复了。所以全社会人心，都陷入怀疑沉闷畏惧之中，好像失了罗针的海船遇着风雾，不知前途怎生是好。既然如此，所以那些什么乐利主义强权主义越发得势。死后既没有天堂，只好尽这几十年尽情地快活。善恶既没有责任，何妨尽我的手段来充满我个人欲望。然而享用的物质增加速率，总不能和欲望的升腾同一比例，而且没有法子令他均衡。怎么好呢？只有凭自己的力量自由竞争起来，质而言之，就是弱肉强食。近年来什么军阀，什么财阀，都是从这条路产生出来。这回大战争，便是一个报应。……总之，在这种人生观底下，那么千千万万人前脚接后脚的来这世界走一趟住几十年，干什么呢？独一无二的目的就是抢面包吃。不然就是怕那宇宙间物质运动的大轮子缺了发动力，特自来供给他燃料。果真这样，人生还有一毫意味，人类还有一毫价值吗？无奈当科学全盛时代，那主要的思潮，却是偏在这方面，当时讴歌科学万能的人，满望着科学成功，黄金世界便指日出现。如今功总算成了，一百年物质的进步，比从前三千年所得还加几倍。我们人类不惟没有得着幸福，倒反带来许多灾难。好像沙漠中失路的旅人，远远望见个大黑影，拼命往前赶，以为可以靠他向导，那知赶上几程，影子却不见了,因此无限凄惶失望。影子是谁,就是这位"科学先生"。欧洲人做了一场科学万能的大梦,到如今却叫起科学破产来。(《梁任公近著》第一辑上卷,页一九—二三)

梁先生在这段文章里很动情感地指出科学家的人生观的流毒:他很明显地控告那"纯物质的纯机械的人生观"把欧洲全社会"都陷入怀疑沉闷畏惧之中",养成"弱肉强食"的现状,——"这回大战争,便是一个报应"。他很明白地控告这种科学家的人生观造成"抢面包吃"的社会,使人生没有一毫意味,使人类没有一毫价值,没有给人类带来幸福,"倒反带来许多灾难",叫人类"无限凄惶失望"。梁先生要说的是欧洲"科学破产"的喊声,而他举出的却是科学家的人生观的罪状;梁先生摭拾了一些玄学家诬蔑科学人生观的话头,却便加上了"科学破产"的恶名。

梁先生后来在这一段之后,加上两行自注道:

读者切勿误会,因此菲薄科学,我绝不承认科学破产,不过也不承认科学万能罢了。

然而谣言这件东西,就同野火一样,是易放而难收的。自从《欧游心影录》发表之后,科学在中国的尊严就远不如前了。一般不曾出国门的老先生很高兴地喊着,"欧洲科学破产了!梁任公这样说的"。我们不能说梁先生的话和近年同善社、悟善社的风行有什么直接的关系;但我们不能不说梁先生的话在国内确曾替反科学的势力助长不少的威风。梁先生的声望,梁先生那枝"笔锋常带情感"的健笔，都能使他的读者容易感受他的言论的影响。何况国中还有张君劢先生一流人，打着柏格森、倭铿、欧立克……的旗号，继续起来替梁先生推波助澜呢？

我们要知道，欧洲的科学已到了根深蒂固的地位，不怕玄学鬼来攻击了。几个反动的哲学家，平素饱餍了科学的滋味，偶尔对科学发几句牢骚话，就像富贵人家吃厌了鱼肉，常想尝尝咸菜豆腐的风味；这种反动并没有什么大危险。那光焰万丈的科学，决不是这几个玄学鬼摇撼得动的。一到中国，便不同了。中国此时还不曾享着科学的赐福，更谈不到科学带来的"灾难"。我们试睁开眼看看：这遍地的乩坛道院，这遍地的仙方鬼照相，这样不发达的交通，这样不发达的实业，——我们那里配排斥科学？至于"人生观"，我们只有做官发财的人生观，只有靠天吃饭的人生观，只有求神问卜的人生观，只有《安士全书》的人生观，只有《太上感应篇》的人生观，——中国人的人生观还不曾和科学行见面礼呢！我们当这个时候，正苦科学的提倡不够，正苦科学的教育不发达，正苦科学的势力还不能扫除那迷漫全国的乌烟瘴气，——不料还有名流学者出来高唱"欧洲科学破产"的喊声，出来把欧洲文化破产的罪名归到科学身上，出来菲薄科学，历数科学家的人生观的罪状，不要科学在人生观上发生影响！信仰科学的人看了这种现状，能不发愁吗？能不大声疾呼出来替科学辩护吗？

这便是这一次"科学与人生观"的大论战所以发生的动机。明白了这个动机，我们方才可以明白这次大论战在中国思想史上占的地位。

2

张君劢的《人生观》原文的大旨是:

> 人生观之特点所在,曰主观的,曰直觉的,曰综合的,曰自由意志的,曰单一性的。惟其有此五点,故科学无论如何发达,而人生观问题之解决,决非科学所能为力,惟赖诸人类之自身而已。

君劢叙述那五个特点时,处处排斥科学,处处用一种不可捉摸的语言——"是非各执,绝不能施以一种试验","无所谓定义,无所谓方法,皆其身良心之所命起而主张之","若强为分析,则必失其真义","皆出于良心之自动,而决非有使之然者"。这样一个大论战,却用一篇处处不可捉摸的论文作起点,这是一件大不幸的事。因为原文处处不可捉摸,故驳论与反驳都容易跳出本题。战线延长之后,战争的本意反不很明白了(我常想,假如当日我们用了梁任公先生的"科学万能之梦"一篇作讨论的基础,我们定可以使这次论争的旗帜格外鲜明,——至少可以免去许多无谓的纷争)。我们为读者计,不能不把这回论战的主要问题重说一遍。

君劢的要点是"人生观问题之解决,决非科学所能为力"。我们要答复他,似乎应该先说明科学应用到人生观问题上去,曾产生什么样子的人生观;这就是说,我们应该先叙述"科学的人生观"是什么,然后讨论这种人生观是否可以成立,是否可以解决人生观的问题,是否像梁先生说的那样贻祸欧洲,流毒人类。我总观这二十五万字的讨论,终觉得这一次为科学作战的人——除了吴稚晖先生——都有一个共同的错误,就是不曾具体地说明科学的人生观是什么,却去抽象地力争科学可以解决人生观的问题。这个共同错误的原因,约有两种:第一,张君劢的导火线的文章内并不曾像梁任公那样明白指斥科学家的人生观,只是笼统地说科学对于人生观问题不能为力。因此,驳论与反驳论的文章也都走上那"可能与不可能"的笼统讨论上去了。例如丁在君的《玄学与科学》的主要部分只是要证明

  凡是心理的内容,真的概念推论,无一不是科学的材料。

然而他却始终没有说出什么是"科学的人生观"。从此以后,许多参战的学者都错在这一点上。如张君劢《再论人生观与科学》只主张

  "人生观超于科学以上","科学决不能支配人生"。

如梁任公的《人生观与科学》只说

  人生关涉理智方面的事项,绝对要用科学方法来解决;关于情感方面的事项,绝对的超科学。

如林宰平的《读丁在君先生的〈玄学与科学〉》只是一面承认"科学的方法有益于人生观",一面又反对科学包办或管理"这个最古怪的东西"——人类。如丁在君《答张君劢》也只是说明

> 这种(科学)方法,无论用在知识界的那一部分,都有相当的成绩,所以我们对于知识的信用,比对于没有方法的情感要好;凡有情感的冲动都要想用知识来指导他,使他发展的程度提高,发展的方向得当。

如唐擘黄《心理现象与因果律》只证明

> 一切心理现象都是有因的。

他的《一个痴人的说梦》只证明

> 关于情感的事项,要就我们的知识所及,尽量用科学方法来解决的。

王抚五的《科学与人生观》也只是说:

> 科学是凭借"因果"和"齐一"两个原理而构造起来的;人生问题无论为生命之观念,或生活之态度,都不能逃出这两个原理的金刚圈,所以科学可以解决人生问题。

直到最后范寿康的《评所谓科学与玄学之争》，也只是说：

> 伦理规范——人生观——一部分是先天的，一部分是后天的。先天的形式是由主观的直觉而得，决不是科学所能干涉。后天的内容应由科学的方法探讨而定，决不是主观所应妄定。

综观以上各位的讨论，人人都在那里拢统地讨论科学能不能解决人生问题或人生观问题。几乎没有一个人明白指出，假使我们把科学适用到人生观上去，应该产生什么样子的人生观。然而这个共同的错误大都是因为君劢的原文不曾明白攻击科学家的人生观，却只悬空武断科学决不能解决人生观问题。殊不知，我们若不先明白科学应用到人生观上去时发生的结果，我们如何能悬空评判科学能不能解决人生观呢？

这个共同的错误——大家规避"科学的人生观是什么"的问题——怕还有第二个原因，就是一班拥护科学的人虽然抽象地承认科学可以解决人生问题，却终不愿公然承认那具体的"纯物质，纯机械的人生观"为科学的人生观。我说他们"不愿"，并不是说他们怯懦不敢，只是说他们对于那科学家的人生观还不能像吴稚晖先生那样明显坚决的信仰，所以还不能公然出来主张。这一点确是这一次大论争的一个绝大的弱点。若没有吴老先生把他的"漆黑一团"的宇宙观和"人欲横流"的人生观提出来做个押阵大将，这一场大战争真成了一场混战，只闹得个一哄散场！

关于这一点，陈独秀先生的序里也有一段话，对于作战的先锋大将丁在君先生表示不满意。独秀说：

> 他（丁先生）自号存疑的唯心论，这是沿袭赫胥黎、斯宾塞诸人的谬误；你既承认宇宙间有不可知的部分而存疑，科学家站开，且让玄学家来解疑。此所以张君劢说，"既已存疑，则研究形而上界之玄学，不应有丑诋之词"。其实我们对于未发现的物质固然可以存疑，而对于超物质而独立存在并且可以支配物质的什么心（心即是物之一种表现），什么神灵与上帝，我们已无疑可存了。说我们武断也好，说我们专制也好，若无证据给我们看，我们断然不能抛弃我们的信仰。

关于存疑主义的积极的精神，在君自己也曾有明白的声明（《答张君劢》，页二一——二三）。"拿证据来！"一句话确然是有积极精神的。但赫胥黎等在当用这种武器时，究竟还只是消极的防御居多。在十九世纪的英国，在那宗教的权威不曾打破的时代，明明是无神论者也不得不挂一个"存疑"的招牌。但在今日的中国，在宗教信仰向来比较自由的中国，我们如果深信现有的科学证据只能叫我们否认上帝的存在和灵魂的不灭，那么，我们正不妨老实自居为"无神论者"。这样的自称并不算是武断；因为我们的信仰是根据于证据的：等到有神论的证据充足时，我们再改信有神论，也还不迟。我们在这个时候，既不能相信那没有充分证据的有神论，心灵不灭论，天人感应论，……又不肯积极地主张那自然主义的宇宙观，唯物的人生观，……怪不得独秀要说"科学家站开！且让玄学家来解疑"了。吴稚晖先生便不然。他老先生宁可冒"玄学鬼"的恶名，偏要冲到那"不可知的区域"里去打一阵，他希望"那不可知区域里的假设，责成玄学鬼也带着论理色采去假设着"（《宇宙观及人生观》，页九）。这个态度是对的。我们信仰科学的人，正不妨做一番大规模的假设。只要我们的假设处处建筑在已知的事实之上，只要我们认我们的建筑不过是一种最满意的假设，可以跟着新证据修正的，——我们带着这种科学的态度，不妨冲进那不可知的区域里，正如姜子牙展开了杏黄旗，也不妨冲进十绝阵里去试试。

3

我在上文说的，并不是有意挑剔这一次论战场上的各位武士。我的意思只是要说，这一篇论战的文章只做了一个"破题"，还不曾做到"起讲"。至于"余兴"与"尾声"，更谈不到了。破题的工夫，自然是很重要的。丁在君先生的发难，唐擘黄先生等的响应，六个月的时间，二十五万字的煌煌大文，大吹大擂地把这个大问题捧了出来，叫乌烟瘴气的中国知道这个大问题的重要，——这件功劳真不在小处！

可是现在真有做"起讲"的必要了。吴稚晖先生的"一个新信仰的宇宙观及人生观"已给我们做下一个好榜样。在这篇《科学与人生观》的"起讲"里，我们应该积极地提出什么叫做"科学的人生观"，应该提出我们所谓"科学的人生观"，好教将来的讨论有个具体的争点。否则你单说科学能解决人生观，他单说不能，势必至于吴稚晖先生说的"张丁之战，便延长了一百年，也不会得到究竟"。因为若不先有一种具体的科学人生观作讨论的底子，今日泛泛地承认科学有解决人生观的可能，是没有用的。等到那"科学的人生观"的具体内容拿出来时，战线上的组合也许要起一个大大的变化。我的朋友朱经农先生是信仰科学"前程不可限量"的，然而他定不能承认无神论是科学的人生观。我的朋友林宰平先生是反对科学包办人生观的，然而我想他一定可以很明白地否认上帝的存在。到了那个具体讨论的时期，我们才可以说是真正开战。那时的反对，才是真反对。那时的赞成，才是真赞成。那时的胜利，才是真胜利。

我还要再进一步说：拥护科学的先生们，你们虽要想规避那"科学的人生观是什么"的讨论，你们终于免不了的。因为他们早已正式对科学的人生观宣战了。梁任公先生的"科学万能之梦"，早已明白攻击那"纯物质的，纯机械的人生观"了。他早已把欧洲大战祸的责任加到那"科学家的新心理学"上去了。张君劢先生在《再论人生观与科学》里，也很笼统地攻击"机械主义"了。他早已说"关于人生之解释与内心之修养，当然以唯心派之言为长"了。科学家究竟何去何从？这时候正是科学家表明态度的时候了。

因此，我们十分诚恳地对吴稚晖先生表示敬意，因为他老先生在这个时候很大胆地把他信仰的宇宙观和人生观提出来，很老实地宣布他的"漆黑一团"的宇宙观和"人欲横流"的人生观。他在那篇大文章里，很明白地宣言

那种骇得煞人的显赫的名词,上帝呀,神呀,还是取销了好。(页十二)

很明白地

开除了上帝的名额,放逐了精神元素的灵魂。(页二九)

很大胆地宣言:

我以为动植物且本无感觉,皆止有其质力交推,有其辐射反应,如是而已。譬之于人,其质构而为如是之神经系,即其力生如是之反应。所谓情感,思想,意志等等,就种种反应而强为之名,美其名曰心理,神其事曰灵魂,质直言之曰感觉,其实统不过质力之相应。(页二二—二三)

他在《人生观》里,很"恭敬地又好像滑稽地"说:

人便是外面止剩两只脚,却得到了两只手,内面有三斤二两脑髓,五千零四十八根脑筋,比较占有多额神经系质的动物。(页三九)

生者,演之谓也,如是云尔。(页四十)

所谓人生,便是用手用脑的一种动物,轮到"宇宙大剧场"的第亿垓八京六兆五万七千幕,正在那里出台演唱。(页四七)

他老先生五年的思想和讨论的结果，给我们这样一个"新信仰的宇宙观及人生观"。他老先生很谦逊地避去"科学的"的尊号，只叫他做"柴积上，日黄中的老头儿"的新信仰。他这个新信仰正是张君劢先生所谓"机械主义"，正是梁任公先生所谓"纯物质的纯机械的人生观"。他一笔勾销了上帝，抹煞了灵魂，戳穿了"人为万物之灵"的玄秘。这才是真正的挑战。我们要看那些信仰上帝的人们出来替上帝向吴老先生作战。我们要看那些信仰灵魂的人们出来替灵魂向吴老先生作战。我们要看那些信仰人生的神秘的人们出来向这"两手动物演戏"的人生观作战。我们要看那些认爱情为玄秘的人们出来向这"全是生理作用，并无丝毫微妙"的爱情观作战。这样的讨论，才是切题的，具体的讨论。这才是真正开火。这样战争的结果，不是科学能不能解决人生的问题了，乃是上帝的有无，鬼神的有无，灵魂的有无，……等等人生切要问题的解答。

只有这种具体的人生切要问题的讨论才可以发生我们所希望的效果，——才可以促进思想上的刷新。

反对科学的先生们！你们以后的作战，请向吴稚晖的"新信仰的宇宙观及人生观"作战。

拥护科学的先生们！你们以后的作战，请先研究吴稚晖的"新信仰的宇宙观及人生观"：完全赞成他的，请准备替他辩护，像赫胥黎替达尔文辩护一样；不能完全赞成他的，请提出修正案，像后来的生物学者修正达尔文主义一样。

从此以后，科学与人生观的战线上的押阵老将吴老先生要倒转来做先锋了！

4

说到这里,我可以回到张、丁之战的第一个"回合"了。张君劢说:

> 天下古今之最不统一者,莫若人生观。(《人生观》页一)

丁在君说:

> 人生观现在没有统一是一件事,永久不能统一又是一件事,除非你能提出事实理由来证明他是永远不能统一的,我们总有求他统一的义务。(《玄学与科学》页三)
> 玄学家先存了一个成见,说科学方法不适用于人生观;世界上的玄学家一天没有死完,自然一天人生观不能统一。(页四)

"统一"一个字,后来很引起一些人的抗议。例如林宰平先生就控告丁在君,说他"要把科学来统一一切",说他"想用科学的武器来包办宇宙"。这种控诉,未免过于张大其词了。在君用的"统一"一个字,不过是沿用君劢文章里的话;他们两位的意思大概都不过是大同小异的一致罢了。依我个人想起来,人类的人生观总应该有一个最低限度的一致的可能。唐擘黄先生说的最好：

人生观不过是一个人对于世界万物同人类的态度，这种态度是随着一个人的神经构造，经验，知识等而变的。神经构造等就是人生观之因。我举一二例来看。

无因论者以为叔本华（Schopenhauer）哈德门（Hartmann）的人生观是直觉的，其实他们自己并不承认这事。他们都说根据经验阅历而来的。叔本华是引许多经验作证的，哈德门还要说他的哲学是从归纳法得来的。

人生观是因知识而变的。例如，柯白尼太阳居中说，同后来的达尔文的人猿同祖说发明以后，世界人类的人生观起绝大变动；这是无可疑的历史事实。若人生观是直觉的，无因的，何以随自然界的知识而变更呢？

我们因为深信人生观是因知识经验而变换的，所以深信宣传与教育的效果可以使人类的人生观得着一个最低限度的一致。

最重要的问题是：拿什么东西来做人生观的"最低限度的一致"呢？

我的答案是：拿今日科学家平心静气地，破除成见地，公同承认的"科学的人生观"来做人类人生观的最低限度的一致。

宗教的功效已曾使有神论和灵魂不灭论统一欧洲（其实何止欧洲？）的人生观至千余年之久。假使我们信仰的"科学的人生观"将来靠教育与宣传的功效，也能有"有神论"和"灵魂不灭论"在中世欧洲那样的风行，那样的普遍，那也可算是我所谓

"大同小异的一致"了。

我们若要希望人类的人生观逐渐做到大同小异的一致,我们应该准备替这个新人生观作长期的奋斗。我们所谓"奋斗",并不是像林宰平先生形容的"摩哈默得式"的武力统一;只是用光明磊落的态度,诚恳的言论,宣传我们的"新信仰",继续不断的宣传,要使今日少数人的信仰逐渐变成将来大多数人的信仰。我们也可以说这是"作战",因为新信仰总免不了和旧信仰冲突的事;但我们总希望作战的人都能尊重对方的人格,都能承认那些和我们信仰不同的人不一定都是笨人与坏人,都能在作战之中保持一种"容忍"(Toleration)的态度;我们总希望那些反对我们的新信仰的人,也能用"容忍"的态度来对我们,用研究的态度来考察我们的信仰。我们要认清:我们的真正敌人不是对方;我们的真正敌人是"成见",是"不思想"。我们向旧思想和旧信仰作战,其实只是很诚恳地请求旧思想和旧信仰势力之下的朋友们起来向"成见"和"不思想"作战。凡是肯用思想来考察他的成见的人,都是我们的同盟!

5

总而言之,我们以后的作战计划是宣传我们的新信仰,是宣传我们信仰的新人生观(我所谓"人生观",依唐擘黄先生的界说,包括吴稚晖先生所谓"宇宙观")。这个新人生观的大旨,吴稚晖先生已宣布过了。我们总括他的大意,加上一点扩充和补充,在这里再提出这个新人生观的轮廓:

（1）根据于天文学和物理学的知识，叫人知道空间的无穷之大。

（2）根据于地质学及古生物学的知识，叫人知道时间的无穷之长。

（3）根据于一切科学，叫人知道宇宙及其中万物的运行变迁皆是自然的，——自己如此的，——正用不着什么超自然的主宰或造物者。

（4）根据于生物的科学的知识，叫人知道生物界的生存竞争的浪费与惨酷，——因此，叫人更可以明白那"有好生之德"的主宰的假设是不能成立的。

（5）根据于生物学，生理学，心理学的知识，叫人知道人不过是动物的一种，他和别种动物只有程度的差异，并无种类的区别。

（6）根据于生物的科学及人类学，人种学，社会学的知识，叫人知道生物及人类社会演进的历史和演进的原因。

（7）根据于生物的及心理的科学，叫人知道一切心理的现象都是有因的。

（8）根据于生物学及社会学的知识，叫人知道道德礼教是变迁的，而变迁的原因都是可以用科学方法寻求出来的。

（9）根据于新的物理化学的知识，叫人知道物质不是死的，是活的；不是静的，是动的。

（10）根据于生物学及社会学的知识，叫人知道个人——"小我"——是要死灭的，而人类——"大我"——是不死的，不朽的；叫人知道"为全种万世而生活"就是宗教，就是最高的宗教；而那些替个人谋死后的"天堂""净土"的宗教，乃是自私自利的宗教。

这种新人生观是建筑在二三百年的科学常识之上的一个大假设，我们也许可以给他加上"科学的人生观"的尊号。但为避免无谓的争论起见，我主张叫他做"自然主义的人生观"。

在那个自然主义的宇宙里，在那无穷之大的空间里，在那无穷之长的时间里，这个平均高五尺六寸，上寿不过百年的两手动物——人——真是一个藐乎其小的微生物了。在那个自然主义的宇宙里，天行是有常度的，物变是有自然法则的，因果的大法支配着他——人——的一切生活，生存竞争的惨剧鞭策着他的一切行为，——这个两手动物的自由真是很有限的了。然而那个自然主义的宇宙里的这个眇小的两手动物却也有他的相当的地位和相当的价值。他用的两手和一个大脑，居然能做出许多器具，想出许多方法，造成一点文化。他不但驯伏了许多禽兽，他还能考究宇宙间的自然法则，利用这些法则来驾驭天行，到现在他居然能叫电气给他赶车，以太给他送信了。他的智慧的长进就是他的能力的增加；然而智慧的长进却又使他的胸襟扩大，想像力提高。他也曾拜物拜畜生，也曾怕神怕鬼，但他现在渐渐脱离了这种种幼稚的时期，他现在渐渐明白：空间之大只增加他对于宇宙的美感；时间之长只使他格外明了祖宗创业之艰难；天行之有常只增加他制裁自然界的能力。甚至于因果律的笼罩一切，也并不见得束缚他的自由，因为因果律的作用一方面使他可以由因求果，由果推因，解释过去，预测未来；一方面又使他可以运用他的智慧，创造新因以求新果。甚至于生存竞争的观念也并不见得就使他成为一个冷酷无情的畜生,也许还可以格外增加他对于同类的同情心,格外使他深信互助的重要,格外使他注重人为的努力以减免天然竞争的惨酷与浪费。——总而言之,这个自然主义的人生观里,未尝没有美,未尝没有诗意,未尝没有道德的责任,未尝没有充分运用"创造的智慧"的机会。

我这样粗枝大叶的叙述,定然不能使信仰的读者满意,或使不信仰的读者心服。这个新人生观的满意的叙述与发挥,那正是这本书和这篇序所期望能引起的。

十二,十一,廿九　在上海

不 朽

我的宗教

不朽有种种说法，但是总括看来，只有两种说法是真有区别的。一种是把"不朽"解作灵魂不灭的意思。一种就是《春秋左传》上说的"三不朽"。

（一）神不灭论　宗教家往往说灵魂不灭，死后须受末日的裁判：做好事的享受天国天堂的快乐，做恶事的要受地狱的苦痛。这种说法，几千年来不但受了无数愚夫愚妇的迷信，居然还受了许多学者的信仰。但是古今来也有许多学者对于灵魂是否可离形体而存在的问题，不能不发生疑问。最重要的如南北朝人范缜的《神灭论》说："形者神之质，神者形之用。……神之于质，犹利之于刀；形之于用，犹刀之于利。……舍利无刀，舍刀无利。未闻刀没而利存，岂容形亡而神在？"宋朝的司马光也说："形既朽灭，神亦飘散，虽有剉烧舂磨，亦无所施。"但是司马光说的"形既朽灭，神亦飘散"，还不免把形与神看作两件事，不如范缜说的更透切。范缜说人的神灵即是形体的作用，形体便是神灵的形质。正如刀子是形质，刀子的利钝是作用；有刀子方才有利钝，没有刀子便没有利钝。人有形体方才有作用：这个作用，我们叫做"灵魂"。若没有形体，便没有作用了，便没有灵魂了。范缜这篇《神灭论》出来的时候，惹起了无数人的反对。

梁武帝叫了七十几个名士作论驳他，都没有什么真有价值的论议。其中只有沈约的《难神灭论》说："利若遍施四方，则利体无处复立；利之为用正存一边毫毛处耳。神之与形，举体若合，又安得同乎？若以此譬为尽耶，则不尽；若谓本不尽耶，则不可以为譬也。"这一段是说刀是无机体，人是有机体，故不能彼此相比。这话固然有理，但终不能推翻"神者形之用"的议论。近世唯物派的学者也说人的灵魂并不是什么无形体，独立存在的物事，不过是神经作用的总名；灵魂的种种作用都即是脑部各部分的机能作用；若有某部被损伤，某种作用即时废止；人年幼时脑部不曾完全发达，神灵作用也不能完全，老年人脑部渐渐衰耗，神灵作用也渐渐衰耗。这种议论的大旨，与范缜所说"神者形之用"正相同。但是有许多人总舍不得把灵魂打消了，所以咬住说灵魂另是一种神秘玄妙的物事，并不是神经的作用。这个"神秘玄妙"的物事究竟是什么，他们也说不出来，只觉得总应该有这么一件物事。既是"神秘玄妙"，自然不能用科学试验来证明他，也不能用科学试验来驳倒他。既然如此，我们只好用实验主义（Pragmatism）的方法，看这种学说的实际效果如何，以为评判的标准。依此标准看来，信神不灭论的固然也有好人，信神灭论的也未必全是坏人。即如司马光、范缜、赫胥黎一类的人，说不信灵魂不灭的话，何尝没有高尚的道德？更进一层说，有些人因为迷信天堂，天国，地狱，末日裁判，方才修德行善，这种修行全是自私自利的，也算不得真正道德。总而言之，灵魂灭不灭的问题，于人生行为上实在没有什么重大影响；既没有实际的影响，检直可说是不成问题了。

（二）三不朽说　《左传》说的三种不朽是：（一）立德的不朽，（二）立功的不朽，（三）立言的不朽。"德"便是个人人格的价值，像墨翟、耶稣一类的人，一生刻意孤行，精诚勇猛，使当时的人敬爱信仰，使千百年后的人想念崇拜。这便是立德的不朽。"功"便是事业，像哥仑布发现美洲，像华盛顿造成美洲共和国，替当时的人开一新天地，替历史开一新纪元，替天下后世的人种下无量幸福的种子。这便是立功的不朽。"言"便是语言著作，像那《诗经》三百篇的许多无名诗人，又像陶潜、杜甫、萧士比亚、易卜生一类的文学家，又像柏拉图、卢骚、弥儿一类的文学家，又像牛敦、达尔文一类的科学家，或是做了几首好诗使千百年后的人欢喜感叹；或是做了几本好戏使当时的人鼓舞感动，使后世的人发愤兴起；或是创出一种新哲学，或是发明了一种新学说，或在当时发生思想的革命，或在后世影响无穷。这便是立言的不朽。总而言之，这种不朽说，不问人死后灵魂能不能存在，只问他的人格，他的事业，他的著作有没有永远存在的价值。即如基督教徒说耶稣是上帝的儿子，他的神灵永永存在，我们正不用驳这种无凭据的神话，只说耶稣的人格，事业，和教训都可以不朽，又何必说那些无谓的神话呢？又如孔教会的人每到了孔丘的生日，一定要举行祭孔的典礼，还有些人学那"朝山进香"的法子，要赶到曲阜孔林去对孔丘的神灵表示敬意！其实孔丘的不朽全在他的人格与教训，不在他那"在天之灵"。大总统多行两次丁祭，孔教会多行两次"朝山进香"，就可以使孔丘格外不朽了吗？更进一步说，像那《三百篇》里的诗人，也没有姓名，也没有事实，但是他们都可说是立言的不朽。为什么呢？因为不朽全靠一个人的真价值,并不靠姓名事实的流传,也不靠灵魂的存在。试看古今来的多少大发明家,那发明火的,发明养蚕的,发明缫丝的,发明织布的,发明水车的,发明舂米的水碓的,发明规矩的,发明秤的,……虽然姓名不传,事实湮没,但他们的功业永远存在,他们也就都不朽了。这种不朽比那个人的小小灵魂的存在,可不是更可宝贵,更可羡慕吗?况且那灵魂的有无还在不可知之中,这三种不朽——德,功,言,——可是实在的。这三种不朽可不是比那灵魂的不灭更靠得住吗?

以上两种不朽论,依我个人看来,不消说得,那"三不朽说"是比那"神不灭说"好得多了。但是那"三不朽说"还有三层缺点,不可不知。第一,照平常的解说看来,那些真能不朽的人只不过那极少数有道德,有功业,有著述的人。还有那无量平常人难道就没有不朽的希望吗?世界上能有几个墨翟、耶稣,几个哥仑布、华盛顿,几个杜甫、陶潜,几个牛敦、达尔文呢?这岂不成了一种"寡头"的不朽论吗?第二,这种不朽论单从积极一方面着想,但没有消极的裁制。那种灵魂的不朽论既说有天国的快乐,又说有地狱的苦楚,是积极消极两方面都顾着的。如今单说立德可以不朽,不立德又怎样呢?立功可以不朽,有罪恶又怎样呢?第三,这种不朽论所说的"德,功,言"三件,范围都很含糊。究竟怎样的人格方才可算是"德"呢?怎样的事业方才可算是"功"呢?怎样的著作方才可算是"言"呢?我且举一个例。哥仑布发现美洲固然可算得立了不朽之功,但是他船上的水手火头又怎样呢?他那只船的造船工人又怎样呢?他船上用的罗盘器械的制造工人又怎样呢？他所读的书的著作者又怎样呢？……举这一条例，已可见"三不朽"的界限含糊不清了。

因为要补足这三层缺点，所以我想提出第三种不朽论来请大家讨论。我一时想不起别的好名字，姑且称他做"社会的不朽论"。

（三）社会的不朽论　社会的生命，无论是看纵剖面，是看横截面，都像一种有机的组织。从纵剖面看来，社会的历史是不断的；前人影响后人，后人又影响更后人；没有我们的祖宗和那无数的古人，又那里有今日的我和你？没有今日的我和你，又那里有将来的后人？没有那无量数的个人，便没有历史，但是没有历史，那无数的个人也决不是那个样子的个人：总而言之，个人造成历史，历史造成个人。从横截面看来，社会的生活是交互影响的：个人造成社会，社会造成个人；社会的生活全靠个人分功合作的生活，但个人的生活，无论如何不同，都脱不了社会的影响；若没有那样这样的社会，决不会有这样那样的我和你；若没有无数的我和你，社会也决不是这个样子。来勃尼慈（Leibnitz）说得好：

> 这个世界乃是一片大充实（Plenum，为真空 Vacuum 之对），其中一切物质都是接连着的。一个大充实里面有一点变动，全部的物质都要受影响，影响的程度与物体距离的远近成正比例。世界也是如此。每一个人不但直接受他身边亲近的人的影响，并且间接又间接的受距离很远的人的影响。所以世间的交互影响，无论距离远近，都受得着的。所

以世界上的人，每人受着全世界一切动作的影响。如果他有周知万物的智慧，他可以在每人的身上看出世间一切施为，无论过去未来都可看得出，在这一个现在里面便有无穷时间空间的影子。（见 Monadology 第六十一节）

从这个交互影响的社会观和世界观上面，便生出我所说的"社会的不朽论"来。我这"社会的不朽论"的大旨是：

我这个"小我"不是独立存在的，是和无量数小我有直接或间接的交互关系的；是和社会的全体和世界的全体都有互为影响的关系的；是和社会世界的过去和未来都有因果关系的。种种从前的因，种种现在无数"小我"和无数他种势力所造成的因，都成了我这个"小我"的一部分。我这个"小我"，加上了种种从前的因，又加上了种种现在的因，传递下去，又要造成无数将来的"小我"。这种种过去的"小我"，和种种现在的"小我"，和种种将来无穷的"小我"，一代传一代，一点加一滴；一线相传，连绵不断；一水奔流，滔滔不绝：——这便是一个"大我"。"小我"是会消灭的，"大我"是永远不灭的。"小我"是有死的，"大我"是永远不死，永远不朽的。"小我"虽然会死，但是每一个"小我"的一切作为，一切功德罪恶，一切语言行事，无论大小，无论是非，无论善恶，一一都永远留存在那个"大我"之中。那个"大我"，便是古往今来一切"小我"的纪功碑，彰善祠，罪状判决书，孝子慈孙百世不能改的恶谥法。这个"大我"是永远不朽的，故一切"小我"的事业，人格，一举一动，一言一笑，一个念头，一场功劳，一桩罪过，也都永远不朽。这便是社会的不朽,"大我"的不朽。

那边"一座低低的土墙,遮着一个弹三弦的人"。那三弦的声浪,在空间起了无数波澜;那被冲动的空气质点,直接间接冲动无数旁的空气质点;这种波澜,由近而远,至于无穷空间;由现在而将来,由此刹那以至于无量刹那,至于无穷时间:——这已是不灭不朽了。那时间,那"低低的土墙"外边来了一位诗人,听见那三弦的声音,忽然起了一个念头;由这一个念头,就成了一首好诗;这首好诗传诵了许多人;人读了这诗,各起种种念头;由这种种念头,更发生无量数的念头,更发生无数的动作,以至于无穷。然而那"低低的土墙"里面那个弹三弦的人又如何知道他所发生的影响呢?

一个生肺病的人在路上偶然吐了一口痰。那口痰被太阳晒干了,化为微尘,被风吹起空中,东西飘散,渐吹渐远,至于无穷时间,至于无穷空间。偶然一部分的病菌被体弱的人呼吸进去,便发生肺病,由他一身传染一家,更由一家传染无数人家。如此展转传染,至于无穷空间,至于无穷时间。然而那先前吐痰的人的骨头早已腐烂了,他又如何知道他所种的恶果呢?

一千五六百年前有一个人叫做范缜说了几句话道:"神之于形,犹利之于刀;未闻刀没而利存,岂容形亡而神在?"这几句话在当时受了无数人的攻击。到了宋朝有个司马光把这几句话记在他的《资治通鉴》里。一千五六百年之后,有一个十一岁的小孩子,——就是我,——看《通鉴》到这几句话,心里受了一大感动,后来便影响了他半生的思想行事。然而那说话的范缜早已死了一千五百年了!

二千六七百年前，在印度地方有一个穷人病死了，没人收尸，尸首暴露在路上，已腐烂了。那边来了一辆车，车上坐着一个王太子，看见了这个腐烂发臭的死人，心中起了一念；由这一念，展转发生无数念。后来那位王太子把王位也抛了，富贵也抛了，父母妻子也抛了，独自去寻思一个解脱生老病死的方法。后来这位王子便成了一个教主，创了一种哲学的宗教，感化了无数人。他的影响势力至今还在；将来即使他的宗教全灭了，他的影响势力终久还存在，以至于无穷。这可是那腐烂发臭的路毙所曾梦想到的吗？

以上不过是略举几件事，说明上文说的"社会的不朽"，"大我的不朽"。这种不朽论，总而言之，只是说个人的一切功德罪恶，一切言语行事，无论大小好坏，——都留下一些影响在那个"大我"之中，——都与这永远不朽的"大我"一同永远不朽。

上文我批评那"三不朽论"的三层缺点：（一）只限于极少数的人，（二）没有消极的裁制，（三）所说"功，德，言"的范围太含糊了。如今所说"社会的不朽"，其实只是把那"三不朽论"的范围更推广了。既然不论事业功德的大小，一切都可不朽，那第一第三两层短处都没有了。冠绝古今的道德功业固可以不朽，那极平常的"庸言庸行"，油盐柴米的琐屑，愚夫愚妇的细事，一言一笑的微细，也都永远不朽。那发现美洲的哥仑布固可以不朽，那些和他同行的水手火头，造船的工人，造罗盘器械的工人，供给他粮食衣服银钱的人，他所读的书的著作家，生他的父母，生他父母的父母祖宗，以及生育训练那些工人商人的父母祖宗，以及他以前和同时的社会，……都永远不朽。社会是有机的组织,那英雄伟人可以不朽,那挑水的,烧饭的,甚至于浴堂里替你擦背的,甚至于每天替你家掏粪倒马桶的,也都永远不朽。至于那第二层缺点,也可免去。如今说立德不朽,行恶也不朽;立功不朽,犯罪也不朽;"流芳百世"不朽,"遗臭万年"也不朽;功德盖世固是不朽的善因,吐一口痰也有不朽的恶果。我的朋友李守常先生说得好:"稍一失脚,必致遗留层层罪恶种子于未来无量的人,——即未来无量的我,——永不能消除,永不能忏悔。"这就是消极的裁制了。

中国儒家的宗教提出一个父母的观念,和一个祖先的观念,来做人生一切行为的裁制力。所以说,"一出言而不敢忘父母,一举足而不敢忘父母"。父母死后,又用丧礼祭礼等等见神见鬼的方法,时刻提醒这种人生行为的裁制力。所以又说,"斋明盛服,以承祭祀,洋洋乎如在其上,如在其左右"。又说,"斋三日,则见其所为斋者;祭之日,入室,僾然必有见乎其位;周还出户,肃然必有闻乎其容声;出户而听,忾然必有闻乎其叹息之声"。这都是"神道设教",见神见鬼的手段。这种宗教的手段在今日是不中用了。还有那种"默示"的宗教,神权的宗教,崇拜偶像的宗教,在我们心里也不能发生效力,不能裁制我们一生的行为。以我个人看来,这种"社会的不朽"观念很可以做我的宗教了。我的宗教的教旨是:

我这个现在的"小我",对于那永远不朽的"大我"的无穷过去,须负重大的责任;对于那永远不朽的"大我"的无穷未来,也须负重大的责任。我须要时时想着,我应该如何努力利用现在的"小我",方才可以不辜负了那"大我"的无穷过去,方才可以不遗害那"大我"的无穷未来?

(跋)

　　这篇文章的主意是民国七年年底当我的母亲丧事里想到的。那时只写成一部分,到八年二月十九日方才写定付印。后来俞颂华先生在报纸上指出我论社会是有机体一段很有语病,我觉得他的批评很有理,故九年二月间我用英文发表这篇文章时,我就把那一段完全改过了。十年五月,又改定中文原稿,并记作文与修改的缘起于此。

(原载1919年2月15日《新青年》第6卷第2号)

不 老

跋梁漱溟先生致陈独秀书

一　梁先生原信节录

仲甫先生：

　　方才收到《新青年》六卷一号，看见你同陶孟和先生论我父亲自杀的事各一篇，我很感谢。为什么呢？因为凡是一件惹人注目的事，社会上对于他一定有许多思量感慨。当这用思兴感的时候，必不可无一种明确的议论来指导他们到一条正确的路上去，免得流于错误而不自觉。所以我很感谢你们作这种明确的议论。我今天写这信有两个意思：一个是我读孟和的论断似乎还欠明晰，要有所申论；一个是凡人的精神状况差不多都与他的思想有关系，要众人留意。……

　　诸君在今日被一般人指而目之为新思想家，那里知道二十年前我父亲也是受人指而目之为新思想家的呀。那时候人都毁骂郭筠仙（嵩焘）信洋人讲洋务，我父亲同他不相识，独排众论，极以他为然。又常亲近那最老的外交家许静山先生（珏），去访问世界大势，讨论什么亲俄亲英的问题。自己在日记上说："倘我本身不能出洋留学，一定节省出钱来叫我儿子出洋。万事可省，此事不可不办。"大家总该晓得向来小孩子开蒙念书照规矩是《百家姓》、《千字文》、《四书五经》。我父亲竟不如此，叫那先生拿《地球韵言》来教我。我八岁时候有一位陈先生开了一个"中西小学堂"，便叫我去那里学起 abcd 来。到现在二十岁了，那人人都会背的《论语》、《孟子》，我不但不会背，还是没有念呢！请看二十年后的今日还在那里压派着小学生读经，稍为革废之论，即为大家所不容。没有过人的精神，能行之于二十年前么？我父亲有兄弟交彭翼仲先生是北京城报界开天辟地的人，创办《启蒙画报》、《京话日报》、《中华报》等等。（《启蒙画报》上边拿些浅近科学知识讲给人听，排斥迷信，恐怕是北京人与赛先生（Science）相遇的第一次呢！）北京人都叫他"洋报"，没人过问，赔累不堪，几次绝望。我父亲典当了钱接济他，前后千余金。在那借钱折子上自己批道："我们为开化社会，就是把这钱赔干净了也甘心。"我父亲又拿鲁国漆室女倚门而叹的故事编了一出新戏叫作"女子爱国"。其事距今有十四五年了，算是北京新戏的开创头一回。戏里边便是把当时认为新思想的种种改革的主张夹七夹八的去灌输给听戏的人。平日言谈举动，在一般亲戚朋友看去，都有一种生硬新异的感觉，抱一种老大不赞成的意思。当时的事且不再叙，去占《新青年》的篇幅了。然而到了晚年，就是这五六年，除了合于从前自己主张的外，自己常很激烈的表示反对新人物新主张（于政治为尤然）。甚至把从前所主张的，如申张民权排斥迷信之类，有返回去的倾向。不但我父亲如此，我的父执彭先生本是勇往不过的革新家，那一种破釜沉舟的气概，恐怕现在的革新家未必能及，到现在他的思想也是陈旧的很，甚至也有那返回去的倾向。当年我们两家虽都是南方籍贯，因为一连几代作官不曾回南，已经成了北京人。空气是异常腐败的。何以竟能发扬蹈厉去作革新的先锋？到现在的机会，要比起从前，那便利何止百倍，反而不能助成他们的新思想，却墨守条规起来，又何故呢？这便是我说的精神状况的关系了。当四十岁时，人的精神充裕，那一副过人的精神便显起效用来，于甚少的机会中追求出机会，摄取了知识，构成了思想，发动了志气，所以有那一番积极的作为。在那时代便是维新家了。到六十岁时，精神安能如昔？知识的摄取力先减了，思想的构成力也退了，所有的思想都是以前的遗留，没有那方兴未艾的创造，而外界的变迁却一日千里起来，于是乎就落后为旧人物了。因为所差的不过是精神的活泼，不过是创造的智慧，所以虽不是现在的新思想家，却还是从前的新思想家；虽没有今人的思想，却不像寻常人的没思想。况且我父亲虽然到了老年，因为有一种旧式道德家的训练，那颜色还是很好，目光极其有神，肌肉不瘠，步履甚健，样样都比我们年轻人还强。精神纵不如昔，还是过人。那神志的清明，志气的刚强，情感的真挚，真所谓老当益壮的了。对于外界政治上社会上种种不好的现象，他如何肯糊涂过去！便本着那所有的思想终日早起晏息的去作事，并且成了这自杀的举动。其间知识上的错误自是有的。然而不算事。假使拿他早年本有的精神遇着现在新学家同等的机会，那思想举动正未知如何呢！因此我又联想到何以这么大的中国，却只有一个《新青年》杂志？可以验国人的精神状况了！诸君所反复说之不已的，不过是很简单的一点意思，何以一般人就大惊小怪起来，又有一般人就觉得趣味无穷起来？

想来这般人的思想构成力太缺了！然则这国民的"精神的养成"恐怕是第一大事了。我说精神状况与思想关系是要留意的一桩事，就是这个。

梁漱溟

二 跋

漱溟先生这封信，讨论他父亲巨川先生自杀的事，使人读了都很感动。他前面说的一段，因陶先生已去欧洲，我们且不讨论。后面一段论"精神状况与思想有关系"一个问题，使我们知道巨川先生精神生活的变迁，使我们对于他老先生不能不发生一种诚恳的敬爱心。这段文章，乃是近来传记中有数的文字。若是将来的孝子贤孙替父母祖宗做传时，都能有这种诚恳的态度，写实的文体，解释的见地，中国文学也许发生一些很有文学价值的传记。

我读这一段时，觉得内中有一节很可给我们少年人和壮年人做一种永久的教训，所以我把他提出来抄在下面：

当四十岁时，人的精神充裕，那一副过人的精神便显起效用来，于甚少的机会中追求出机会，摄取了知识，构成了思想，发动了志气，所以有那一番积极的作为。在那时代便是维新家了。到六十岁时，精神安能如昔？知识的摄取力先减了，思想的构成力也退了，所有的思想都是以前的遗留，没有那方兴未艾的创造,而外界的变迁却一日千里起来,于是乎就落后成为旧人物了。

我们少年人读了这一段,应该问自己道:"我们到了六七十岁时,还能保存那创造的精神,做那时代的新人物吗?"这个问题还不是根本问题。我们应该进一步,问自己道:"我们该用什么法子方才可使我们的精神到老还是进取创造的呢?我们应该怎么预备做一个白头的新人物呢?"

从这个问题上着想,我觉得漱溟先生对于他父亲平生事实的解释还不免有一点"倒果为因"的地方。他说,"到了六十岁时,精神安能如昔?知识的摄取力先减了,思想的构成力也退了"。这似乎是说因为精神先衰了,所以不能摄取新知识,不能构成新思想。但他下文又说巨川先生老年的精神还是过人,"真所谓老当益壮"。这可见巨川先生致死的原因不在精神先衰,乃在知识思想不能调剂补助他的精神。二十年前的知识思想决不够培养他那二十年后"老当益壮"的旧精神,所以有一种内部的冲突,所以竟致自杀。

我们从这个上面可得一个教训:我们应该早点预备下一些"精神不老丹"方才可望做一个白头的新人物。这个"精神不老丹"是什么呢?我说是永远可求得新知识新思想的门径。这种门径不外两条:(一)养成一种欢迎新思想的习惯,使新知识新思潮可以源源进来;(二)极力提倡思想自由和言论自由,养成一种自由的空气,布下新思潮的种子,预备我们到了七八十岁时,也还有许多簇新的知识思想可以收获来做我们的精神培养品。

今日的新青年！请看看二十年前的革命家！

民国八年四月

（原载 1919 年 4 月 15 日《新青年》第 6 卷第 4 号，附在梁漱溟《致陈独秀书》后）

归国杂感

我在美国动身的时候，有许多朋友对我道："密斯忒胡，你和中国别了七个足年了，这七年之中，中国已经革了三次的命，朝代也换了几个了。真个是一日千里的进步。你回去时，恐怕要不认得那七年前的老大帝国了。"我笑着对他们说道："列位不用替我担忧。我们中国正恐怕进步太快，我们留学生回去要不认得他了，所以他走上几步，又退回几步。他正在那里回头等我们回去认旧相识呢。"

这话并不是戏言，乃是真话。我每每劝人回国时莫存大希望：希望越大，失望越大。所以我自己回国时，并不曾怀什么大希望。果然船到了横滨，便听得张勋复辟的消息。如今在中国已住了四个月了，所见所闻，果然不出我所料。七年没见面的中国还是七年前的老相识！到上海的时候，有一天，有一位朋友拉我到大舞台去看戏。我走进去坐了两点钟，出来的时候，对我的朋友说道："这个大舞台真正是中国的一个绝妙的缩本模型。你看这大舞台三个字岂不很新？外面的房屋岂不是洋房？里面的座位和戏台上的布景装潢又岂不是西洋新式？但是做戏的人都不过是赵如泉、沈韵秋、万盏灯、何家声、何金寿这些人。没有一个不是二十年前的旧古董！我十三岁到上海的时候，他们已成了老脚色了。如今又隔了十三年了，却还是他们在台上撑场面。这十三年造出来的新角色都到那里去了呢？你再看那台上做的《举鼎观画》。那祖先堂上的布景，岂不很完备？只是那小薛蛟拿了那老头儿的书信，就此跨马加鞭，却忘记了台上布的景是一座祖先堂！又看那出《四进士》。台上布景，明明有了门了，那宋士杰却还要做手势去关那没有的门！上公堂时，还要跨那没有的门槛！你看这二十年前的旧古董，在二十世纪的小舞台上做戏；装上了二十世纪的新布景，却偏要做那二十年前的旧手脚！这不是一副绝妙的中国现势图吗？"

我在上海住了十二天，在内地住了一个月，在北京住了两个月，在路上走了二十天，看了两件大进步的事：第一件是"三炮台"的纸烟，居然行到我们徽州去了；第二件是"扑克"牌居然比麻雀牌还要时髦了。"三炮台"纸烟还不算希奇，只有那"扑克"牌何以会这样风行呢？有许多老先生向来学 A，B，C，D，是很不行的，如今打起"扑克"来，也会说"恩德"，"累死"，"接客倭彭"了！这些怪不好记的名词，何以会这样容易上口呢？他们学这些名词这样容易，何以学正经的 A，B，C，D，又那样蠢呢？我想这里面很有可以研究的道理。新思想行不到徽州，恐怕是因为新思想没有"三炮台"那样中吃罢？A，B，C，D，不容易教，恐怕是因为教的人不得其法罢？

我第一次走过四马路，就看见了三部教"扑克"的书。我心想"扑克"的书已有这许多了，那别种有用的书，自然更不少了，所以我就花了一天的工夫，专去调查上海的出版界。我是学哲学的，自然先寻哲学的书。不料这几年来，中国竟可以算得没有出过一部哲学书。找来找去，找到一部《中国哲学史》，内中王阳明占了四大页，《洪范》倒占了八页！还说了些"孔子既受天之命"，"与天地合德"的话。又看见一部《韩非子精华》，删去了《五蠹》和《显学》两篇，竟成了一部"韩非子糟粕"了。文学书内，只有一部王国维的《宋元戏曲史》是很好的。又看见一家书目上有翻译的萧士比亚剧本，找来一看，原来把会话体的戏剧，都改作了《聊斋志异》体的叙事古文！又看见一部《妇女文学史》，内中苏蕙的回文诗足足占了六十页！又看见《饮冰室丛著》内有《墨学微》一书，我是喜欢看看墨家的书的人，自然心中很高兴。不料抽出来一看，原来是任公先生十四年前的旧作，不曾改了一个字！此外只有一部《中国外交史》，可算是一部好书，如今居然到了三版了。这件事还可以使人乐观。此外那些新出版的小说，看来看去，实在找不出一部可看的小说。有人对我说，如今最风行的是一部《新华春梦记》，这也可想见中国小说界的程度了。

总而言之，上海的出版界，——中国的出版界——这七年来简直没有两三部以上可看的书！不但高等学问的书一部都没有，就是要找一部轮船上火车上消遣的书，也找不出（后来我寻来寻去，只寻得一部吴稚晖先生的《上下古今谈》，带到芜湖路上去看）！我看了这个怪现状，真可以放声大哭。如今的中国人，肚子饿了，还有些施粥的厂把粥给他们吃。只是那些脑子叫饿的人可真没有东西吃了。难道可以把些《九尾龟》、《十尾龟》来充饥吗？

中文书籍既是如此，我又去调查现在市上最通行的英文书籍。看来看去,都是些什么萧士比亚的《威匿思商》、《麦克白传》,阿狄生的《文报选录》,戈司密的《威克斐牧师》,欧文的《见闻杂记》,……大概都是些十七世纪十八世纪的书。内中有几部十九世纪的书,也不过是欧文、迭更司、司各脱、麦考来几个人的书,都是和现在欧美的新思潮毫无关系的。怪不得我后来问起一位有名的英文教习,竟连 Bernard Shaw 的名字也不曾听见过,不要说 Tchekoff 和 Andreyev 了。我想这都是现在一班教会学堂出身的英文教习的罪过。这些英文教习,只会用他们先生教过的课本。他们的先生又只会用他们先生的先生教过的课本。所以现在中国学堂所用的英文书籍,大概都是教会先生的太老师或太太老师们教过的课本!怪不得和现在的思想潮流绝无关系了。

有人说,思想是一件事,文学又是一件事,学英文的人何必要读与现代新思潮有关系的书呢?这话似乎有理,其实不然。我们中国人学英文,和英国、美国的小孩子学英文,是两样的。我们学西洋文字,不单是要认得几个洋字,会说几句洋话,我们的目的在于输入西洋的学术思想。所以我以为中国学校教授西洋文字,应该用一种"一箭射双雕"的方法,把"思想"和"文字"同时并教。例如教散文,与其用欧文的《见闻杂记》,或阿狄生的《文报选录》,不如用赫胥黎的《进化杂论》。又如教戏曲,与其教萧士比亚的《威匿思商》,不如用 Bernard Shaw 的 *Androcles and The Lion*,或是 Galsworthy 的 *Strife* 或 *Justice*。又如教长篇的文字,与其教麦考来的《约翰生行述》,不如教弥尔的《群己权界论》。……我写到这里,忽然想起日本东京丸善书店的英文书目。那书目上,凡是英美两国一年前出版的新书,大概都有。我把这书目和商务书馆与伊文思书馆的书目一比较,我几乎要羞死了。

我回中国所见的怪现状,最普通的是"时间不值钱"。中国人吃了饭没有事做,不是打麻雀,便是打"扑克"。有的人走上茶馆,泡了一碗茶,便是一天了。有的人拿一只鸟儿到处逛逛,也是一天了。更可笑的是朋友去看朋友,一坐下便生了根了,再也不肯走。有事商议,或是有话谈论,到也罢了。其实并没有可议的事,可说的话。我有一天在一位朋友处有事,忽然来了两位客,是□□馆的人员。我的朋友走出去会客,我因为事没有完,便在他房里等他。我以为这两位客一定是来商议这□□馆中什么要事的。不料我听得他们开口道:"□□先生,今回是打津浦火车来的,还是坐轮船来的?"我的朋友说是坐轮船来的。这两位客接着便说轮船怎样不便,怎样迟缓。又从轮船上谈到铁路上,从铁路上又谈到现在中、交两银行的钞洋跌价。因此又谈到梁任公的财政本领,又谈到梁士诒的行踪去迹:……谈了一点多钟,没有谈上一句要紧的话。后来我等的没法子,只好叫听差去请我的朋友。那两位客还不知趣,不肯就走。我不得已,只好跑了,让我的朋友去领教他们的"二梁优劣论"罢!

美国有一位大贤名弗兰克令(Benjamin Franklin)的,曾说道:"时间乃是造成生命的东西。"时间不值钱,生命自然也不值钱了。上海那些拣茶叶的女工,一天拣到黑,至多不过得二百铜钱,少的不过得五六十钱!茶叶店的伙计,一天做十六七点钟的工,一个月平均只拿得两三块钱!还有那些工厂的工人,更不用说了。还有那些更下等,更苦痛的工作,更不用说了。人力那样不值钱，所以卫生也不讲究，医药也不讲究。我在北京、上海看那些小店铺里和穷人家里的种种不卫生，真是一种黑暗世界。至于道路的不洁净，瘟疫的流行，更不消说了。最可怪的是无论阿猫、阿狗都可挂牌医病，医死了人，也没有人怨恨，也没有人干涉。人命的不值钱，真可算得到了极端了。

现今的人都说教育可以救种种的弊病。但是依我看来，中国的教育，不但不能救亡，检直可以亡国。我有十几年没到内地去了，这回回去，自然去看看那些学堂。学堂的课程表，看来何尝不完备？体操也有，图画也有，英文也有，那些国文，修身，之类，更不用说了。但是学堂的弊病，却正在这课程完备上。例如我们家乡的小学堂，经费自然不充足了，却也要每年花六十块钱去请一个中学堂学生兼教英文唱歌。又花二十块钱买一架风琴。我心想，这六十块一年的英文教习，能教什么英文？教的英文，在我们山里的小地方，又有什么用处？至于那音乐一科，更无道理了。请问那种学堂的音乐，还是可以增进"美感"呢？还是可以增进音乐知识呢？若果然要教音乐，为什么不去村乡里找一个会吹笛子的唱昆腔的人来教？为什么一定要用那实在不中听的二十块钱的风琴呢？那些穷人的子弟学了音乐回家，能买得起一架风琴来练习他所学的音乐知识吗？我真是莫名其妙了。所以我在内地常说："列位办学堂，尽不必问教育部规程是什么，须先问这块地方上最需要的是什么。譬如我们这里最需要的是农家常识，蚕桑常识，商业常识，卫生常识，列位却把修身教科书去教他们做圣贤！又把二十块钱的风琴去教他们学音乐！又请一位六十块钱一年的教习教他们的英文！列位且自己想想看，这样的教育，造得出怎么样的人才？所以我奉劝列位办学堂，切莫注重课程的完备，须要注意课程的实用。尽不必去巴结视学员，且去巴结那些小百姓。视学员说这个学堂好，是没有用的。须要小百姓都肯把他们的子弟送来上学，那才是教育有成效了。"

以上说的是小学堂。至于那些中学堂的成绩，更可怕了。我遇见一位省立法政学堂的本科学生，谈了一会，他忽然问道："听说东文是和英文差不多的，这话可真吗？"我已经大诧异了。后来他听我说日本人总有些岛国的习气，忽然问道："原来日本也在海岛上吗？"……这个固然是一个极端的例。但是如今中学堂毕业的人才，高又高不得，低又低不得，竟成了一种无能的游民。这都由于学校里所教的功课，和社会上的需要毫无关涉。所以学校只管多，教育只管兴，社会上的工人，伙计，账房，警察，兵士，农夫，……还只是用没有受过教育的人。社会所需要的是做事的人才，学堂所造成的是不会做事又不肯做事的人才，这种教育不是亡国的教育吗？

我说我的《归国杂感》，提起笔来，便写了三四千字。说的都是些很可以悲观的话。但是我却并不是悲观的人。我以为这二十年来中国并不是完全没有进步，不过惰性太大，向前三步又退回两步，所以到如今还是这个样子。我这回回家寻出了一部叶德辉的《翼教丛编》，读了一遍，才知道这二十年的中国实在已经有了许多大进步。不到二十年前，那些老先生们，如叶德辉、王益吾之流，出了死力去驳康有为，所以这书叫做《翼教丛编》。我们今日也痛骂康有为。但二十年前的中国，骂康有为太新；二十年后的中国，却骂康有为太旧。如今康有为没有皇帝可保了，很可以做一部《翼教续编》来骂陈独秀了。这两部"翼教"的书的不同之处,便是中国二十年来的进步了。

民国七年一月

(原载 1918 年 1 月 15 日《新青年》第 4 卷第 1 号)

辑二 个人的新生活

个人是社会上无数势力造成的。改造社会即是改造个人。

易卜生主义

1

易卜生最后所作的《我们死人再生时》（*When We Dead Awaken*）一本戏里面有一段话，很可表出易卜生所作文学的根本方法。这本戏的主人翁是一个美术家，费了全副精神雕成一副像，名为"复活日"。这位美术家自己说他这副雕像的历史道：

> 我那时年纪还轻，不懂得世事。我以为这"复活日"应该是一个极精致，极美的少女像，不带着一毫人世的经验，平空地醒来，自然光明庄严，没有什么过恶可除。……但是我后来那几年，懂得些世事了，才知道这"复活日"不是这样简单的，原来是很复杂的。……我眼里所见的人情世故，都到我理想中来，我不能不把这些现状包括进去。我只好把这像的座子放大了，放宽了。
> 我在那座子上雕了一片曲折爆裂的地面。从那地的裂缝里，钻出来无数模糊不分明，人身兽面的男男女女。这都是我在世间亲自见过的男男女女。（二幕）

这是"易卜生主义"的根本方法。那不带一毫人世罪恶的少女像，是指那盲目的理想派文学。那无数模糊不分明，人身兽面的男男女女，是指写实派的文学。易卜生早年和晚年的著作虽不能全说是写实主义，但我们看他极盛时期的著作，尽可以说，易卜生的文学，易卜生的人生观，只是一个写实主义。1882年，他有一封信给一个朋友，信中说道：

> 我做书的目的，要使读者人人心中都觉得他所读的全是实事。（《尺牍》第一五九号）

人生的大病根在于不肯睁开眼睛来看世间的真实现状。明明是男盗女娼的社会，我们偏说是圣贤礼义之邦；明明是赃官污吏的政治，我们偏要歌功颂德；明明是不可救药的大病，我们偏说一点病都没有！却不知道：若要病好，须先认有病；若要政治好，须先认现今的政治实在不好；若要改良社会，须先知道现今的社会实在是男盗女娼的社会！易卜生的长处，只在他肯说老实话，只在他能把社会种种腐败龌龊的实在情形写出来叫大家仔细看。他并不是爱说社会的坏处，他只是不得不说。1880年，他对一个朋友说：

> 我无论作什么诗，编什么戏，我的目的只要我自己精神上的舒服清净。因为我们对于社会的罪恶，都脱不了干系的。（《尺牍》第一四八号）

因为我们对于社会的罪恶都脱不了干系,故不得不说老实话。

2

我们且看易卜生写近世的社会,说的是一些什么样的老实话。第一,先说家庭。

易卜生所写的家庭,是极不堪的。家庭里面,有四种大恶德:一是自私自利;二是倚赖性,奴隶性;三是假道德,装腔做戏;四是懦怯没有胆子。做丈夫的便是自私自利的代表。他要快乐,要安逸,还要体面,所以他要娶一个妻子。正如《娜拉》戏中的郝尔茂,他觉得同他妻子有爱情是很好玩的。他叫他妻子做"小宝贝","小鸟儿","小松鼠儿","我的最亲爱的",等等肉麻名字。他给他妻子一点钱去买糖吃,买粉搽,买好衣服穿。他要他妻子穿得好看,打扮的标致。做妻子的完全是一个奴隶。他丈夫喜欢什么,他也该喜欢什么,他自己是不许有什么选择的。他的责任在于使丈夫欢喜。他自己不用有思想;他丈夫会替他思想。他自己不过是他丈夫的玩意儿,很像叫化子的猴子专替他变把戏引人开心的(所以《娜拉》又名《玩物之家》)。丈夫要妻子守节,妻子却不能要丈夫守节,正如《群鬼》(Ghosts) 戏里的阿尔文夫人受不过丈夫的气,跑到一个朋友家去;那位朋友是个牧师,很教训了他一顿,说他不守妇道。但是阿尔文夫人的丈夫专在外面偷妇人,甚至淫乱他妻子的婢女;人家都毫不介意,那位牧师朋友也觉得这是男人常有的事,不足为奇!妻子对丈夫,什么都可以牺牲;丈夫对妻子,是不犯着牺牲什么的。《娜拉》

戏内的娜拉因为要救他丈夫的生命，所以冒他父亲的名字，签了借据去借钱。后来事体闹穿了，他丈夫不但不肯替娜拉分担冒名的干系，还要痛骂他带累他自己的名誉。后来和平了结了，没有危险了，他丈夫又装出大度的样子，说不追究他的错处了。他得意扬扬的说道："一个男人赦了他妻子的过犯是很畅快的事！"（《娜拉》三幕）

　　这种极不堪的情形，何以居然忍耐得住呢？第一，因为人都要顾面子，不得不装腔做势，做假道德遮着面孔。第二，因为大多数的人都是没有胆子的懦夫。因为要顾面子，故不肯闹翻；因为没有胆子，故不敢闹翻。那《娜拉》戏里的娜拉忽然看破家庭是一座做猴子戏的戏台，他自己是台上的猴子。他有胆子，又不肯再装假面子，所以告别了掌班的，跳下了戏台，去干他自己的生活。那《群鬼》戏里的阿尔文夫人没有娜拉的胆子，又要顾面子，所以被他的牧师朋友一劝，就劝回头了，还是回家去尽他的"天职"，守他的"妇道"。他丈夫仍旧做那种淫荡的行为。阿尔文夫人只好牺牲自己的人格，尽力把他羁縻在家。后来生下一个儿子，他母亲恐怕他在家学了他父亲的坏榜样，所以到了七岁便把他送到巴黎去。他一面要哄他丈夫在家，一面要在外边替他丈夫修名誉，一面要骗他儿子说他父亲是怎样一个正人君子。这种情形，过了十九个足年，他丈夫才死。死后，他妻子还要替他装面子，花了许多钱，造了一所孤儿院，作他亡夫的遗爱。孤儿院造成了，把他儿子唤回来参预孤儿院落成的庆典。谁知他儿子从胎里就得了他父亲的花柳病的遗毒，变成一种脑腐症，到家没几天，那孤儿院也被火烧了，他儿子的遗传病发作，脑子坏了，就成了疯人了。这是没有胆子，又要顾面子的结局。这就是腐败家庭的下场！

3

其次，且看易卜生的社会的三种大势力。那三种大势力：一是法律，二是宗教，三是道德。

第一，法律　法律的效能在于除暴去恶，禁民为非。但是法律有好处也有坏处。好处在于法律是无有偏私的；犯了什么法，就该得什么罪。坏处也在于此。法律是死板板的条文，不通人情世故；不知道一样的罪名却有几等几样的居心，有几等几样的境遇情形；同犯一罪的人却有几等几样的知识程度。法律只说某人犯了某法的某某篇某某章某某节，该得某某罪，全不管犯罪的人的知识不同，境遇不同，居心不同。《娜拉》戏里有两件冒名签字的事：一件是一个律师做的，一件是一个不懂法律的妇人做的。那律师犯这罪全由于自私自利，那妇人犯这罪全因为他要救他丈夫的性命。但是法律全不问这些区别。请看这两个"罪人"讨论这个问题：

（律师）郝夫人，你好像不知道你犯了什么罪，我老实对你说，我犯的那桩使我一生声名扫地的事，和你所做的事恰恰相同，一毫也不多，一毫也不少。

（娜拉）你！难道你居然也敢冒险去救你妻子的命吗？

（律师）法律不管人的居心如何。

（娜拉）如此说来，这种法律是笨极了。

（律师）不问他笨不笨，你总要受他的裁判。

（娜拉）我不相信。难道法律不许做女儿的想个法子免得他临死的父亲烦恼吗？难道法律不许做妻子的救他丈夫的命吗？我不大懂得法律，但是我想总该有这种法律承认这些事的。你是一个律师，你难道不知道有这样的法律吗？柯先生，你真是一个不中用的律师了。（《娜拉》一幕）

最可怜的是世上真没有这种入情入理的法律！

第二，宗教　易卜生眼里的宗教久已失了那种可以感化人的能力；久已变成毫无生气的仪节信条，只配口头念得烂熟，却不配使人奋发鼓舞了。《娜拉》戏里说：

（郝尔茂）你难道没有宗教吗？

（娜拉）我不很懂得究竟宗教是什么东西。我只知道我进教时那位牧师告诉我的一些话。他对我说宗教是这个，是那个，是这样，是那样。（三幕）

如今人的宗教，都是如此，你问他信什么教，他就把他的牧师或是他的先生告诉他的话背给你听。他会背耶稣的祈祷文，他会念阿弥陀佛，他会背一部《圣谕广训》。这就是宗教了！

宗教的本意，是为人而作的，正如耶稣说的，"礼拜是为人造的，不是人为礼拜造的"。不料后世的宗教处处与人类的天性相反，处处反乎人情。如《群鬼》戏中的牧师，逼着阿尔文夫人

为者常成，行者常至。

信仰虽异
友情笃深

我们四来了
请你们看个晓吧

宽容比自由更重要

无目的读书
是散步而不是学习

胡适
HU SHI

少说点空话
多做点实事

干不了，谢谢

宁鸣而死
不默而生

一张苦口
一支秃笔

拿证据来！

家国情怀
修齐治平

心静如水
心怀小鹿

要怎么收获
先怎么栽

天下没有白费的努力

回家去受那荡子丈夫的待遇，去受那十九年极不堪的惨痛。那牧师说，宗教不许人求快乐；求快乐便是受了恶魔的魔力了。他说，宗教不许做妻子的批评他丈夫的行为。他说，宗教教人无论如何总要守妇道，总须尽责任。那牧师口口声声所说是"是"的，阿尔文夫人心中总觉得都是"不是"的。后来阿尔文夫人仔细去研究那牧师的宗教，忽然大悟。原来那些教条都是假的，都是"机器造的！"（《群鬼》二幕）

但是这种机器造的宗教何以居然能这样兴旺呢？原来现在的宗教虽没有精神上的价值，却极有物质上的用场。宗教是可以利用的，是可以使人发财得意的。那《群鬼》戏里的木匠，本是一个极下流的酒鬼，卖妻卖女都肯干的。但是他见了那位道学的牧师，立刻就装出宗教家的样子，说宗教家的话，做宗教家的唱歌祈祷，把这位蠢牧师哄得滴溜溜的转（二幕）。那《罗斯马庄》（Rosmersholm）戏里面的主人翁罗斯马本是一个牧师，后来他的思想改变了，遂不信教了。他那时想加入本地的自由党，不料党中的领袖却不许罗斯马宣告他脱离教会的事。为什么呢？因为他们党里很少信教的人，故想借罗斯马的名誉来号召那些信教的人家。可见宗教的兴旺，并不是因为宗教真有兴旺的价值，不过是因为宗教有可以利用的好处罢了。

第三，**道德** 法律宗教既没有裁制社会的本领，我们且看"道德"可有这种本事。据易卜生看来，社会上所谓"道德"不过是许多陈腐的旧习惯。合于社会习惯的，便是道德；不合于社会习惯的，便是不道德。正如我们中国的老辈人看见少年男女实行自由结婚，便说是"不道德"。为什么呢？因为这事不合于

"父母之命,媒妁之言"的社会习惯。但是这班老辈人自己讨许多小老婆,却以为是很平常的事,没有什么不道德。为什么呢?因为习惯如此。又如中国人死了父母,发出讣书,人人都说"泣血稽颡","苫块昏迷"。其实他们何尝泣血?又何尝"寝苫枕块"?这种自欺欺人的事,人人都以为是"道德",人人都不以为羞耻。为什么呢?因为社会的习惯如此,所以不道德的也觉得道德了。

这种不道德的道德,在社会上,造出一种诈伪不自然的伪君子。面子上都是仁义道德,骨子里都是男盗女娼。易卜生最恨这种人。他有一本戏,叫做《社会的栋梁》(Pillars of Society)。戏中的主人名叫褒匿,是一个极坏的伪君子;他犯了一桩奸情,却让他兄弟受这恶名,还要诬赖他兄弟偷了钱跑脱了。不但如此,他还雇了一只烂脱底的船送他兄弟出海,指望把他兄弟和一船的人都沉死在海底,可以灭口。

这样一个大奸,面子上却做得十分道德,社会上都尊敬他,称他做"全市第一个公民","公民的模范","社会的栋梁"!他谋害他兄弟的那一天,本城的公民,聚了几千人,排起队来,打着旗,奏着军乐,上他的门来表示社会的敬意,高声喊道,"褒匿万岁!社会的栋梁褒匿万岁!"

这就是道德!

4

其次,我们且看易卜生写个人与社会的关系。

易卜生的戏剧中，有一条极显而易见的学说，是说社会与个人互相损害；社会最爱专制，往往用强力摧折个人的个性，压制个人自由独立的精神；等到个人的个性都消灭了，等到自由独立的精神都完了，社会自身也没有生气了，也不会进步了。社会里有许多陈腐的习惯，老朽的思想，极不堪的迷信，个人生在社会中，不能不受这些势力的影响。有时有一两个独立的少年，不甘心受这种陈腐规矩的束缚，于是东冲西突想与社会作对。上文所说的褒匿，当少年时，也曾想和社会反抗。但是社会的权力很大，网罗很密；个人的能力有限，如何是社会的敌手？社会对个人道："你们顺我者生，逆我者死；顺我者有赏，逆我者有罚。"那些和社会反对的少年，一个一个的都受家庭的责备，遭朋友的怨恨，受社会的侮辱骗逐。再看那些奉承社会意旨的人，一个个的都升官发财，安富尊荣了。当此境地，不是顶天立地的好汉，决不能坚持到底。所以像褒匿那般人，做了几时的维新志士，不久也渐渐的受社会同化，仍旧回到旧社会去做"社会的栋梁"了。社会如同一个大火炉，什么金银铜铁锡，进了炉子，都要熔化。易卜生有一本戏叫做《雁》（*The Wild Duck*）写一个人捉到一只雁，把他养在楼上半阁里，每天给他一桶水，让他在水里打滚游戏。那雁本是一个海阔天空逍遥自得的飞鸟，如今在半阁里关久了，也会生活，也会长得胖胖的，后来竟完全忘记了他从前那种海阔天空来去自由的乐处了！个人在社会里，就同这雁在人家半阁上一般，起初未必满意，久而久之，也就惯了，也渐渐的把黑暗世界当作安乐窝了。

社会对于那班服从社会命令，维持陈旧迷信，传播腐败思想的人，一个一个的都有重赏。有的发财了，有的升官了，有的享大名誉了。这些人有了钱，有了势，有了名誉，就像老虎长了翅膀，更可横行无忌了，更可借着"公益"的名义去骗人钱财，害人生命，做种种无法无天的行为。易卜生的《社会的栋梁》和《博克曼》(*John Gabriel Borkman*)两本戏的主人翁都是这种人物。他们钱赚得够了，然后掏出几个小钱来，开一个学堂，造一所孤儿院，立一个公共游戏场，"捐二十磅金去买面包给贫人吃"（用《社会的栋梁》二幕中语）。于是社会格外恭维他们，打着旗子，奏着军乐，上他们家来，大喊"社会的栋梁万岁！"

那些不懂事又不安本分的理想家，处处和社会的风俗习惯反对，是该受重罚的。执行这种重罚的机关，便是"舆论"，便是大多数的"公论"。世间有一种最通行的迷信，叫做"服从多数的迷信"。人都以为多数人的公论总是不错的。易卜生绝对的不承认这种迷信。他说"多数党总在错的一边，少数党总在不错的一边"（《国民公敌》五幕）。一切维新革命，都是少数人发起的，都是大多数人所极力反对的。大多数人总是守旧麻木不仁的；只有极少数人，有时只有一个人，不满意于社会的现状，要想维新，要想革命。这种理想家是社会所最忌的。大多数人都骂他是"捣乱分子"，都恨他"扰乱治安"，都说他"大逆不道"；所以他们用大多数的专制威权去压制那"捣乱"的理想志士，不许他开口，不许他行动自由；把他关在监牢里，把他赶出境去，把他杀了，把他钉在十字架上活活的钉死，把他捆在柴草上活活的烧死。过了几十年几百年，那少数人的主张渐渐的变成多数人的主张了，于是社会的多数人又把他们从前杀死钉死烧死的那些"捣乱分子"一个一个的重新推崇起来,替他们修墓,替他们作传,替他们立庙,替他们铸铜像。却不知道从前那种"新"思想,到了这时候,又早已成了"陈腐的"迷信!当他们替从前那些特立独行的人修墓铸铜像的时候,社会里早已发生了几个新派少数人,又要受他们杀死钉死烧死的刑罚了!所以说"多数党总是错的,少数党总是不错的"。

易卜生有一本戏叫做《国民公敌》,里面写的就是这个道理。这本戏的主人翁斯铎曼医生从前发现本地的水可以造成几处卫生浴池。本地的人听了他的话,觉得有利可图,便集了资本造了几处卫生浴池。后来四方的人闻了这浴池的名,纷纷来这里避暑养病。来的人多了,本地的商业市面便渐渐发达兴旺。斯铎曼医生便做了浴池的官医。后来洗浴的人之中,忽然发生一种流行病症;经这位医生仔细考察,知道这病症是从浴池的水里来的,他便装了一瓶水寄与大学的化学师请他化验。化验出来,才知道浴池的水管安的太低了,上流的污秽,停积在浴池里,发生一种传染病的微生物,极有害于公众卫生。斯铎曼医生得了这种科学证据,便做了一篇切切实实的报告书,请浴池的董事会把浴池的水管重行改造,以免妨碍卫生。不料改造浴池须要花费许多钱,又要把浴池闭歇一两年;浴池一闭歇,本地的商务便要受许多损失。所以本地的人全体用死力反对斯铎曼医生的提议。他们宁可听那些来避暑养病的人受毒病死,却不情愿受这种金钱的损失,所以他们用大多数的专制威权压制这位说老实话的医生,不许他开口。他做了报告,本地的报馆都不肯登载。他要自己印刷,印刷局也不肯替他印。他要开会演说,全城的人都不把空屋借他做会场。后来好容易找到了一所会场，开了一个公民会议，会场上的人不但不听他的老实话，还把他赶下台去，由全体一致表决，宣告斯铎曼医生从此是国民的公敌。他逃出会场，把裤子都撕破了，还被众人赶到他家，用石头掷他，把窗户都打碎了。到了明天，本地政府革了他的官医；本地商民发了传单不许人请他看病；他的房东请他赶快搬出屋去；他的女儿在学堂教书，也被校长辞退了。这就是"特立独行"的好结果！这就是大多数惩罚少数"捣乱分子"的辣手段！

5

其次，我们且说易卜生的政治主义。易卜生的戏剧不大讨论政治问题，所以我们须要用他的《尺牍》（Letters, ed. by his son, Sigurd Ibsen, English Trans. 1905）做参考的材料。

易卜生起初完全是一个主张无政府主义的人。当普法之战（1870至1871年）时，他的无政府主义最为激烈。1871年，他有信与一个朋友道：

……个人绝无做国民的需要。不但如此，国家检直是个人的大害。请看普鲁士的国力，不是牺牲了个人的个性去买来的吗？国民都成了酒馆里跑堂的了，自然个个是好兵了。再看犹太民族：岂不是最高贵的人类吗？无论受了何种野蛮的待遇，那犹太民族还能保存本来的面目。这都因为他们没有国家的原故。国家总得毁去。这种毁除国家的革命，我也情愿加入。毁去国家观念，单靠个人的情愿和精神上的团结做人类社会的基本，——若能做到这步田地，这可算得有价值的自由起点。那些国体的变迁，换来换去，都不过是弄把戏，——都不过是全无道理的胡闹。(《尺牍》第七九)

易卜生的纯粹无政府主义，后来渐渐的改变了。他亲自看见巴黎"市民政府"（Commune）的完全失败（1871），便把他主张无政府主义的热心减了许多（《尺牍》第八一）。到了1884年，他写信给他的朋友说，他在本国若有机会，定要把国中无权的人民联合成一个大政党，主张极力推广选举权，提高妇女的地位，改良国家教育，要使脱除一切中古陋习（《尺牍》第一七八）。这就不是无政府的口气了。但是他自己到底不曾加入政党。他以为加入政党是很下流的事（《尺牍》第一五八）。他最恨那班政客，他以为"那班政客所力争的，全是表面上的权利，全是胡闹。最要紧的是人心的大革命"（《尺牍》第七七）。

易卜生从来不主张狭义的国家主义，从来不是狭义的爱国者。1888年，他写信给一个朋友说道：

知识思想略为发达的人，对于旧式的国家观念，总不满意。我们不能以为有了我们所属的政治团体便足够了。据我看来，国家观念不久就要消灭了，将来定有人种观念起来代他。即以我个人而论，我已经过这种变化。我起初觉得我是那威国人，后来变成斯堪丁纳维亚人（那威与瑞典总名斯堪丁纳维亚），我现在已成了条顿人了。(《尺牍》第二〇六)

这是 1888 年的话。我想易卜生晚年临死的时候（1906），一定已进到世界主义的地步了。

6

我开篇便说过易卜生的人生观只是一个写实主义。易卜生把家庭社会的实在情形都写了出来，叫人看了动心，叫人看了觉得我们的家庭社会原来是如此黑暗腐败，叫人看了晓得家庭社会真正不得不维新革命：——这就是"易卜生主义"。表面上看去，像是破坏的，其实完全是建设的。譬如医生诊了病，开的一个脉案，把病状详细写出，这难道是消极的破坏的手续吗？但是易卜生虽开了许多脉案，却不肯轻易开药方。他知道人类社会是极复杂的组织，有种种绝不相同的境地，有种种绝不相同的情形。社会的病，种类纷繁，决不是什么"包医百病"的药方所能治得好的。因此他只好开个脉案，说出病情，让病人各人自己去寻医病的药方。

虽然如此，但是易卜生生平却也有一种完全积极的主张。他主张个人须要充分发达自己的天才性；须要充分发展自己的个性。他有一封信给他的朋友白兰戴说道：

> 我所最期望于你的是一种真益纯粹的为我主义。要使你有时觉得天下只有关于我的事最要紧，其余的都算不得什么。……你要想有益于社会，最好的法子莫如把你自己这块材料铸造成器。……有的时候我真觉得全世界都像海上撞沉

了船,最要紧的还是救出自己。(《尺牍》第八四)

最可笑的是有些人明知世界"陆沉",却要跟着"陆沉",跟着堕落,不肯"救出自己"!却不知道社会是个人组成的,多救出一个人便是多备下一个再造新社会的分子。所以孟轲说"穷则独善其身",这便是易卜生所说"救出自己"的意思。这种"为我主义",其实是最有价值的利人主义。所以易卜生说,"你要想有益于社会,最好的法子莫如把你自己这块材料铸造成器"。《娜拉》戏里,写娜拉抛了丈夫儿女飘然而去,也只为要"救出自己"。那戏中说:

(郝尔茂)……你就是这样抛弃你的最神圣的责任吗?

(娜拉)你以为我的最神圣的责任是什么?

(郝)还等我说吗?可不是你对于你的丈夫和你的儿女的责任吗?

(娜)我还有别的责任同这些一样的神圣。

(郝)没有的。你且说,那些责任是什么。

(娜)是我对于我自己的责任。

(郝)最要紧的,你是一个妻子,又是一个母亲。

(娜)这种话我现在不相信了。我相信第一我是一个人正同你一样。——无论如何,我务必努力做一个人。(三幕)

1882年,易卜生有信给朋友道:

这样生活,须使各人自己充分发展:——这是人类功业顶高的一层;这是我们大家都应该做的事。(《尺牍》第一六四)

社会最大的罪恶莫过于摧折个人的个性,不使他自由发展。那本《雁》戏所写的只是一件摧残个人才性的惨剧。那戏写一个人少年时本极有高尚的志气,后来被一个恶人害得破家荡产,不能度日;那恶人又把他自己通奸有孕的下等女子配给他做妻子,从此家累日重一日,他的志气便日低一日。到了后来,他堕落深了,竟变成了一个懒人懦夫,天天受那下贱妇人和两个无赖的恭维,他洋洋得意的觉得这种生活很可以终身的。所以那本戏借一个雁做比喻:那雁在半阁上关得久了,他从前那种高飞远举的志气全消灭了。居然把人家的半阁做他的极乐国了!

发展个人的个性,须要有两个条件。第一,须使个人有自由意志。第二,须使个人担干系,负责任。《娜拉》戏中写郝尔茂的最大错处只在他把娜拉当作"玩意儿"看待,既不许他有自由意志,又不许他担负家庭的责任,所以娜拉竟没有发展他自己个性的机会。所以娜拉一旦觉悟时,恨极他的丈夫,决意弃家远去,也正为这个原故。易卜生又有一本戏,叫做《海上夫人》(The Lady From The Sea),里面写一个女子哀梨妲少年时嫁给人家做后母,他丈夫和前妻的两个女儿看他年纪轻,不让他管家务,只叫他过安闲日子。哀梨妲在家觉得做这种不自由的妻子,不负责任的后母,是极没趣的事。因此他天天想跟人到海外去过那海阔天空的生活。他丈夫越不许他自由,他偏越想自由。后来他丈夫知道留他不住，只得许他自由出去。他丈夫说道：

(丈夫)……我现在立刻和你毁约，现在你可以有完全自由拣定你自己的路子。……现在你可以自己决定，你有完全的自由，你自己担干系。

(哀梨妲)完全自由！还要自己担干系！还担干系咧！有这么一来，样样事都不同了。

哀梨妲有了自由又自己负责任了，忽然大变了，也不想那海上的生活了，决意不跟人走了(《海上夫人》第五幕)。这是为什么呢？因为世间只有奴隶的生活是不能自由选择的，是不用担干系的。个人若没有自由权，又不负责任，便和做奴隶一样，所以无论怎样好玩，无论怎样高兴，到底没有真正乐趣，到底不能发展个人的人格。所以哀梨妲说，有了完全自由，还要自己担干系，有这么一来，样样事都不同了。

家庭是如此，社会国家也是如此。自治的社会，共和的国家，只是要个人有自由选择之权，还要个人对于自己所行所为都负责任。若不如此，决不能造出自己独立的人格。社会国家没有自由独立的人格如同酒里少了酒曲，面包里少了酵，人身上少了脑筋：那种社会国家决没有改良进步的希望。

所以易卜生的一生目的只是要社会极力容忍，极力鼓励斯铎曼医生一流的人物(斯铎曼事见上文四节)；要想社会上生出无数永不知足，永不满意，敢说老实话攻击社会腐败情形的"国民公敌"；要想社会上有许多人都能像斯铎曼医生那样宣言道："世上最强有力的人就是那个最孤立的人！"

　　社会国家是时刻变迁的，所以不能指定那一种方法是救世的良药：十年前用补药，十年后或者须用泻药了；十年前用凉药，十年后或者须用热药了。况且各地的社会国家都不相同，适用于日本的药，未必完全适用于中国；适用于德国的药，未必适用于美国。只有康有为那种"圣人"，还想用他们的"戊戌政策"来救戊午的中国；只有辜鸿铭那班怪物，还想用二千年前的"尊王大义"来施行于二十世纪的中国。易卜生是聪明人，他知道世上没有"包医百病"的仙方，也没有"施诸四海而皆准，推之百世而不悖"的真理。因此他对于社会的种种罪恶污秽，只开脉案，只说病状，却不肯下药。但他虽不肯下药，却到处告诉我们一个保卫社会健康的卫生良法。他仿佛说道："人的身体全靠血里面有无量数的白血轮时时刻刻与人身的病菌开战，把一切病菌扑灭干净，方才可使身体健全，精神充足。社会国家的健康也全靠社会中有许多永不知足，永不满意，时刻与罪恶分子龌龊分子宣战的白血轮，方才有改良进步的希望。我们若要保卫社会的健康，须要使社会里时时刻刻有斯铎曼医生一般的白血轮分子。但使社会常有这种白血轮精神，社会决没有不改良进步的道理。"1883年，易卜生写信给朋友道：

　　　　十年之后，社会的多数人大概也会到了斯铎曼医生开公民大会时的见地了。

　　　　但是这十年之中，斯铎曼自己也刻刻向前进；所以到了十年之后，他的见地仍旧比社会的多数人还高十年。即以我个人而论，我觉得时时刻刻总有进境。我从前每作一本戏时的主张，如今都已渐渐变成了很多数人的主张。但是等到他们赶到那里时，我久已不在那里了。我又到别处去了。我希望我总是向前去了。(《尺牍》第一七二)

民国七年五月十六日作于北京

民国十年四月二十六日改稿

（原载 1918 年 6 月 15 日《新青年》第 4 卷第 6 号）

贞操问题

1

周作人先生所译的日本与谢野晶子的《贞操论》(《新青年》四卷五号),我读了很有感触。这个问题,在世界上受了几千年无意识的迷信,到近几十年中,方才有些西洋学者正式讨论这问题的真意义。文学家如易卜生的《群鬼》和 Thomas Hardy 的《苔史》(Tess),都带着讨论这个问题。如今家庭专制最利害的日本居然也有这样大胆的议论!这是东方文明史上一件极可贺的事。

当周先生翻译这篇文字的时候,北京一家很有价值的报纸登出一篇恰相反的文章。这篇文章是海宁朱尔迈的《会葬唐烈妇记》(7月23、24日北京《中华新报》)。上半篇写唐烈妇之死如下:

> 唐烈妇之死,所阅灰水、钱卤、投河,雉经者五,前后绝食者三;又益之以砒霜,则其亲试乎杀人之方者凡九。自除夕上溯其夫亡之夕,凡九十有八日。夫以九死之惨毒,又

历九十八日之长，非所称百挫千折有进而无退者乎？……

下文又借出一件"俞氏女守节"的事来替唐烈妇作陪衬：

> 女年十九，受海盐张氏聘，未于归，夫夭，女即绝食七日；家人劝之力，始进糜曰，"吾即生，必至张氏，宁服丧三年，然后归报地下。"

最妙的是朱尔迈的论断：

> 嗟乎，俞氏女盖闻烈妇之风而兴起者乎？……俞氏女果能死于绝食七日之内，岂不甚幸？乃为家人阻之，俞氏女亦以三年为己任，余正恐三年之间，凡一千八十日有奇，非如烈妇之九十八日也。且绝食之后，其家人防之者百端，……虽有死之志，而无死之间，可奈何？烈妇倘能阴相之以成其节，风化所关，猗欤盛矣！

这种议论检直是全无心肝的贞操论，俞氏女还不曾出嫁，不过因为信了那种荒谬的贞操迷信，想做那"青史上留名的事"，所以绝食寻死，想做烈女。这位朱先生要维持风化，所以忍心害理的巴望那位烈妇的英灵来帮助俞氏女赶快死了，"岂不甚幸！"这种议论可算得贞操迷信的极端代表。《儒林外史》里面的王玉辉看他女儿殉夫死了，不但不哀痛，反仰天大笑道："死得好！死得好！"（五十二回）王玉辉的女儿殉已嫁之夫，尚在情理之中。

王玉辉自己"生这女儿为伦纪生色",他看他女儿死了反觉高兴,已不在情理之中了。至于这位朱先生巴望别人家的女儿替他未婚夫做烈女,说出那种"猗欤盛矣"的全无心肝的话,可不是贞操迷信的极端代表吗?

贞操问题之中,第一无道理的,便是这个替未婚夫守节和殉烈的风俗。在文明国里,男女用自由意志,由高尚的恋爱,订了婚约,有时男的或女的不幸死了,剩下的那一个因为生时爱情太深,故情愿不再婚嫁。这是合情理的事。若在婚姻不自由之国,男女订婚以后,女的还不知男的面长面短,有何情爱可言?不料竟有一种陋儒,用"青史上留名的事"来鼓励无知女儿做烈女,"为伦纪生色","风化所关,猗欤盛矣!"我以为我们今日若要作具体的贞操论,第一步就该反对这种忍心害理的烈女论,要渐渐养成一种舆论,不但永不把这种行为看作"猗欤盛矣"可旌表褒扬的事,还要公认这是不合人情,不合天理的罪恶;还要公认劝人做烈女,罪等于故意杀人。

这不过是贞操问题的一方面。这个问题的真相,已经与谢野晶子说得很明白了。他提出几个疑问,内中有一条是:"贞操是否单是女子必要的道德,还是男女都必要的呢?"这个疑问,在中国更为重要。中国的男子要他们的妻子替他们守贞守节,他们自己却公然嫖妓,公然纳妾,公然"吊膀子"。再嫁的妇人在社会上几乎没有社交的资格;再婚的男子,多妻的男子,却一毫不损失他们的身分。这不是最不平等的事吗?怪不得古人要请"周婆制礼"来补救"周公制礼"的不平等了。

我不是说,因为男子嫖妓,女子便该偷汉;也不是说,因老爷有姨太太，太太便该有姨老爷。我说的是，男子嫖妓，与妇人偷汉，犯的是同等的罪恶；老爷纳妾，与太太偷人，犯的也是同等的罪恶。

为什么呢？因为贞操不是个人的事，乃是人对人的事；不是一方面的事，乃是双方面的事。女子尊重男子的爱情，心思专一，不肯再爱别人，这就是贞操。贞操是一个"人"对别一个"人"的一种态度。因为如此，男子对于女子，也该有同等的态度。若男子不能照样还敬，他就是不配受这种贞操的待遇。这并不是外国进口的妖言，这乃是孔反说的"己所不欲，勿施于人"。孔丘说：

> 君子之道四，丘未能一焉：所求乎子以事父，未能也；所求乎臣以事君，未能也；所求乎弟以事兄，未能也；所求乎朋友，先施之，未能也。

孔丘五伦之中，只说了四伦，未免有点欠缺。他理该加上一句道：

> 所求乎吾妇，先施之，未能也。

这才是大公无私的圣人之道！

2

我这篇文字刚才做完，又在上海报上看见陈烈女殉夫的事。

今先记此事大略如下：

陈烈女名宛珍，绍兴县人，三世居上海。年十七，字王远甫之子菁士。菁士于本年三月廿三日病死，年十八岁。陈女闻死耗，即沐浴更衣，潜自仰药。其家人觉察，仓皇施救，已无及。女乃泫然曰："儿志早决。生虽未获见夫，殁或相从地下，……"言讫，遂死，死时距其未婚夫之死仅三时而已。（此据上海绍兴同乡会所出征文启）

过了两天，又见上海县知事呈江苏省长请予褒扬的呈文，中说：

呈为陈烈女行实可风，造册具书证明，请予按例褒扬事。……（事实略）……兹据呈称……并开具事实，附送褒扬费银六元前来。……知事复查无异。除先给予"贞烈可风"匾额，以资旌表外，谨援《褒扬条例》……之规定，造具清册，并附证明书，连同褒扬费，一并备文呈送，仰祈鉴核，俯赐咨行内务部将陈烈女按例褒扬，实为德便。

我读了这篇呈文，方才知道我们中华民国居然还有什么《褒扬条例》。于是我把那些条例寻来一看，只见第一条九种可褒扬的行谊的第二款便是"妇女节烈贞操可以风世者"；第七款是"著述书籍，制造器用，于学术技艺有发明或改良之功者"；第九款是"年逾百岁者"！一个人偶然活到了一百岁，居然也可以与学术技艺上的著作发明享受同等的褒扬！这已是不伦不类可笑得很了。再看那条例《施行细则》解释第一条第二款的"妇女节烈贞操可以风世者"如下：

> 第二条：《褒扬条例》第一条第二款所称之"节"妇，其守节年限自三十岁以前守节至五十岁以后者。但年未五十而身故，其守节已及六年者同。
>
> 第三条：同条款所称之"烈"妇"烈"女，凡遇强暴不从致死，或羞忿自尽，及夫亡殉节者，属之。
>
> 第四条：同条款所称之"贞"女，守贞年限与节妇同。其在夫家守贞身故，及未符年例而身故者，亦属之。

以上各条乃是中国贞操问题的中心点。第二条褒扬"自三十岁以前守节至五十岁以后"的节妇，是中国法律明明认三十岁以下的寡妇不该再嫁；再嫁为不道德。第三条褒扬"夫亡殉节"的烈妇烈女，是中国法律明明鼓励妇人自杀以殉夫；明明鼓励未嫁女子自杀以殉未嫁之夫。第四条褒扬未嫁女子替未婚亡夫守贞二十年以上，是中国法律明明说未嫁而丧夫的女子不该再嫁人；再嫁便是不道德。

这是中国法律对于贞操问题的规定。

依我个人的意思看来，这三种规定都没有成立的理由。

第一，寡妇再嫁问题　这全是一个个人问题。妇人若是对他已死的丈夫真有割不断的情义，他自己不忍再嫁；或是已有了孩子，不肯再嫁；或是年纪已大，不能再嫁；或是家道殷实，不愁衣食,不必再嫁:——妇人处于这种境地,自然守节不嫁。还有一些妇人,对他丈夫,或有怨心,或无恩意,年纪又轻,不肯抛弃人生正当的家庭快乐;或是没有儿女,家又贫苦,不能度日:——妇人处于这种境遇没有守节的理由,为个人计,为社会计,为人道计,都该劝他改嫁。贞操乃是夫妇相待的一种态度。夫妇之间爱情深了,恩谊厚了,无论谁生谁死,无论生时死后,都不忍把这爱情移于别人,这便是贞操。夫妻之间若没有爱情恩意,即没有贞操可说。若不问夫妇之间有无可以永久不变的爱情,若不问做丈夫的配不配受他妻子的贞操,只晓得主张做妻子的总该替他丈夫守节;这是一偏的贞操论,这是不合人情公理的伦理。再者,贞操的道德,"照各人境遇体质的不同,有时能守,有时不能守;在甲能守,在乙不能守"(用与谢野晶子的话)。若不问个人的境遇体质,只晓得说"忠臣不事二君,烈女不更二夫";只晓得说"饿死事极小,失节事极大"(用程子语);这是忍心害理,男子专制的贞操论。——以上所说,大旨只要指出寡妇应否再嫁全是个人问题,有个人恩情上,体质上,家计上种种不同的理由,不可偏于一方面主张不近情理的守节。因为如此,故我极端反对国家用法律的规定来褒扬守节不嫁的寡妇。褒扬守节的寡妇,即是说寡妇再嫁为不道德,即是主张一偏的贞操论。法律既不能断定寡妇再嫁为不道德,即不该褒扬不嫁的寡妇。

第二,烈妇殉夫问题 寡妇守节最正当的理由是夫妇间的爱情。妇人殉夫最正当的理由也是夫妇间的爱情。爱情深了,生离尚且不能堪,何况死别?再加以宗教的迷信,以为死后可以夫妇团圆。因此有许多妇人,夫死之后,情愿杀身从夫于地下。这个不属于贞操问题。但我以为无论如何，这也是个人恩爱问题，应由个人自由意志去决定。无论如何，法律总不该正式褒扬妇人自杀殉夫的举动。一来呢，殉夫既由于个人的恩爱，何须用法律来褒扬鼓励？二来呢，殉夫若由于死后团圆的迷信，更不该有法律的褒扬了。三来呢，若用法律来褒扬殉夫的烈妇，有一些好名的妇人，便要借此博一个"青史留名"；是法律的褒扬反发生一种沽名钓誉，作伪不诚的行为了！

第三，**贞女烈女**问题　未嫁而夫死的女子，守贞不嫁的，是"贞女"；杀身殉夫的，是"烈女"。我上文说过，夫妇之间若没有恩爱，即没有贞操可说。依此看来，那未嫁的女子，对于他丈夫有何恩爱？既无恩爱，更有何贞操可守？我说到这里，有个朋友驳我道，"这话别人说了还可，胡适之可不该说这话。为什么呢？你自己曾做过一首诗，诗里有一段道：

　　我不认得他，他不认得我，我却常念他，这是为什么？
　　岂不因我们，分定常相亲？由分生情意，所以非路人。
　　海外土生子，生不识故里，终有故乡情，其理亦如此。

依你这诗的理论看来，岂不是已订婚而未嫁娶的男女因为名分已定，也会有一种情意。既有了情意，自然发生贞操问题。你于今又说未婚嫁的男女没有恩爱，故也没有贞操可说，可不是自相矛盾吗？"

我听了这番驳论，几乎开口不得。想了一想，我才回答道：我那首诗所说名分上发生的情意，自然是有的；若没有那种名分上的情意，中国的旧式婚姻决不能存在。如旧日女子听人说他未婚夫的事，即面红害羞，即留神注意，可见他对他未婚夫实有这种名分上所发生的情谊。但这种情谊完全属于理想的。这种理想的情谊往往因实际上的反证，遂完全消灭。如女子悬想一个可爱的丈夫，及到嫁时，只见一个极下流不堪的男子，他如何能坚持那从前理想中的情谊呢？我承认名分可以发生一种情谊，我并且希望一切名分都能发生相当的情谊。但这种理想的情谊，依我看来实在不够发生终身不嫁的贞操，更不够发生杀身殉夫的节烈。即使我更让一步，承认中国有些女子，例如吴趼人《恨海》里那个浪子的聘妻，深中了圣贤经传的毒，由名分上真能生出极浓挚的情谊，无论他未婚夫如何淫荡，人格如何堕落，依旧贞一不变。试问我们在这个文明时代，是否应该赞成提倡这种盲从的贞操？这种盲从的贞操，只值得一句"其愚不可及也"的评论，却不值得法律的褒扬。法律既许未嫁的女子夫死再嫁，便不该褒扬处女守贞。至于法律褒扬无辜女子自杀以殉不曾见面的丈夫，那更是男子专制时代的风俗，不该存在于现今的世界。

总而言之，我对于中国人的贞操问题，有三层意见。

第一，这个问题，从前的人都看作"天经地义"，一味盲从，全不研究"贞操"两字究竟有何意义。我们生在今日，无论提倡何种道德，总该想想那种道德的真意义是什么。《墨子》说得好：

> 子墨子问于儒者曰，"何故为乐？"曰，"乐以为乐也"。
> 子墨子曰，"子未我应也。今我问曰，'何故为室？'曰，'冬避寒焉，夏避暑焉，室以为男女之别也'，则子告我为室之

故矣。今我问曰,'何故为乐?'曰,'乐以为乐也'。是犹曰,'何故为室?'曰,'室以为室也'"。(《公孟》篇)

今试问人"贞操是什么?"或"为什么你褒扬贞操?"他一定回答道,"贞操就是贞操。我因为这是贞操,故褒扬他"。这种"室以为室也"的论理,便是今日道德思想宣告破产的证据。故我做这篇文字的第一个主意只是要大家知道"贞操"这个问题并不是"天经地义",是可以彻底研究,可以反复讨论的。

第二,我以为贞操是男女相待的一种态度,乃是双方交互的道德,不是偏于女子一方面的。由这个前提,便生出几条引申的意见:(一)男子对于女子,丈夫对于妻子,也应有贞操的态度;(二)男子做不贞操的行为,如嫖妓娶妾之类,社会上应该用对待不贞妇女的态度来对待他;(三)妇女对于无贞操的丈夫,没有守贞操的责任;(四)社会法律既不认嫖妓纳妾为不道德,便不该褒扬女子的"节烈贞操"。

第三,我绝对的反对褒扬贞操的法律。我的理由是:

(一)贞操既是个人男女双方对待的一种态度,诚意的贞操是完全自动的道德,不容有外部的干涉,不须有法律的提倡。

(二)若用法律的褒扬为提倡贞操的方法,势必至造成许多沽名钓誉,不诚实,无意识的贞操举动。

(三)在现代社会,许多贞操问题,如寡妇再嫁,处女守贞,等等问题的是非得失,却都还有讨论余地,法律不当以武断的态度制定褒贬的规条。

(四)法律既不奖励男子的贞操,又不惩男子的不贞操,便不该单独提倡女子的贞操。

（五）以近世人道主义的眼光看来，褒扬烈妇烈女杀身殉夫，都是野蛮残忍的法律，这种法律，在今日没有存在的地位。

民国七年七月

（原载1918年7月15日《新青年》第5卷第1号）

"我的儿子"

一、汪长禄先生来信

昨天上午我同太虚和尚访问先生，谈起许多佛教历史和宗派的话，耽搁了一点多钟的工夫，几乎超过先生平日见客时间的规则五倍以上，实在抱歉的很。后来我和太虚匆匆出门，各自分途去了。晚边回寓，我在桌子上偶然翻到最近《每周评论》的文艺那一栏，上面题目是《我的儿子》四个字，下面署了一个"适"字，大约是先生做的。这种议论我从前在《新潮》、《新青年》各报上面已经领教多次，不过昨日因为见了先生，另上"叔度汪汪"的印像，应该格外注意一番。我就不免有些意见，提起笔来写成一封白话信，送给先生，还求指教指教。

大作说，"树本无心结子，我也无恩于你"。这和孔融所说的"父之于子当有何亲……"、"子之于母亦复奚为……"差不多同一样的口气。我且不去管他。下文说的，"但是你既来了，我不能不养你教你，那是我对人道的义务，并不是待你的恩谊"。这就是做父母一方面的说法。换一方面说，做儿子的也可模仿同样口气说道："但是我既来了，你不能不养我教我，那是你对人道的义务,并不是待我的恩谊"。那么两方面凑泊起来,简直是亲子的关系,一方面变成了跛形的义务者,他一方面变成了跛形的权利者,实在未免太不平等了。平心而论,旧时代的见解,好端端生在社会一个人,前途何等遥远,责任何等重大,为父母的单希望他做他俩的儿子,固然不对。但是照先生的主张,竟把一般做儿子的抬举起来,看做一个"白吃不回账"的主顾,那又未免太"矫枉过正"罢。

现在我且丢却亲子的关系不谈,先设一个譬喻来说。假如有位朋友留我在他家里住上若干年,并且供给我的衣食,后来又帮助我的学费,一直到我能够独立生活,他才放手。虽然这位朋友发了一个大愿,立心做个大施主,并不希望我些须报答,难道我自问良心能够就是这么拱拱手同他离开便算了吗?我以为亲子的关系,无论怎样改革,总比朋友较深一层。就是同朋友一样平等看待,果然有个鲍叔再世,把我看做管仲一般,也不能够说"不是待我的恩谊"罢。

大作结尾说道:"我要你做一个堂堂的人,不要你做我的孝顺儿子。"这话我倒并不十分反对。但是我以为应该加上一个字,可以这么说:"我要你做一个堂堂的人,不单要你做我的孝顺儿子。"为什么要加上这一个字呢?因为儿子孝顺父母,也是做人的一种信条,和那"悌弟"、"信友"、"爱群"等等是同样重要的。旧时代学说把一切善行都归纳在"孝"字里面,诚然流弊百出。但一定要把"孝"字"驱逐出境",划在做人事业范围以外,好像人做了孝子,便不能够做一个堂堂的人。换一句话,就是人若要做一个堂堂的人,便非打定主意做一个不孝之子不可。总而言之,先生把"孝"字看,得与做人的信条立在相反的地位。我以为"孝"字虽然没有"万能"的本领,但总还够得上和那做人的信条凑在一起,何必如此"雷厉风行"硬要把他"驱逐出境"呢?

前月我在一个地方谈起北京的新思潮,便联想到先生个人身上。有一位是先生的贵同乡,当时插嘴说道:"现在一般人都把胡适之看做洪水猛兽一样,其实适之这个人旧道德并不坏。"说罢,并且引起事实为证。我自然是很相信的。照这位贵同乡的说话推测起来,先生平日对于父母当然不肯做那"孝"字反面的行为,是决无疑义了。我怕的是一般根底浅薄的青年,动辄抄袭名人一两句话,敢于扯起幌子,便"肆无忌惮"起来。打个比方,有人昨天看见《每周评论》上先生的大作,也便可以说道:"胡先生教我做一个堂堂的人,万不可做父母的孝顺儿子。"久而久之,社会上布满了这种议论,那么任凭父母老病冻饿以至于死,都可以不去管他了。我也知道先生的本意无非看见旧式家庭过于"束缚驰骤",急急地要替他调换空气,不知不觉言之太过,那也难怪。从前朱晦庵说得好,"教学者如扶醉人",现在的中国人真算是大多数醉倒了。先生可怜他们,当下告奋勇,使一股大劲,把他从东边扶起。我怕是用力太猛,保不住又要跌向西边去。那不是和没有扶起一样吗?万一不幸,连性命都要送掉,那又向谁叫冤呢?

我很盼望先生有空闲的时候,再把那"我的父母"四个字做个题目,细细的想一番。把做儿子的对于父母应该怎样报答的话(我以为一方面做父母的儿子,同时在他方面仍不妨做社会上一个人),也得咏叹几句,"恰如分际","彼此兼顾",那才免得发生许多流弊。

二、我答汪先生的信

前天同太虚和尚谈论,我得益不少。别后又承先生给我这封很诚恳的信,感谢之至。

"父母于子无恩"的话,从王充、孔融以来,也很久了。从前有人说我曾提倡这话,我实在不能承认。直到今年我自己生了一个儿子,我才想到这个问题上去。我想这个孩子自己并不曾自由主张要生在我家,我们做父母的不曾得他的同意,就糊里糊涂的给了他一条生命。况且我们也并不曾有意送给他这条生命。我们既无意,如何能居功?如何能自以为有恩于他?他既无意求生,我们生了他,我们对他只有抱歉,更不能"市恩"了。我们糊里糊涂的替社会上添了一个人,这个人将来一生的苦乐祸福,这个人将来在社会上的功罪,我们应该负一部分的责任。说得偏激一点,我们生一个儿子,就好比替他种下了祸根,又替社会种下了祸根。他也许养成坏习惯,做一个短命浪子;他也许更堕落下去,做一个军阀派的走狗。所以我们"教他养他",只是我们自己减轻罪过的法子,只是我们种下祸根之后自己补过弥缝的法子。这可以说是恩典吗?

我所说的,是从做父母的一方面设想的,是从我个人对于我自己的儿子设想的,所以我的题目是"我的儿子"。我的意思是要我这个儿子晓得我对他只有抱歉,决不居功,决不市恩。至于我的儿子将来怎样待我,那是他自己的事。我决不期望他报答我的恩,因为我已宣言无恩于他。

先生说我把一般做儿子的抬举起来,看做一个"白吃不还帐"的主顾。这是先生误会我的地方。我的意思恰同这个相反。我想把一般做父母的抬高起来,叫他们不要把自己看做一种"放高利债"的债主。

先生又怪我把"孝"字驱逐出境。我要问先生,现在"孝子"两个字究竟还有什么意义?现在的人死了父母都称"孝子"。孝子就是居父母丧的儿子(古书称为"主人"),无论怎样忤逆不孝的人,一穿上麻衣,带上高粱冠,拿着哭丧棒,人家就称他做"孝子"。

我的意思以为古人把一切做人的道理都包在孝字里,故战阵无勇,莅官不敬,等等都是不孝。这种学说,先生也承认他流弊百出。所以我要我的儿子做一个堂堂的人,不要他做我的孝顺儿子。我的意思以为"一个堂堂的人"决不致于做打爹骂娘的事,决不致于对他的父母毫无感情。

但是我不赞成把"儿子孝顺父母"列为一种"信条"。易卜生的《群鬼》里有一段话很可研究(《新潮》第五号页八五一):

(孟代牧师)你忘了没有,一个孩子应该爱敬他的父母?
(阿尔文夫人)我们不要讲得这样宽泛。应该说:"欧士华应该爱敬阿尔文先生(欧士华之父)吗?"

这是说,"一个孩子应该爱敬他的父母"是耶教一种信条,但是有时未必适用。即如阿尔文一生纵淫，死于花柳毒，还把遗毒传给他的儿子欧士华，后来欧士华毒发而死。请问欧士华应该孝顺阿尔文吗？若照中国古代的伦理观念自然不成问题。但是在今日可不能不成问题了。假如我染着花柳毒，生下儿子又聋又瞎，终身残废，他应该爱敬我吗？又假如我把我的儿子应得的遗产都拿去赌输了，使他衣食不能完全，教育不能得着，他应该爱敬我吗？又假如我卖国卖主义，做了一国一世的大罪人，他应该爱敬我吗？

至于先生说的，恐怕有人扯起幌子，说，"胡先生教我做一个堂堂的人，万不可做父母的孝顺儿子"。这是他自己错了。我的诗是发表我生平第一次做老子的感想，我并不曾教训人家的儿子！

总之，我只说了我自己承认对儿子无恩，至于儿子将来对我作何感想，那是他自己的事，我不管了。

先生又要我做"我的父母"的诗。我对于这个题目，也曾有诗，载在《每周评论》第一期和《新潮》第二期里。

（原载1919年8月10日至17日《每周评论》第34、35号）

我对于丧礼的改革

去年北京通俗讲演所请我讲演"丧礼改良",讲演日期定在11月27日。不料到了11月24日,我接到家里的电报,说我的母亲死了。我的讲演还没有开讲,就轮着我自己实行"丧礼改良"了!

我们于25日赶回南。将动身的时候,有两个学生来见我,他们说:"我们今天过来,一则是送先生起身;二则呢,适之先生向来提倡改良礼俗,现在不幸遭大丧,我们很盼望先生能把旧礼大大的改革一番。"

我谢了他们的好意,就上车走了。

我出京之先,想到家乡印刷不便,故先把讣帖付印。讣帖如下式:

先母冯太夫人于中华民国七年十一月二十三日病殁于安徽绩溪上川本宅。敬此讣闻。

胡适 觉谨告

这个讣帖革除了三种陋俗：一是"不孝□□等罪孽深重，不自殒灭，祸延显妣"，一派的鬼话。这种鬼话含有儿子有罪连带父母的报应观念，在今日已不能成立；况且现在的人心里本不信这种野蛮的功罪见解，不过因为习惯如此，不能不用，那就是无意识的行为。二是"孤哀子□□等泣血稽颡"的套语。我们在民国礼制之下，已不"稽颡"，更不"泣血"，又何必自欺欺人呢？三是"孤哀子"后面排着那一大群的"降服子"，"齐衰期服孙"，"期"，"大功"，"小功"，……等等亲族，和"抆泪稽首"，"拭泪稽首"，……等等有"谱"的虚文。这一大群人为什么要在讣闻上占一个位置呢？因为这是古代宗法社会遗传下来的风俗如此。现在我们既然不承认大家族的恶风俗，自然用不着列入这许多名字了。还有那从"泣血稽颡"到"拭泪顿首"一大串的阶级，又是因为什么呢？这是儒家"亲亲之杀"的流毒。因为亲疏有等级，故在纸上写一个"哭"字也要依着分等级的"谱"。我们绝对不承认哭丧是有"谱"的，故把这些有谱的虚文一概删去了。

我在京时，家里电报问"应否先殓"，我复电说"先殓"。我们到家时，已殓了七日了，衣衾棺材都已办好，不能有什么更动。我们徽州的风俗，人家有丧事，家族亲眷都要送锡箔，白纸，香烛；讲究的人家还要送"盘缎"，纸衣帽，纸箱担，等件。锡箔和白纸是家家送的，太多了，烧也烧不完，往往等丧事完了，由丧家打折扣卖给店家。这种糜费，真是无道理。我到家之后，先发一个通告给各处有往来交谊的人家。通告上说：

> 本宅丧事拟于旧日陋俗略有所改良。倘蒙赐吊，只领香

一炷或挽联之类。此外如锡箔，素纸，冥器，盘缎等物，概不敢领，请勿见赐。　　伏乞鉴原。

这个通告随着讣帖送去，果然发生效力，竟没有一家送那些东西来的。

和尚，道士，自然是不用的了。他们怨我，自不必说。还有几个投机的人，预算我家亲眷很多，定做冥器盘缎的一定不少，故他们在我们村上新开一个纸扎铺，专做我家的生意。不料我把这东西都废除了，这个新纸扎铺只好关门。

我到家之后，从各位长辈亲戚处访问事实，——因为我去国日久，事实很模糊了，——做了一篇《先母行述》。我们既不"寝苦"，又不"枕块"，自然不用"苦块昏迷，语无伦次"等等诳语了。"棘人"两字，本来不通，（《诗·桧风·素冠》一篇本不是指三年之丧的，乃是怀人的诗，故有"聊与子同归"，"聊与子如一"的话，素冠素衣也不过是与《曹风》"麻衣如雪"同类的话，未必专指丧服；"棘人"两字，棘训急，训瘠，也不过是"劳人"的意思；这一首很好的相思诗，被几个腐儒解作一篇丧礼论，真是可恨！）故也不用了。我做这篇《行述》，抱定一个说老实话的宗旨，故不免得罪了许多人。但是得罪了许多人，便是我说老实话的证据。文人做死人的传记，既怕得罪死人，又怕得罪活人，故不能不说谎，说谎便是大不敬。

讣闻出去之后，便是受吊。吊时平常的规矩是：外面击鼓，里面启灵帏，主人男妇举哀，吊客去了，哀便止了。这是作伪的丑态。古人"哀至则哭"，哭岂是为吊客哭的吗？因为人家要用哭来假装"孝"，故有大户人家吊客多了，不能不出钱雇人来代哭，我是一个穷书生，那有钱来雇人代我们哭？所以我受吊的时候，灵帏是开着的，主人在帏里答谢吊客，外面有子侄辈招待客人；哀至即哭，哭不必做出种种假声音，不能哭时，便不哭了，决不为吊客做出举哀的假样子。

再说祭礼。我们徽州是朱子、江慎修、戴东原、胡培翚的故乡，代代有礼学专家，故祭礼最讲究。我做小孩的时候，也不知看了多少次的大祭小祭。祭礼很繁，每一个祭，总得要两三个钟头；祠堂里春分冬至的大祭，要四五点钟。我少时听见秀才先生们说，他们半夜祭春分冬至，跪着读祖宗谱，一个人一本，读"某某府君，某某孺人"，烛光又不明，天气又冷，石板的地又冰又硬，足足要跪两点钟！他们为了祭包和胙肉，不能不来鬼混念一遍。这还算是宗法社会上一种很有意味的仪节。最怪的，是人家死了人，一定要请一班秀才先生来做"礼生"，代主人做祭。祭完了，每个礼生可得几尺白布，一条白腰带，还可吃一桌"九碗"或"八大八小"。大户人家，停灵日子长，天天总要热闹，故天天须有一个祭。或是自己家祭，或是亲戚家"送祭"。家祭是今天长子祭，明天少子祭，后天长孙祭，……送祭是那些有钱的亲眷，远道不能来，故送钱来托主人代办祭菜，代请礼生。总而言之，那里是祭？不过是做热闹，装面子，摆架子！——那里是祭！

我起初想把祭礼一概废了，全改为"奠"。我的外婆七十多岁了，他眼见一个儿子两个女儿死在生前，心里实在悲恸，所以他听见我要把祭全废了，便叫人来说，"什么事都可依你，两三个祭是不可少的"。我仔细一想，只好依他，但是祭礼是不能不改的。我改的祭礼有两种：

（1）本族公祭仪节（族人亲自做礼生）：序立。就位。参灵，三鞠躬。三献。读祭文（祭文中列来祭的人名，故不可少）。辞灵。礼成。

（2）亲戚公祭。我不要亲戚"送祭"。我把要来祭的亲戚邀在一块，公推主祭者一人，赞礼二人，余人陪祭，一概不请外人作礼生。同时一奠，不用"三献礼"。向来可分七八天的祭，改了新礼，十五分钟就完了。仪节如下：序立。主祭者就位。陪祭者分列就位。参灵，三鞠躬。读祭文。辞灵。礼成。谢奠。

我以为我这第二种祭礼，很可以供一般人的采用。祭礼的根据在于深信死人的"灵"还能受享。我们既不信死者能受享，便应该把古代供献死者饮食的祭礼，改为生人对死者表示敬意的祭礼。死者有知无知，另是一个问题。但生人对死者表示敬意，是在情理之中的行为，正不必问死者能不能领会我们的敬意。有人说，"古礼供献酒食，也是表示敬意，也不必问死者能不能饮食。"这却有个区别。古人深信死者之灵真能享用饮食，故先有"降神"，后有"三献"，后有"侑食"，还有"望燎"，还有"举哀"，都是见神见鬼的做作，便带着古宗教的迷信，不单是表示生人的敬意了。

再论出殡。出殡的时候，"铭旌"先行，表示谁家的丧事；次是灵柩，次是主人随柩行，次是送殡者。送殡者之外，没有别样排场执事。主人不必举哀，哀至则哭，哭不必出声。主人穿麻衣,不戴帽,不执哭丧杖,不用草索束腰,但用白布腰带。为什么要穿麻衣呢?我本来想用民国服制,用乙种礼服,袖上蒙黑纱。后来因为来送殡的男人女人都穿白衣,主人不能独穿黑,只好用麻衣,束白腰带。为什么不戴帽呢?因为既不用那种俗礼的高粱孝子冠,一时寻不出相当的帽子,故不如用表示敬意的脱帽法。为什么不用杖呢?因为古人居父母的丧要自己哀毁,要做到"扶而后能起,杖而后能行"的半死样子,故不能不用杖。我们既不能做到那种半死样子,又何必拿那根杖来装门面呢?

我们是聚族而居的,人死了,该送神主入祠。俗礼先有"题主"或"点主"之法,把"神主牌"先请人写好,留着"主"字上的一点,再去请一位阔人来,求他用朱笔蘸了鸡冠血,把"主"字上一点点上。这就是"点主"。点主是丧事里一件最重要的事,因为他是一件最可装面子摆架子的事。你们回想当年袁世凯死后,他的儿子孙子们请徐世昌点主的故事,就可晓得这事的重要了。

那时家里人来问我要请谁点主。我说,用不着点主了。为什么呢?因为古礼但有"请善书者书主"(《朱子家礼》与《温公书仪》同)。这是恐怕自己不会写好字,故请一位写好字的写牌,是郑重其事的意思。后来的人,要借死人来摆架子,故请顶阔的人来题主。但是阔人未必会写字。也许请的是一位督军,连字都不认得。所以主人家先把牌子上的字写好,单留"主"字上的一点,请"大宾"的大笔一点。如此办法,就是不识字的大帅,也会题主了!我不配借我母亲来替我摆架子,不如行古礼罢。所以我请我的老友近仁把牌位连那"主"字上的一点一齐写好。出殡之后把神主送进宗祠，就完了事。

未出殡之前，有人来说，他有一穴好地，葬下去可以包我做到总长。我说，我也看过一些堪舆书，但不曾见那部书上有"总长"二字，还是请他留上那块好地自己用罢。我自己出去，寻了一块坟地，就是在先父铁花先生的坟的附近。乡下的人以为我这个"外国翰林"看的风水，一定是极好的地，所以我的母亲葬下之后，不到十天，就有人抬了一口棺材，摆在我母亲坟下的田里。人来对我说，前面的棺材挡住了后面的"气"。我说，气是四方八面都可进来的，没有东西可挡得住，由他挡去罢。

以上记丧事完了。

再论我的丧服。我在北京接到凶电的时候，那有仔细思想的心情？故糊糊涂涂的依着习惯做去，把缎子的皮袍脱了，换上布棉袍，布帽，帽上还换了白结子，又买了一双白鞋。时表上的练子是金的，——镀金的，——故留在北京。眼镜脚也是金的，但是来不及换了，我又不能离开眼镜，只好戴了走。里面的棉袄是绸的，但是来不及改做布的，只好穿了走，好在穿在里面，人看不见！我的马褂袖上还加了一条黑纱。这都是我临走的一天，糊糊涂涂的时候，依着习惯做的事。到了路上，我自己回想，很觉惭愧。何以惭愧呢？因为我这时候用的丧服制度，乃是一种没有道理的大杂凑。白帽结，布袍，布帽，白鞋，是中国从前的旧礼。袖上蒙黑纱是民国元年定的新制。既蒙了黑纱，何必又穿白呢？我为什么不穿皮袍呢？为什么不敢穿绸缎呢？为什么不敢戴金色的东西呢？绸缎的衣服上蒙上黑纱，不仍旧是民国的丧服吗？金的不用了，难道用了银的就更"孝"了吗？

我问了几个"为什么"，自己竟不能回答。我心里自然想着孔子"食夫稻，衣夫锦，于汝安乎"的话，但是我又问：我为什么要听孔子的话？为什么我们现在"食稻"（吃饭）心已安了？为什么"衣锦"便不安呢？仔细想来，我还是脱不了旧风俗的无形的势力，——我还是怕人说话！

但是那时我在路上，赶路要紧，也没有心思去想这些"细事小节"。到家之后，更忙了，便也不曾想到服制上去。丧事里的丧服，上文已说过了。丧事完了之后，我仍旧是布袍，布帽，白帽结，白棉鞋，袖上蒙了一块黑纱。穿惯了，我更不觉得这种不中不西半新半旧的丧服有什么可怪的了。习惯的势力真可怕！

今年4月底，我到上海欢迎杜威先生，过了几天，便是5月7日的上海国民大会。那一天的天气非常的热，诸位大概总还有人记得。我到公共体育场去时，身上穿着布的夹袍，布的夹裤还是绒布里子的，上面套着线缎的马褂。我要听听上海一班演说家，故挤到台前，身上已是汗流遍体。我脱下马褂，听完演说，跟着大队去游街，从西门一直走到大东门，走得我一身衣服从里衣湿透到夹袍子。我回到一家同乡店家，邀了一位同乡带我去买衣服更换，因为我从北京来，不预备久住，故不曾带得单衣服。习惯的势力还在，我自然到石路上小衣店里去寻布衫子，羽纱马褂，布套裤之类。我们寻来寻去，寻不出合用的衣裤，因为我一身湿汗，急于要换衣服，但是布衣服不曾下水是不能穿的。我们走完一条石路，仍旧是空手。我忽然问我自己道："我为什么一定要买布的衣服？因为我有服在身，穿了绸衣，人家要说话。我为什么怕人家说我的闲话?"我问到这里,自己不能回答。我打定主意,去买绸衣服,买了一件原当的府绸长衫,一件实地纱马褂,一双纱套裤,再借了一身衬衣裤,方才把衣服换了。初换的时候,我心里还想在袖上蒙上一条黑纱。后来我又想:我为什么一定要蒙黑纱呢?因为我丧期没有完。我又想:我为什么一定要守这三年的服制呢?我既不是孔教徒,又向来不赞成儒家的丧制,为什么不敢实行短丧呢?我问到这里,又不能回答了,所以决定主意,实行短丧,袖上就不蒙黑纱了。

我从5月7日起,已不穿丧服了。前后共穿了五个月零十几天的丧服。人家问我行的是什么礼?我说是古礼。人家又问,那一代的古礼?我说是《易传》说的太古时代"丧期无数"的古礼。我以为"丧期无数"最为有理。人情各不相同,父母的善恶各不相同,儿子的哀情和敬意也不相同。《檀弓》上说:

> 子夏既除丧而见,予之琴,和之不和,弹之而不成声,作而曰,"哀未忘也,先王制礼而弗敢过也"。子张既除丧而见,予之琴,和之而和,弹之而成声,作而曰,"先王制礼,不敢不至焉。"

这可见人对父母的哀情各不相同,子张、宰我嫌三年之丧太长了,子夏、闵子骞又嫌三年太短了。最好的办法是"丧期无数",长的可以几年,短的可以三月,或三日,或竟无服。不但时期无定,还应该打破古代一定等差的丧服制度。我以为服制不必限于自己的亲属;亲属值得纪念的,不妨为他纪念成服;朋友可以纪念的,也不妨为他穿服;不值得纪念的,无论在几服之内,尽可不必为他穿服。

我的母亲是我生平最敬爱的一个人,我对他的纪念,自然不止五六个月,何以我一定要实行短丧的制度呢?我的理由不止一端:

第一,我觉得三年的丧服在今日没有保存的理由。顾亭林说,"三代圣王教化之事,其仅存于今日者,惟服制而已"(《日知录》卷十五)。这话说得真正可怜!现在居丧的人,可以饮酒食肉,可以干政筹边,可以嫖赌纳妾,可以作种种"不孝"的事,却偏要苦苦保存这三年穿素的"服制"!不能实行三年之"丧",却偏要保存三年的"丧服"!这真是孟子说的"放饭流歠而问无齿决,是之谓不知务"了!

第二,真正的纪念父母,方法很多,何必单单保存这三年服制?现行的服制,乃是古丧礼的皮毛,乃是今人装门面自欺欺人的形式。我因为不愿意用这种自欺欺人的服制来做纪念我母亲的方法,所以我决意实行短丧。我因为不承认"穿孝"就算"孝",不承认"孝"是拿来穿在身上的,所以我决意实行短丧。

第三,现在的人居父母之丧,自称为"守制",写自己的名字要加上一个小"制"字,请问这种制是谁人定的制?是古人遗传下来的制呢?还是现在国家法律规定的制呢?民国法律并不曾规定丧期。若说是古代遗制,则从斩衰三年到小功,缌,都是"制",何以三年之丧单称为"制"呢?况且古代的遗制到了今日,应该经过一番评判的研究,看那种遗制是否可以存在,不应该因为他是古制就糊糊涂涂的服从他。我因为尊重良心的自由,不愿意盲从无意识的古制，故决意实行短丧。

　　第四，现在的服制实际上有许多行不通的地方。若说素色是丧服，现在的风尚喜欢素色衣裳，素色久已不成为丧服的记号了。若说布衣是丧服，绸缎不是丧服，那么，除了丝织的材料之外，许多外国的有光的织料是否算是布衣？有光的洋货织料可以穿得，何以本国的丝织物独不可穿？蚕丝织的绸缎既不能穿，何以羊毛织的呢货又可以穿得？还有羊皮既可以穿得，何以狐皮便穿不得？银器既可以戴得，金器和镀金器何以又戴不得？——诸如此类，可以证明现在的服制全凭社会的习惯随意乱定，没有理由可说，没有标准可寻；颠倒杂乱，一无是处。经济上的困难且丢开不说，就说这心理上的麻烦不安，也很够受了。我也曾想采用一种近人情，有道理，有一贯标准的丧服，竟寻不出来，空弄得精神上受无数困难惭愧。因此，我素性主张把服丧的期限缩短，在这短丧期内，无论穿何种织料的衣服，——无论布的，绸缎的，呢的，绒的，纱的，——只要蒙上黑纱，依民国的新礼制，便算是丧服了。

　　以上记我实行短丧的原委和理由。

　　我把我自己经过的丧礼改革，详细记了下来，并不是说我所改的都是不错的，也并不敢劝国内的人都依着我这样做。我的意思，不过是想表示我个人从一次生平最痛苦的经验里面得来的一些见解，一些感想；不过想指点出现在丧礼的种种应改革的地方和将来改革的大概趋势。我现在且把我对于丧礼的一点普通见解总括写出来，做一个结论。

结 论

人类社会的进化，大概分两条路子：一边是由简单的变为复杂的，如文字的增添之类；一边是由繁复的变为简易的，如礼仪的变简之类。近来的人，听得一个"由简而繁，由浑而画"的公式，以为进化的秘诀全在于此了。却不知由简而繁固然是进化的一种，由繁而简也是进化的一条大路。即如文字固是逐渐增多，但文法却逐渐变简。拿英文和希腊、拉丁文比较，便是文法变简的进化。汉文也有逐渐变简的痕迹。古代的代名词，"吾"、"我"有别，"尔"、"汝"有别，"彼"、"之"有别。现代变为"我"、"你"、"他"、"我们"、"你们"、"他们"，使主次宾次变为一律，使多数单数的变化也归一律。这不是一大进化吗？古代的字如马两岁叫做"驹"，三岁叫做"駣"，八岁叫做"䭴"；又马高六尺为"骄"，七尺为"騋"。这都是很不规则的变化，现在都变简易了。

我举这几个例，来证明由繁而简也是进化。再举礼仪的变迁，更可以证明这个道理。我们试请一位孔教会的信徒，叫他把一部《仪礼》来实行，他做得到吗？何以做不到呢？因为古人生活简单，那些一半祭司一半贵族的士大夫，很可以玩那"一献之礼宾主百拜"的把戏儿。后来生活复杂了，谁也没有工夫来干这揖让周旋的无谓繁文。因此，自古以来，礼仪一天简单一天，虽有极顽固的复古家，势不能恢复那"礼仪三百，威仪三千"的盛世规模。故社会生活变复杂了，是一进化。同时礼仪变简单了，也是一进化。由我们现在的生活，要想回到茹毛饮血，穴居野处的生活，固是不可能；但是由我们现在简单礼节，要想回到那揖让周旋宾主百拜的礼节,也是不可能。

懂得这个道理,方才可以谈礼俗改良,方才可以谈丧礼改良。

简单说来,我对于丧礼问题的意见是:

(1)现在的丧礼比古礼简单多了,这是自然的趋势,不能说是退化。将来社会的生活更复杂,丧礼应该变得更简单。

(2)现在丧礼的坏处,并不在不行古礼,乃在不曾把古代遗留下来的许多虚伪仪式删除干净。例如不行"寝苫枕块"的礼,并不是坏处;但自称"苫块昏迷",便是虚伪的坏处。又如古礼,儿子居丧,用种种自己刻苦的仪式,"水浆不入于口者三日,杖而后能起",所以必须用杖。现在的人不行这种野蛮的风俗,本是一大进步,并不是一种坏处;但做"孝子"的仍旧拿着哭丧棒,这便是作伪了。

(3)现在的丧礼还有一种大坏处,就是一方面虽然废去古代的繁重礼节,一方面又添上了许多迷信的,虚伪的,野蛮风俗。例如地狱天堂,轮回果报,等等迷信,在丧礼上便发生了和尚念经超度亡人,棺材头点"随身灯",做法事"破地狱","破血盆湖",……等等迷信的风俗。

(4)现在我们讲改良丧礼,当从两方面下手。一方面应该把古丧礼遗下的种种虚伪仪式删除干净,一方面应该把后世加入的种种野蛮迷信的仪式删除干净。这两方面破坏工夫做到了,方才可以有一种近于人情,适合于现代生活状况的丧礼。

(5)我们若要实行这两层破坏的工夫,应该用什么做去取的标准呢?我仔细想来,没有绝对的标准,只有一个活动的标准,就是"为什么"三个字。我们每做一件事,每行一种礼,总得问自己:我为什么要做这件事?为什么要行那种礼?(例如我上面所举"点主"一件事)能够每事要寻一个"为什么",自然不肯行那些说不出为什么要行的种种陋俗了。凡事不问为什么要这样做,便是无意识的习惯行为。那是下等动物的行为,是可耻的行为!

(原载1919年11月1日《新青年》第6卷第6号)

非个人主义的新生活

这个题目是我在山东道上想着的,后来曾在天津学生联合会的学术讲演会讲过一次,又在唐山的学术讲演会讲过一次。唐山的演稿由一位刘赞清君记出,登在1月15日《时事新报》上。我这一篇的大意是对于新村的运动贡献一点批评。这种批评是否合理,我也不敢说。但是我自信这一篇文字是研究考虑的结果,并不是根据于先有的成见的。

九,一,二二

本篇有两层意思。一是表示我不赞成现在一般有志青年所提倡,我所认为"个人主义的"新生活。一是提出我所主张的"非个人主义的"新生活,就是"社会的"新生活。

先说什么叫做"个人主义"(Individualism)。一月二夜(就是我在天津讲演前一晚),杜威博士在天津青年会讲演《真的与假的个人主义》,他说:个人主义有两种:

(1) 假的个人主义——就是为我主义(Egoism) 他的性质是自私自利:只顾自己的利益,不管群众的利益。

(2) 真的个人主义——就是个性主义(Individuality) 他的特性有两种:一是独立思想,不肯把别人的耳朵当耳朵,不肯把别人的眼睛当眼睛，不肯把别人的脑力当自己的脑力；二是个人对于自己思想信仰的结果要负完全责任，不怕权威，不怕监禁杀身，只认得真理，不认得个人的利害。

杜威先生极力反对前一种假的个人主义，主张后一种真的个人主义。这是我们都赞成的。但是他反对的那种自私自利的个人主义的害处，是大家都明白的。因为人多明白这种主义的害处，故他的危险究竟不很大。例如东方现在实行这种极端为我主义的"财主督军"，无论他们眼前怎样横行，究竟逃不了公论的怨恨，究竟不会受多数有志青年的崇拜。所以我们可以说这种主义的危险是很有限的。但是我觉得"个人主义"还有第三派，是很受人崇敬的，是格外危险的。这一派是：

（3）独善的个人主义　他的共同性质是：不满意于现社会，却又无可如何，只想跳出这个社会去寻一种超出现社会的理想生活。

这个定义含有两部分：（1）承认这个现社会是没有法子挽救的了；（2）要想在现社会之外另寻一种独善的理想生活。自有人类以来，这种个人主义的表现也不知有多少次了。简括说来，共有四种：

（一）宗教家的极乐国　如佛家的净土，犹太人的伊丁园，别种宗教的天堂，天国，都属于这一派。这种理想的原起，都由于对现社会不满意。因为厌恶现社会，故悬想那些无量寿，无量光的净土；不识不知，完全天趣的伊丁园；只有快乐，毫无痛苦的天国。这种极乐国里所没有的，都是他们所厌恨的；所有的，都是他们所梦想而不能得到的。

（二）神仙生活　神仙的生活也是一种悬想的超出现社会的生活。人世有疾病痛苦，神仙无病长生；人世愚昧无知，神仙能知过去未来；人生不自由，神仙乘云遨游，来去自由。

（三）山林隐逸的生活　前两种是完全出世的；他们的理想生活是悬想的，渺茫的，出世生活。山林隐逸的生活虽然不是完全出世的，也是不满意于现社会的表示。他们不满意于当时的社会政治，却又无能为力，只得隐姓埋名，逃出这个恶浊社会去做他们自己理想中的生活。他们不能"得君行道"，故对于功名利禄，表示藐视的态度；他们痛恨富贵的人骄奢淫佚，故说富贵如同天上的浮云，如同脚下的破草鞋。他们痛恨社会上有许多不耕而食，不劳而得的"吃白阶级"，故自己耕田锄地，自食其力。他们厌恶这污浊的社会，故实行他们理想中梅妻鹤子，渔蓑钓艇的洁净生活。

（四）近代的新村生活　近代的新村运动，如十九世纪法国、美国的理想农村，如现在日本日向的新村，照我的见解看起来，实在同山林隐逸的生活是根本相同的。那不同的地方，自然也有。山林隐逸是没有组织的，新村是有组织的：这是一种不同。隐遁的生活是同世事完全隔绝的，故有"不知有汉，遑论魏晋"的理想；现在的新村的人能有赏玩 Rodin 同 Cézanne 的幸福，还能在村外著书出报：这又是一种不同。但是这两种不同都是时代造成的，是偶然的，不是根本的区别。从根本性质上看来，新村的运动都是对于现社会不满意的表示。即如日向的新村，他们对于现在"少数人在多数人的不幸上，筑起自己的幸福"的社会制度，表示不满意，自然是公认的事实。周作人先生说日向新村里有人把中国看作"最自然，最自在的国"(《新潮》二，页七五)。这是他们对于日本政制极不满意的一种牢骚话，很可玩味的。武者小路实笃先生一般人虽然极不满意于现社会，却又不赞成用"暴力"的改革。他们都是"真心仰慕着平和"的人。他们于无可如何之中，想出这个新村的计划来。周作人先生说，"新村的理想，要将历来非暴力不能做到的事，用和平方法得来"(《新青年》七，二，一三四)。这个和平方法就是离开现社会，去做一种模范的生活。"只要万人真希望这种的世界，这世界便能实现。"(《新青年》同上) 这句话不但是独善主义的精义，简直全是净土宗的口气了！所以我把新村来比山林隐逸，不算冤枉他；就是把他来比求净土天国的宗教运动，也不算玷辱他。不过他们的"净土"是在日向，不在西天罢了。

我这篇文章要批评的"个人主义的新生活"，就是指这一种跳出现社会的新村生活。这种生活，我认为"独善的个人主义"的一种。"独善"两个字是从孟轲"穷则独善其身"一句话上来的。有人说：新村的根本主张是要人人"尽了对于人类的义务，却又完全发展自己个性"；如此看来，他们既承认"对于人类的义务"，如何还是独善的个人主义呢。我说：这正是个人主义的证据。试看古往今来主张个人主义的思想家，从希腊的"狗派"(Cynic) 以至十八九世纪的个人主义，那一个不是一方面崇拜个人，一方面崇拜那广漠的"人类"的？主张个人主义的人，只是否认那些切近的伦谊，——或是家族，或是"社会"，或是国家，——但是因为要推翻这些比较狭小逼人的伦谊，不得不捧出那广漠不逼人的"人类"。所以凡是个人主义的思想家，没有一个不承认这个双重关系的。

新村的人主张"完全发展自己个性",故是一种个人主义。他们要想跳出现社会去发展自己个性,故是一种独善的个人主义。

这种新村的运动,因为恰合现在青年不满意于现社会的心理,故近来中国也有许多人欢迎,赞叹,崇拜。我也是敬仰武者先生一班人的,故也曾仔细考究这个问题。我考究的结果是不赞成这种运动。我以为中国的有志青年不应该仿行这种个人主义的新生活。

这种新村的运动有什么可以反对的地方呢?

第一,因为这种生活是避世的,是避开现社会的。这就是让步。这便不是奋斗。我们自然不应该提倡"暴力",但是非暴力的奋斗是不可少的。我并不是说武者先生一班人没有奋斗的精神。他们在日本能提倡反对暴力的论调,——如《一个青年的梦》——自然是有奋斗精神的。但是他们的新村计划想避开现社会里"奋斗的生活",去寻那现社会外"生活的奋斗",这便是一大让步。武者先生的《一个青年的梦》里的主人翁最后有几句话,很可玩味。他说:

……请宽恕我的无力。——宽恕我的话的无力。但我心里所有的对于美丽的国的仰慕,却要请诸君体察的。(《新青年》七,二,一〇二)

我们对于日向的新村应该作如此观察。

第二，在古代，这种独善主义还有存在的理由；在现代，我们就不该崇拜他了。古代的人不知道个人有多大的势力，故孟轲说："穷则独善其身，达则兼善天下。"古人总想，改良社会是"达"了以后的事业，——是得君行道以后的事业；故承认个人——穷的个人——只能做独善的事业，不配做兼善的事业。古人错了。现在我们承认个人有许多事业可做。人人都是一个无冠的帝王，人人都可以做一些改良社会的事。去年的五四运动和六三运动，何尝是"得君行道"的人做出来的？知道个人可以做事，知道有组织的个人更可以作事，便可以知道这种个人主义的独善生活是不值得摹仿的了。

第三，他们所信仰的"泛劳动主义"是很不经济的。他们主张："一个人生存上必要的衣食住，论理应该用自己的力去得来，不该要别人代负这责任。"这话从消极一方面看，——从反对那"游民贵族"的方面看，——自然是有理的。但是从他们的积极实行方面看，他们要"人人尽劳动的义务，制造这生活的资料"，——就是衣食住的资料，——这便是"矫枉过正"了。人人要尽制造衣食住的资料的义务，就是人人要加入这生活的奋斗（周作人先生再三说新村里平和幸福的空气，也许不承认"生活的奋斗"的话；但是我说的，并不是人同人争面包米饭的奋斗，乃是人在自然界谋生存的奋斗；周先生说新村的农作物至今还不够自用，便是一证）。现在文化进步的趋势，是要使人类渐渐减轻生活的奋斗至最低度，使人类能多分一些精力出来，做增加生活意味的事业。新村的生活使人人都要尽"制造衣食住的资料"的义务，根本上否认分功进化的道理，增加生活的奋斗，是很不经济的。

第四，这种独善的个人主义的根本观念就是周先生说的"改造社会，还要从改造个人做起"。我对于这个观念，根本上不能承认。这个观念的根本错误在于把"改造个人"与"改造社会"分作两截；在于把个人看作一个可以提到社会外去改造的东西。要知道个人是社会上种种势力的结果。我们吃的饭，穿的衣服，说的话，呼吸的空气，写的字，有的思想，……没有一件不是社会的。我曾有几句诗，说："……此身非吾有：一半属父母，一半属朋友"。当时我以为把一半的我归功社会，总算很慷慨了。后来我才知道这点算学做错了！父母给我的真是极少的一部分。其余各种极重要的部分，如思想，信仰，知识，技术，习惯，……等等，大都是社会给我的。我穿线袜的法子是一个徽州同乡教我的；我穿皮鞋打的结能不散开，是一个美国女朋友教我的。这两件极细碎的例，很可以说明这个"我"是社会上无数势力所造成的。社会上的"良好分子"并不是生成的，也不是个人修炼成的，——都是因为造成他们的种种势力里面，良好的势力比不良的势力多些。反过来，不良的势力比良好的势力多，结果便是"恶劣分子"了。古代的社会哲学和政治哲学只为要妄想凭空改造个人，故主张正心，诚意，独善其身的办法。这种办法其实是没有办法，因为没有下手的地方。近代的人生哲学渐渐变了，渐渐打破了这种迷梦，渐渐觉悟：改造社会的下手方法在于改良那些造成社会的种种势力，——制度，习惯，思想，教育，等等。那些势力改良了，人也改良了。所以我觉得"改造社会要从改造个人做起"还是脱不了旧思想的影响。我们的根本观念是：

个人是社会上无数势力造成的。

改造社会须从改造这些造成社会，造成个人的种种势力做起。

改造社会即是改造个人。

新村的运动如果真是建筑在"改造社会要从改造个人做起"一个观念上，我觉得那是根本错误了。改造个人也是要一点一滴的改造那些造成个人的种种社会势力。不站在这个社会里来做这种一点一滴的社会改造，却跳出这个社会去"完全发展自己个性"，这便是放弃现社会，认为不能改造；这便是独善的个人主义。

以上说的是本篇的第一层意思。现在我且简单说明我所主张的"非个人主义的"新生活是什么。这种生活是一种"社会的新生活"；是站在这个现社会里奋斗的生活；是霸占住这个社会来改造这个社会的新生活。他的根本观念有三条：

（1）社会是种种势力造成的，改造社会须要改造社会的种种势力。这种改造一定是零碎的改造，——一点一滴的改造，一尺一步的改造。无论你的志愿如何宏大，理想如何彻底，计划如何伟大，你总不能拢统的改造，你总不能不做这种"得寸进寸，得尺进尺"的工夫。所以我说：社会的改造是这种制度那种制度的改造，是这种思想那种思想的改造，是这个家庭那个家庭的改造，是这个学堂那个学堂的改造。

（附注）有人说："社会的种种势力是互相牵掣的，互相影响的。这种零碎的改造，是不中用的。因为你才动手改这一种制度，其余的种种势力便围拢来牵掣你了。如此看来，改造还是该做拢统的改造。"我说不然。正因为社会的势力是互相影响牵掣的,故一部分的改造自然会影响到别种势力上去。这种影响是最切实的,最有力的。近年来的文字改革,自然是局部的改革,但是他所影响的别种势力,竟有意想不到的多。这不是一个很明显的例吗?

(2)因为要做一点一滴的改造,故有志做改造事业的人必须要时时刻刻存研究的态度,做切实的调查,下精细的考虑,提出大胆的假设,寻出实验的证明。这种新生活是研究的生活,是随时随地解决具体问题的生活。具体的问题多解决了一个,便是社会的改造进了那么多一步。做这种生活的人要睁开眼睛,公开心胸;要手足灵敏,耳目聪明,心思活泼;要欢迎事实,要不怕事实;要爱问题,要不怕问题的逼人!

(3)这种生活是要奋斗的。要避世的独善主义是与人无忤,与世无争的,故不必奋斗。这种"淑世"的新生活,到处翻出不中听的事实,到处提出不中听的问题,自然是很讨人厌的,是一定要招起反对的。反对就是兴趣的表示,就是注意的表示。我们对于反对的旧势力,应该作正当的奋斗,不可退缩。我们的方针是:奋斗的结果,要使社会的旧势力不能不让我们;切不可先就偃旗息鼓退出现社会去,把这个社会双手让给旧势力。换句话说,应该使旧社会变成新社会,使旧村变为新村,使旧生活变为新生活。

我且举一个实际的例。英美近二三十年来,有一种运动,叫做"贫民区域居留地"的运动(Social Settlements)。这种运动的大意是:一班青年的男女,——大都是大学的毕业生,——在本城拣定一块极龌龊，极不堪的贫民区域，买一块地，造一所房屋。这一班人便终日在这里面做事。这屋里，凡是物质文明所赐的生活需要品，——电灯，电话，热气，浴室，游水池，钢琴，话匣，等等，——无一不有。他们把附近的小孩子，——垢面的孩子，顽皮的孩子，——都招拢来，教他们游水，教他们读书，教他们打球，教他们演说辩论，组成音乐队，组成演剧团，教他们演戏奏艺。还有女医生和看护妇，天天出去访问贫家，替他们医病，帮他们接生和看护产妇。病重的，由"居留地"的人送入公家医院。因为天下贫民都是最安本分的，他们眼见那高楼大屋的大医院，心里以为这定是为有钱人家造的，决不是替贫民诊病的；所以必须有人打破他们这种见解，教他们知道医院不是专为富贵人家的。还有许多贫家的妇女每日早晨出门做工，家里小孩子无人看管，所以"居留地"的人教他们把小孩子每天寄在"居留地"里，有人替他们洗浴，换洗衣服，喂他们饮食，领他们游戏。到了晚上，他们的母亲回来了，各人把小孩领回去。这种小孩子从小就在洁净慈爱的环境里长大，渐渐养成了良好习惯，回到家中，自然会把从前的种种污秽的环境改了。家中的大人也因时时同这种新生活接触，渐渐的改良了。我在纽约时，曾常常去看亨利街上的一所居留地，是华德女士（Lilian Wald）办的。有一晚我去看那条街上的贫家子弟演戏，演的是贝里（Barry）的名剧。我至今回想起来，他们演戏的程度比我们大学的新戏高得多咧。

这种生活是我所说的"非个人主义的新生活"！是我所说的"变旧社会为新社会，变旧村为新村"的生活！这也不是用"暴力"去得来的！我希望中国的青年要做这一类的新生活，不要去模仿那跳出现社会的独善生活。我们的新村就在我们自己的旧村里！我们所要的新村是要我们自己的旧村变成的新村！

可爱的男女少年！我们的旧村里我们可做的事业多得很咧！村上的鸦片烟灯还有多少？村上的吗啡针害死了多少人？村上缠脚的女子还有多少？村上的学堂成个什么样子？村上的绅士今年卖选票得了多少钱？村上的神庙香火还是怎么兴旺？村上的医生断送了几百条人命？村上的煤矿工人每日只拿到五个铜子，你知道吗？村上多少女工被贫穷逼去卖淫，你知道吗？村上的工厂没有避火的铁梯，昨天火起，烧死了一百多人，你知道吗？村上的童养媳妇被婆婆打断了一条腿，村上的绅士逼他的女儿饿死做烈女，你知道吗？

有志求新生活的男女少年！我们有什么权利，丢开这许多的事业去做那避世的新村生活！我们放着这个恶浊的旧村，有什么面孔，有什么良心，去寻那"和平幸福"的新村生活！

九，一，二六

（原载1920年1月15日上海《时事新报》，又载1920年4月1日《新潮》第2卷第3号）

朋友与兄弟

答王子直

中国是用家族伦理作中心的社会,故中国人最爱把家族的亲谊硬加到朋友的关系上去。朋友相称为弟兄,——"吾兄","仁兄","弟","小弟",——又称朋友的父母为"老伯","老伯母",都是这个道理。朋友结拜为弟兄,更是这个道理的极端。

其实朋友是人造的关系,是自由选择的"人伦",弟兄是天然的关系,是不能自由选择的"天伦"。把朋友认作弟兄,并不能加上什么亲谊。自己弟兄尽有不和睦的,还有争财产相谋害的。朋友也有比弟兄更亲热更可靠的。所以我主张朋友不应该结拜为弟兄。不但新时代不应有,其实古人并无此礼。汉人始有"结交为弟昆"的话。但古人通信,仍不称弟兄。

(本文收入《胡适文存》时未经发表。后收入《胡适来往书信选》上册,从信后所署日期知作于1920年5月18日)

名　教

中国是个没有宗教的国家,中国人是个不迷信宗教的民族。——这是近年来几个学者的结论。有些人听了很洋洋得意,因为他们觉得不迷信宗教是一件光荣的事。有些人听了要做愁眉苦脸,因为他们觉得一个民族没有宗教是要堕落的。

于今好了,得意的也不可太得意了,懊恼的也不必懊恼了。因为我们新发现中国不是没有宗教的:我们中国有一个很伟大的宗教。

孔教早倒霉了,佛教早衰亡了,道教也早冷落了。然而我们却还有我们的宗教。这个宗教是什么教呢?提起此教,大大有名,他就叫做"名教"。

名教信仰什么?信仰"名"。

名教崇拜什么?崇拜"名"。

名教的信条只有一条:"信仰名的万能。"

"名"是什么?这一问似乎要做点考据。《论语》里孔子说,"必也正名乎",郑玄注:

> 正名,谓正书字也。古者曰名,今世曰字。名教者,文字教也。

《仪礼·聘礼》注：

> 名，书文也。今谓之字。

《周礼·大行人》下注：

> 书名，书文字也。古曰名。

《周礼·外史》下注：

> 古曰名，今曰字。

《仪礼·聘礼》的释文说：

> 名，谓文字也。

总括起来，"名"即是文字，即是写的字。

"名教"便是崇拜写的文字的宗教；便是信仰写的字有神力，有魔力的宗教。

这个宗教，我们信仰了几千年，却不自觉我们有这样一个伟大宗教。不自觉的缘故正是因为这个宗教太伟大了，无往不在，无所不包，就如同空气一样，我们日日夜夜在空气里生活，竟不觉得空气的存在了。

现在科学进步了，便有好事的科学家去分析空气是什么，便也有好事的学者去分析这个伟大的名教。

民国十五年有位冯友兰先生发表一篇很精辟的《名教之分析》（《现代评论》第二周年纪念增刊，页一九四——一九六）。冯先生指出"名教"便是崇拜名词的宗教，是崇拜名词所代表的概念的宗教。

冯先生所分析的还只是上流社会和智识阶级所奉的"名教"，它的势力虽然也很伟大，还算不得"名教"的最重要部分。

这两年来，有位江绍原先生在他的"礼部"职司的范围内，发现了不少有趣味的材料，陆续在《语丝》、《贡献》几种杂志上发表。他同他的朋友们收的材料是细大不捐，雅俗无别的；所以他们的材料使我们渐渐明白我们中国民族崇奉的"名教"是个什么样子。

究竟我们这个贵教是个什么样子呢？且听我慢慢道来。

先从一个小孩生下地说起。古时小孩生下地之后，要请一位专门术家来听小孩的哭声，声中某律，然后取名字（看江绍原《小品》百六八，《贡献》第八期，页二四）。现在的民间变简单了，只请一个算命的，排排八字，看他缺少五行之中的那一行。若缺水，便取个水旁的名字；若缺金，便取个金旁的名字。若缺火又缺土的，我们徽州人便取个"灶"字。名字可以补气禀的缺陷。

小孩命若不好，便把他"寄名"在观音菩萨的座前，取个和尚式的"法名"，便可以无灾无难了。

小孩若爱啼啼哭哭，睡不安宁，便写一张字帖，贴在行人小便的处所，上写着：

天皇皇，地皇皇，我家有个夜啼郎。过路君子念一遍，一夜睡到大天光。

文字的神力真不少。

小孩跌了一交，受了惊骇，那是骇掉了"魂"了，须得"叫魂"。魂怎么叫呢？到那跌交的地方，撒把米，高叫小孩子的名字，一路叫回家。叫名便是叫魂了。

小孩渐渐长大了，在村学堂同人打架，打输了，心里恨不过，便拿一条柴炭，在墙上写着诅咒他的仇人的标语："王阿三热病打死。"他写了几遍，心上的气便平了。

他的母亲也是这样。她受了隔壁王七嫂的气，便拿一把菜刀，在刀板上剁，一面剁，一面喊"王七老婆"的名字，这便等于乱剁王七嫂了。

他的父亲也是"名教"的信徒。他受了王七哥的气，打又打他不过，只好破口骂他，骂他的爹妈，骂他的妹子，骂他的祖宗十八代。骂了便算出了气了。

据江绍原先生的考察，现在这一家人都大进步了。小孩在墙上会写"打倒阿毛"了。他妈也会喊"打倒周小妹"了。他爸爸也会贴"打倒王庆来"了（《贡献》九期，江绍原《小品》页七八）。

他家里人口不平安，有病的，有死的。这也有好法子。请个道士来，画几道符，大门上贴一张，房门上贴一张，毛厕上也贴一张，病鬼便都跑掉了，再不敢进门了。画符自然是"名教"的重要方法。

死了的人又怎么办呢？请一班和尚来，念几卷经，便可以超度死者了。念经自然也是"名教"的重要方法。符是文字，经是文字，都有不可思议的神力。

死了人，要"点主"。把神主牌写好，把那"主"字上头的一点空着。请一位乡绅来点主。把一只雄鸡头上的鸡冠切破，那位赵乡绅把朱笔蘸饱了鸡冠血，点上"主"字。从此死者的灵魂遂凭依在神主牌上了。

吊丧须用挽联，贺婚贺寿须用贺联；讲究的送幛子，更讲究的送祭文寿序。都是文字，都是"名教"的一部分。

豆腐店的老板梦想发大财，也有法子。请村口王老师写副门联："生意兴隆通四海，财源茂盛达三江。"这也可以过发财的瘾了。

赵乡绅也有他的梦想，所以他也写副门联："总集福荫，备致嘉祥。"

王老师虽是不通，虽是下流，但他也得写一副门联："文章华国，忠孝传家。"

豆腐店老板心里还不很满足，又去请王老师替他写一个大红春帖："对我生财"，贴在对面墙上，于是他的宝号就发财的样子十足了。

王老师去年的家运不大好，所以他今年元旦起来，拜了天地，洗净手，拿起笔来，写个红帖子："戊辰发笔，添丁进财。"他今年一定时运大来了。

父母祖先的名字是要避讳的。古时候，父名晋，儿子不得应进士考试。现在宽的多了，但避讳的风俗还存在一般社会里。皇帝的名字现在不避讳了。但孙中山死后,"中山"尽管可用作学校地方或货品的名称,"孙文"便很少人用了;忠实同志都应该称他为"先总理"。

南京有一个大学,为了改校名,闹了好几次大风潮,有一次竟把校名牌子抬了送到大学院去。

北京下来之后,名教的信徒又大忙了。北京已改做"北平"了;今天又有人提议改南京做"中京"了。还有人郑重提议"故宫博物院"应该改作"废宫博物院"。将来这样大改革的事业正多呢。

前不多时,南京的《京报副刊》的画报上有一张照片,标题是"军事委员会政治训练部宣传处艺术科写标语之忙碌"。图上是五六个中山装的青年忙着写标语;桌上,椅背上,地板上,满铺着写好了的标语,有大字,有小字,有长句,有短句。

这不过是"写"的一部分工作;还有拟标语的,有讨论审定标语的,还有贴标语的。

5月初济南事件发生以后,我时时往来淞沪铁路上,每一次四十分钟的旅行所见的标语总在一千张以上;出标语的机关至少总在七八十个以上。有写着"枪毙田中义一"的,有写着"活埋田中义一"的,有写着"杀尽矮贼"而把"矮贼"两字倒转来写,如报纸上寻人广告倒写的"人"字一样。"人"字倒写,人就会回来了;"矮贼"倒写,矮贼也就算打倒了。

现在我们中国已成了口号标语的世界。有人说,这是从苏俄学来的法子。这是很冤枉的。我前年在莫斯科住了三天,就没有看见墙上有一张标语。标语是道地的国货,是"名教"国家的祖传法宝。

试问墙上贴一张"打倒帝国主义",同墙上贴一张"对我生财"或"抬头见喜",有什么分别?是不是一个师父传授的衣钵?

试问墙上贴一张"活埋田中义一",同小孩子贴一张"雷打王阿毛",有什么分别?是不是一个师父传授的法宝?

试问"打倒唐生智"、"打倒汪精卫",同王阿毛贴的"阿发黄病打死",有什么分别?王阿毛尽够做老师了,何须远学莫斯科呢?

自然,在党国领袖的心目中,口号标语是一种宣传的方法,政治的武器。但在中小学生的心里,在第九十九师十五连第三排的政治部人员的心里,口号标语便不过是一种出气泄愤的法子罢了。如果"打倒帝国主义"是标语,那么,第十区的第七小学为什么不可贴"杀尽矮贼"的标语呢?如果"打倒汪精卫"是正当的标语,那么"活埋田中义一"为什么不是正当的标语呢?

如果多贴几张"打倒汪精卫"可以有效果,那么,你何以见得多贴几张"活埋田中义一"不会使田中义一打个寒噤呢?

故从历史考据的眼光看来,口号标语正是"名教"的正传嫡派。因为在绝大多数人的心里,墙上贴一张"国民政府是为全民谋幸福的政府"正等于门上写一条"姜太公在此",有灵则两者都应该有灵,无效则两者同为废纸而已。

我们试问,为什么豆腐店的张老板要在对门墙上贴一张"对我生财"?岂不是因为他天天对着那张纸可以过一点发财的瘾吗?为什么他元旦开门时嘴里要念"元宝滚进来"?岂不是因为他念这句话时心里感觉舒服吗?

要不然，只有另一个说法，只可说是盲从习俗，毫无意义。张老板的祖宗下来每年都贴一张"对我生财"，况且隔壁剃头店门口也贴了一张，所以他不能不照办。

现在大多数喊口号，贴标语的，也不外这两种理由：一是心理上的过瘾，一是无意义的盲从。

少年人抱着一腔热沸的血，无处发泄，只好在墙上大书"打倒卖国贼"，或"打倒日本帝国主义"。写完之后，那二尺见方的大字，那颜鲁公的书法，个个挺出来，好生威武，他自己看着，血也不沸了，气也稍稍平了，心里觉得舒服的多，可以坦然回去休息。于是他的一腔义愤，不曾收敛回去，在他的行为上与人格上发生有益的影响，却轻轻地发泄在墙头的标语上面了。

这样的发泄情感，比什么都容易，既痛快，又有面子，谁不爱做呢？一回生，二回熟，便成了惯例了，于是"五一"、"五三"、"五四"、"五七"、"五九"、"六三"……都照样做去：放一天假，开个纪念会，贴无数标语，喊几句口号，就算做了纪念了！

于是月月有纪念，周周做纪念周，墙上处处是标语，人人嘴上有的是口号。于是老祖宗几千年相传的"名教"之道遂大行于今日，而中国遂成了一个"名教"的国家。

我们试进一步，试问，为什么贴一张"雷打王阿毛"或"枪毙田中义一"可以发泄我们的感情，可以出气泄愤呢？

这一问便问到"名教"的哲学上去了。这里面的奥妙无穷，我们现在只能指出几个有趣味的要点。

第一，我们的古代老祖宗深信"名"就是魂，我们至今不知不觉地还逃不了这种古老迷信的影响。"名就是魂"的迷信是世界人类在幼稚时代同有的。埃及人的第八魂就是"名魂"。我们中国古今都有此迷信。《封神演义》上有个张桂芳能够"呼名落马"；他只叫一声"黄飞虎还不下马，更待何时！"黄飞虎就滚下五色神牛了。不幸张桂芳遇见了哪咤，喊来喊去，哪咤立在风火轮上不滚下来，因为哪咤是莲花化身，没有魂的。《西游记》上有个银角大王，他用一个红葫芦，叫一声"孙行者"，孙行者答应一声，就被装进去了。后来孙行者逃出来，又来挑战，改名做"行者孙"，答应了一声，也就被装了进去！因为有名就有魂了（参看《贡献》八期，江绍原《小品》百五四）。民间"叫魂"，只是叫名字，因为叫名字就是叫魂了。因为如此，所以小孩在墙上写"鬼捉王阿毛"，便相信鬼真能把阿毛的魂捉去。党部中人制定"打倒汪精卫"的标语，虽未必相信"千夫所指，无病自死"；但那位贴"枪毙田中"的小学生却难保不知不觉地相信他有咒死田中的功用。

第二，我们的古代老祖宗深信"名"（文字）有不可思议的神力，我们也免不了这种迷信的影响。这也是幼稚民族的普通迷信，高等民族也往往不能免除。《西游记》上如来佛写了"唵嘛呢叭谜吽"六个字，便把孙猴子压住了一千年。观音菩萨念一个"唵"字咒语，便有诸神来见。他在孙行者手心写一个"谜"字，就可以引红孩儿去受擒。小说上的神仙妖道作法，总得"口中念念有词"。一切符咒，都是有神力的文字。现在有许多人似乎真相信多贴几张"打倒军阀"的标语便可以打倒张作霖了。他们若不信这种神力，何以不到前线去打仗，却到吴淞镇的公共厕所墙上张贴"打倒张作霖"的标语呢？

第三，我们的古代圣贤也曾提倡一种"理智化"了的"名"的迷信，几千年来深入人心，也是造成"名教"的一种大势力。卫君要请孔子去治国，孔老先生却先要"正名"。他恨极了当时的乱臣贼子，却又"手无斧柯，奈龟山何！"所以他只好做一部《春秋》来褒贬他们，"一字之贬，严于斧钺；一字之褒，荣于华衮"。这种思想便是古代所谓"名分"的观念。尹文子说：

> 善名命善，恶名命恶。故善有善名，恶有恶名。……今亲贤而疏不肖，赏善而罚恶。贤不肖，善恶之名宜在彼；亲疏赏罚之称宜属我。……"名"宜属彼，"分"宜属我。我爱白而憎黑，韵商而舍徵，好膻而恶焦，嗜甘而逆苦。白黑商徵，膻焦甘苦，彼之"名"也；爱憎韵舍，好恶嗜逆，我之"分"也。定此名分，则万事不乱也。

"名"是表物性的，"分"是表我的态度的。善名便引起我爱敬的态度，恶名便引起我厌恨的态度。这叫做"名分"的哲学。"名教"、"礼教"便建筑在这种哲学的基础之上。一块石头，变作了贞节牌坊，便可以引无数青年妇女牺牲她们的青春与生命去博礼教先生的一篇铭赞，或志书"列女"门里的一个名字。"贞节"是"名"，羡慕而情愿牺牲，便是"分"。女子的脚裹小了，男子赞为"美"，诗人说是"三寸金莲"，于是几万万的妇女便拼命裹小脚了。"美"与"金莲"是"名"，羡慕而情愿吃苦牺牲，便是"分"。现在人说小脚"不美",又"不人道",名变了,分也变了,于是小脚的女子也得塞棉花,充天脚了。——现在的许多标语,大都有个褒贬的用意:宣传便是宣传这褒贬的用意。说某人是"忠实同志",便是教人"拥护"他。说某人是"军阀","土豪劣绅","反动","反革命","老朽昏庸",便是教人"打倒"他。故"忠实同志"、"总理信徒"的名,要引起"拥护"的分。"反动分子"的名,要引起"打倒"的分。故今日墙上的无数"打倒"与"拥护",其实都是要寓褒贬,定名分。不幸标语用的太滥了,今天要打倒的,明天却又在拥护之列了;今天的忠实同志,明天又变为反革命了。于是打倒不足为辱,而反革命有人竟以为荣。于是"名教"失其作用,只成为墙上的符箓而已。

两千年前,有个九十岁的老头子对汉武帝说:"为治不在多言,顾力行何如耳。"两千年后,我们也要对现在的治国者说:

治国不在口号标语,顾力行何如耳。

一千多年前,有个庞居士,临死时留下两句名言:

但愿空诸所有。慎勿实诸所无。

"实诸所无",如"鬼"本是没有的,不幸古代的浑人造出"鬼"名,更造出"无常鬼","大头鬼","吊死鬼"等等名,于是人的心里便像煞真有鬼了。我们对于现在的治国者,也想说:

但愿实诸所有。慎勿实诸所无。

末了，我们也学时髦，编两句口号：

打倒名教！名教扫地，中国有望！

十七，七，二

关于"名"的迷信，除江绍原、冯友兰的文章之外，可参考 Ogden and Richards：*Meaning of Meaning*，Chapter 2. Conybeare：*Myth，Magic and Morals*，Chapter 13.

（原载 1928 年 7 月 10 日《新月》第 1 卷第 5 号）

我们对于西洋近代文明的态度

今日最没有根据而又最有毒害的妖言是讥贬西洋文明为唯物的（Materialistic），而尊崇东方文明为精神的（Spiritual）。这本是很老的见解，在今日却有新兴的气象。从前东方民族受了西洋民族的压迫，往往用这种见解来解嘲，来安慰自己。近几年来，欧洲大战的影响使一部分的西洋人对于近世科学的文化起一种厌倦的反感，所以我们时时听见西洋学者有崇拜东方的精神文明的议论。这种议论，本来只是一时的病态的心理，却正投合东方民族的夸大狂；东方的旧势力就因此增加了不少的气焰。

我们不愿"开倒车"的少年人，对于这个问题不能没有一种彻底的见解，不能没有一种鲜明的表示。

现在高谈"精神文明"、"物质文明"的人，往往没有共同的标准做讨论的基础，故只能作文字上或表面上的争论，而不能有根本的了解。我想提出几个基本观念来做讨论的标准。

第一，文明（Civilization）是一个民族应付他的环境的总成绩。

第二，文化（Culture）是一种文明所形成的生活的方式。

第三，凡一种文明的造成，必有两个因子：一是物质的（Material），包括种种自然界的势力与质料；一是精神的（Spiritual），包括一个民族的聪明才智、感情和理想。凡文明都是人的心思智力运用自然界的质与力的作品；没有一种文明是精神的，也没有一种文明单是物质的。

我想这三个观念是不须详细说明的，是研究这个问题的人都可以承认的。一只瓦盆和一只铁铸的大蒸汽炉，一只舢板船和一只大汽船，一部单轮小车和一辆电力街车，都是人的智慧利用自然界的质力制造出来的文明，同有物质的基础，同有人类的心思才智。这里面只有个精粗巧拙的程度上的差异，却没有根本上的不同。蒸汽铁炉固然不必笑瓦盆的幼稚，单轮小车上的人也更不配自夸他的精神的文明，而轻视电车上人的物质的文明。

因为一切文明都少不了物质的表现，所以"物质的文明"（Material Civilization）一个名词不应该有什么讥贬的涵义。我们说一部摩托车是一种物质的文明，不过单指他的物质的形体；其实一部摩托车所代表的人类的心思智慧决不亚于一首诗所代表的心思智慧。所以"物质的文明"不是和"精神的文明"反对的一个贬词，我们可以不讨论。

我们现在要讨论的是（1）什么叫做"唯物的文明"（Materialistic Civilization），（2）西洋现代文明是不是唯物的文明。

崇拜所谓东方精神文明的人说，西洋近代文明偏重物质上和肉体上的享受，而略视心灵上与精神上的要求，所以是唯物的文明。

我们先要指出这种议论含有灵肉冲突的成见，我们认为错误的成见。我们深信，精神的文明必须建筑在物质的基础之上。提高人类物质上的享受，增加人类物质上的便利与安逸，这都是朝着解放人类的能力的方向走，使人们不至于把精力心思全抛在仅仅生存之上，使他们可以有余力去满足他们的精神上的要求。东方的哲人曾说：

衣食足而后知荣辱，仓廪实而后知礼节。

这不是什么舶来的"经济史观"，这是平恕的常识。人世的大悲剧是无数的人们终身做血汗的生活，而不能得着最低限度的人生幸福，不能避免冻与饿。人世的更大悲剧是人类的先知先觉者眼看无数人们的冻饿，不能设法增进他们的幸福，却把"乐天"、"安命"、"知足"、"安贫"种种催眠药给他们吃，叫他们自己欺骗自己，安慰自己。西方古代有一则寓言说，狐狸想吃葡萄，葡萄太高了，他吃不着，只好说"我本不爱吃这酸葡萄！"狐狸吃不着甜葡萄，只好说葡萄是酸的；人们享不着物质上的快乐，只好说物质上的享受是不足羡慕的，而贫贱是可以骄人的。这样自欺自慰成了懒惰的风气，又不足为奇了。于是有狂病的人又进一步，索性回过头去，戕贼身体，断臂，绝食，焚身，以求那幻想的精神的安慰。从自欺自慰以至于自残自杀，人生观变成了人死观，都是从一条路上来的：这条路就是轻蔑人类的基本的欲望。朝这条路上走，逆天而拂性，必至于养成懒惰的社会，多数人不肯努力以求人生基本欲望的满足，也就不肯进一步以求心灵上与精神上的发展了。

西洋近代文明的特色便是充分承认这个物质的享受的重要，

西洋近代文明，依我的鄙见看来，是建筑在三个基本观念之上：

第一，人生的目的是求幸福。

第二，所以贫穷是一桩罪恶。

第三，所以衰病是一桩罪恶。

借用一句东方古话，这就是一种"利用厚生"的文明。因为贫穷是一桩罪恶，所以要开发富源，奖励生产，改良制造，扩张商业。因为衰病是一桩罪恶，所以要研究医药，提倡卫生，讲求体育，防止传染的疾病，改善人种的遗传。因为人生的目的是求幸福，所以要经营安适的起居，便利的交通，洁净的城市，优美的艺术，安全的社会，清明的政治。纵观西洋近代的一切工艺，科学，法制，固然其中也不少杀人的利器与侵略掠夺的制度，我们终不能不承认那利用厚生的基本精神。

这个利用厚生的文明，当真忽略了人类心灵上与精神上的要求吗？当真是一种唯物的文明吗？

我们可以大胆地宣言：西洋近代文明绝不轻视人类的精神上的要求。我们还可以大胆地进一步说：西洋近代文明能够满足人类心灵上的要求的程度，远非东洋旧文明所能梦见。在这一方面看来，西洋近代文明绝非唯物的，乃是理想主义的(Idealistic)，乃是精神的（Spiritual）。

我们先从理智的方面说起。

西洋近代文朋的精神方面的第一特色是科学。科学的根本精神在于求真理。人生世间，受环境的逼迫，受习惯的支配，受迷信与成见的拘束。只有真理可以使你自由，使你强有力，使你聪明圣智；只有真理可以使你打破你的环境里的一切束缚，使你戡天，使你缩地，使你天不怕，地不怕，堂堂地做一个人。

求知是人类天生的一种精神上的最大要求。东方的旧文明对于这个要求，不但不想满足他，并且常想裁制他，断绝他。所以东方古圣人劝人要"无知"，要"绝圣弃智"，要"断思惟"，要"不识不知，顺帝之则"。这是畏难，这是懒惰。这种文明，还能自夸可以满足心灵上的要求吗？

东方的懒惰圣人说，"吾生也有涯，而知也无涯，以有涯逐无涯，殆已"。所以他们要人静坐澄心，不思不虑，而物来顺应。这是自欺欺人的诳语，这是人类的夸大狂。真理是深藏在事物之中的；你不去寻求探讨，他决不会露面。科学的文明教人训练我们的官能智慧，一点一滴地去寻求真理，一丝一毫不放过，一铢一两地积起来。这是求真理的唯一法门。自然（Nature）是一个最狡猾的妖魔，只有敲打逼拶可以逼她吐露真情。不思不虑的懒人只好永永作愚昧的人，永永走不进真理之门。

东方的懒人又说："真理是无穷尽的，人的求知的欲望如何能满足呢？"诚然，真理是发现不完的。但科学决不因此而退缩。科学家明知真理无穷，知识无穷，但他们仍然有他们的满足：进一寸有一寸的愉快，进一尺有一尺的满足。二千多年前，一个希腊哲人思索一个难题，想不出道理来；有一天，他跳进浴盆去洗澡，水涨起来，他忽然明白了，他高兴极了，赤裸裸地跑出门去，在街上乱嚷道，"我寻着了！我寻着了！"（Eureka! Eureka!）这是科学家的满足。Newton，Pasteur 以至于 Edison 时时有这样的愉快。一点一滴都是进步，一步一步都可以踌躇满志。这种心灵上的快乐是东方的懒圣人所梦想不到的。

这里正是东西文化的一个根本不同之点。一边是自暴自弃的不思不虑，一边是继续不断的寻求真理。

朋友们，究竟是那一种文化能满足你们的心灵上的要求呢？

其次，我们且看看人类的情感与想像力上的要求。

文艺，美术，我们可以不谈，因为东方的人，凡是能睁开眼睛看世界的，至少还都能承认西洋人并不曾轻蔑了这两个重要的方面。

我们来谈谈道德与宗教罢。

近世文明在表面上还不曾和旧宗教脱离关系，所以近世文化还不曾明白建立他的新宗教新道德。但我们研究历史的人不能不指出近世文明自有他的新宗教与新道德。科学的发达提高了人类的知识，使人们求知的方法更精密了，评判的能力也更进步了，所以旧宗教的迷信部分渐渐被淘汰到最低限度，渐渐地连那最低限度的信仰——上帝的存在与灵魂的不灭——也发生疑问了。所以这个新宗教的第一特色是他的理智化。近世文明仗着科学的武器，开辟了许多新世界，发现了无数新真理，征服了自然界的无数势力，叫电气赶车，叫"以太"送信，真个作出种种动地掀天的大事业来。人类的能力的发展使他渐渐增加对于自己的信仰心，渐渐把向来信天安命的心理变成信任人类自己的心理。所以这个新宗教的第二特色是他的人化。智识的发达不但抬高了人的能力，并且扩大了他的眼界，使他胸襟阔大，想像力高远，同情心浓挚。同时，物质享受的增加使人有余力可以顾到别人的需要与痛苦。扩大了的同情心加上扩大了的能力，遂产生了一个空前的社会化的新道德，所以这个新宗教的第三特色就是他的社会化的道德。

古代的人因为想求得感情上的安慰，不惜牺牲理智上的要求，专靠信心（Faith），不问证据，于是信鬼，信神，信上帝，信天堂，信净土，信地狱。近世科学便不能这样专靠信心了。科学并不菲薄感情上的安慰；科学只要求一切信仰须要禁得起理智的评判，须要有充分的证据。凡没有充分证据的，只可存疑，不足信仰。赫胥黎（Huxley）说的最好：

> 如果我对于解剖学上或生理学上的一个小小困难，必须要严格的不信任一切没有充分证据的东西，方才可望有成绩，那么，我对于人生的奇秘的解决，难道就可以不用这样严格的条件吗？

这正是十分尊重我们的精神上的要求。我们买一亩田，卖三间屋，尚且要一张契据；关于人生的最高希望的根据，岂可没有证据就胡乱信仰吗？

这种"拿证据来"的态度，可以称为近世宗教的"理智化"。

从前人类受自然的支配，不能探讨自然界的秘密，没有能力抵抗自然的残酷，所以对于自然常怀着畏惧之心，拜物，拜畜生，怕鬼，敬神，"小心翼翼，昭事上帝"，都是因为人类不信任自己的能力，不能不倚靠一种超自然的势力。现代的人便不同了。人的智力居然征服了自然界的无数质力，上可以飞行无碍，下可以潜行海底，远可以窥算星辰，近可以观察极微。这个两只手一个大脑的动物——人——已成了世界的主人翁，他不能不尊重自己了。一个少年的革命诗人曾这样的歌唱：

> 我独自奋斗，胜败我独自承当，
> 我用不着谁来放我自由，
> 我用不着什么耶稣基督
> 妄想他能替我赎罪替我死。
> I fight alone and, win or sink,
>   I need no one to make me free,
> I want no Jesus Christ to think
>   That he could ever die for me.

这是现代人化的宗教。信任天不如信任人，靠上帝不如靠自己。我们现在不妄想什么天堂天国了，我们要在这个世界上建造"人的乐国"。我们不妄想做不死的神仙了，我们要在这个世界上做个活泼健全的人。我们不妄想什么四禅定六神通了，我们要在这个世界上做个有聪明智慧可以戡天缩地的人。我们也许不轻易信仰上帝的万能了，我们却信仰科学的方法是万能的，人的将来是不可限量的。我们也许不信灵魂的不灭了，我们却信人格是神圣的，人权是神圣的。

这是近世宗教的"人化"。

但最重要的要算近世道德宗教的"社会化"。

古代的宗教大抵注重个人的拯救；古代的道德也大抵注重个人的修养。虽然也有自命普渡众生的宗教，虽然也有自命兼济天下的道德，然而终苦于无法下手，无力实行，只好仍旧回到个人的身心上用工夫，做那向内的修养。越向内做工夫，越看不见外面的现实世界；越在那不可捉摸的心性上玩把戏，越没有能力应付外面的实际问题。即如中国八百年的理学工夫居然看不见二万万妇女缠足的惨无人道！明心见性，何补于人道的苦痛困穷！坐禅主敬，不过造成许多"四体不勤，五谷不分"的废物！

近世文明不从宗教下手，而结果自成一个新宗教；不从道德入门，而结果自成一派新道德。十五十六世纪的欧洲国家简直都是几个海盗的国家，哥仑布（Columbus）、马汲伦（Magellan）、都芮克（Drake）一班探险家都只是一些大海盗。他们的目的只是寻求黄金，白银，香料，象牙，黑奴。然而这班海盗和海盗带来的商人开辟了无数新地，开拓了人的眼界，抬高了人的想像力，同时又增加了欧洲的富力。工业革命接着起来，生产的方法根本改变了，生产的能力更发达了。二三百年间，物质上的享受逐渐增加，人类的同情心也逐渐扩大。这种扩大的同情心便是新宗教新道德的基础。自己要争自由，同时便想到别人的自由，所以不但自由须从不侵犯他人的自由为界限，并且还进一步要要求绝大多数人的自由。自己要享受幸福，同时便想到人的幸福，所以乐利主义（Utilitarianism）的哲学家便提出"最大多数的最大幸福"的标准来做人类社会的目的。这都是"社会化"的趋势。

十八世纪的新宗教信条是自由，平等，博爱。十九世纪中叶以后的新宗教信条是社会主义。这是西洋近代的精神文明，这是东方民族不曾有过的精神文明。

固然东方也曾有主张博爱的宗教，也曾有公田均产的思想。但这些不过是纸上的文章，不曾实地变成社会生活的重要部分，不曾变成范围人生的势力,不曾在东方文化上发生多大的影响,在西方便不然了。"自由,平等,博爱"成了十八世纪的革命口号。美国的革命,法国的革命,1848年全欧洲的革命运动,1862年的南北美战争,都是在这三大主义的旗帜之下的大革命。美国的宪法,法国的宪法,以至于南美洲诸国的宪法,都是受了这三大主义的绝大影响的。旧阶级的打倒,专制政体的推翻,法律之下人人平等的观念的普遍,"信仰,思想,言论,出版"几大自由的保障的实行,普及教育的实施,妇女的解放,女权的运动,妇女参政的实现,……都是这个新宗教新道德的实际的表现。这不仅仅是三五个哲学家书本子里的空谈;这都是西洋近代社会政治制度的重要部分,这都已成了范围人生,影响实际生活的绝大势力。

十九世纪以来,个人主义的趋势的流弊渐渐暴白于世了,资本主义之下的苦痛也渐渐明了了。远识的人知道自由竞争的经济制度不能达到真正"自由,平等,博爱"的目的。向资本家手里要求公道的待遇,等于"与虎谋皮"。救济的方法只有两条大路:一是国家利用其权力,实行裁制资本家,保障被压迫的阶级;一是被压迫的阶级团结起来,直接抵抗资本阶级的压迫与掠夺。于是各种社会主义的理论与运动不断地发生。西洋近代文明本建筑在个人求幸福的基础之上,所以向来承认"财产"为神圣的人权之一。但十九世纪中叶以后,这个观念根本动摇了,有的人竟说"财产是贼赃",有的人竟说"财产是掠夺"。现在私有财产制虽然还存在,然而国家可以征收极重的所得税和遗产税,财产久已不许完全私有了。劳动是向来受贱视的;但资本集中的制度使劳工有大组织的可能，社会主义的宣传与阶级的自觉又使劳工觉悟团结的必要，于是几十年之中，有组织的劳动阶级遂成了社会上最有势力的分子。十年以来，工党领袖可以执掌世界强国的政权，同盟总罢工可以屈伏最有势力的政府，俄国的劳农阶级竟做了全国的专政阶级。这个社会主义的大运动现在还正在进行的时期。但他的成绩已很可观了。各国的"社会立法"（Social Legislation）的发达，工厂的视察，工厂卫生的改良，儿童工作与妇女工作的救济，红利分配制度的推行，缩短工作时间的实行，工人的保险，合作制之推行，最低工资（Minimum Wage）的运动，失业的救济，级进制的（Progressive）所得税与遗产税的实行，……这都是这个大运动已经做到的成绩。这也不仅仅是纸上的文章，这也都已成了近代文明的重要部分。

这是"社会化"的新宗教与新道德。

东方的旧脑筋也许要说："这是争权夺利，算不得宗教与道德。"这里又正是东西文化的一个根本不同之点。一边是安分，安命，安贫，乐天，不争，认吃亏；一边是不安分，不安贫，不肯吃亏，努力奋斗，继续改善现成的境地。东方人见人富贵，说他是"前世修来的"；自己贫，也说是"前世不曾修"，说是"命该如此"。西方人便不然；他说，"贫富的不平等，痛苦的待遇，都是制度的不良的结果，制度是可以改良的"。他们不是争权夺利，他们是争自由，争平等，争公道；他们争的不仅仅是个人的私利，他们奋斗的结果是人类绝大多数人的福利。最大多数人的最大幸福，不是袖手念佛号可以得来的，是必须奋斗力争的。

朋友们，究竟是那一种文化能满足你们的心灵上的要求呢？

我们现在可综合评判西洋近代的文明了。这一系的文明建筑在"求人生幸福"的基础之上，确然替人类增进了不少的物质上的享受；然而他也确然很能满足人类的精神上的要求。他在理智的方面，用精密的方法，继续不断地寻求真理，探索自然界无穷的秘密。他在宗教道德的方面，推翻了迷信的宗教，建立合理的信仰；打倒了神权，建立人化的宗教；抛弃了那不可知的天堂净土，努力建设"人的乐国"、"人世的天堂"；丢开了那自称的个人灵魂的超拔，尽量用人的新想像力和新智力去推行那充分社会化了的新宗教与新道德，努力谋人类最大多数的最大幸福。

东方的文明的最大特色是知足。西洋的近代文明的最大特色是不知足。

知足的东方人自安于简陋的生活，故不求物质享受的提高；自安于愚昧，自安于"不识不知"，故不注意真理的发现与技艺器械的发明；自安于现成的环境与命运，故不想征服自然，只求乐天安命，不想改革制度，只图安分守己，不想革命，只做顺民。

这样受物质环境的拘束与支配，不能跳出来，不能运用人的心思智力来改造环境改良现状的文明，是懒惰不长进的民族的文明，是真正唯物的文明。这种文明只可以遏抑而决不能满足人类精神上的要求。

西方人大不然，他们说"不知足是神圣的"（Divine Discontent）。物质上的不知足产生了今日钢铁世界，汽机世界，电力世界。理智上的不知足产生了今日的科学世界。社会政治制度上的不知足产生了今日的民权世界，自由政体，男女平权的社会，劳工神圣的喊声,社会主义的运动。神圣的不知足是一切革新一切进化的动力。

　　这样充分运用人的聪明智慧来寻求真理以解放人的心灵,来制服天行以供人用,来改造物质的环境,来改革社会政治的制度,来谋人类最大多数的最大幸福,——这样的文明应该能满足人类精神上的要求;这样的文明是精神的文明,是真正理想主义的(Idealistic)文明,决不是唯物的文明。

　　固然,真理是无穷的,物质上的享受是无穷的,新器械的发明是无穷的,社会制度的改善是无穷的。但格一物有一物的愉快,革新一器有一器的满足,改良一种制度有一种制度的满意。今日不能成功的,明日明年可以成功;前人失败的,后人可以继续助成。尽一分力便有一分的满意;无穷的进境上,步步都可以给努力的人充分的愉快。所以大诗人邓内孙(Tennyson)借古英雄 Ulysses 的口气歌唱道:

> 然而人的阅历就像一座穹门,
> 从那里露出那不曾走过的世界,
> 越走越远永永望不到他的尽头。
> 半路上不干了,多么沉闷呵!
> 明晃晃的快刀为什么甘心上锈!
> 难道留得一口气就算得生活了?
> ……
> 朋友,来罢!
> 去寻一个更新的世界是不会太晚的。

……
用掉的精力固然不回来了,剩下的还不少呢。
现在虽然不是从前那样掀天动地的身手了,
然而我们毕竟还是我们,——
光阴与命运颓唐了几分壮志!
终止不住那不老的雄心,
去努力,去探寻,去发现,
永不退让,不屈伏。

1926,6,6

(原载1926年7月10日《现代评论》第4卷第83期,又载1927年11月27日、12月4日、12月11日《生活周刊》第4至6期)

请大家来照照镜子

美国使馆的商务参赞安诺德先生制成这三张图表：第一表是中国人口的分配表，表示中国的人口问题不在过多，而在于分配的太不均匀，在于边省的太不发达。第二表是中国和美国的经济状况，生产能力，工业状态的比较，处处叫我们照照镜子，照出我们自己的百不如人。第三表是美国在世界上占的地位，也是给我们做一面镜子用的，叫我们生一点羡慕，起一点惭愧。

去年他把这几张图表送给我看，我便力劝他在中国出版。他答应了之后，又预备了一篇长序，题目就叫做《中国问题里的几个根本问题》。他指出中国今日有三个大问题：

第一，怎样赶成全国铁路的干线，使全国的各部分有一个最经济的交通机关。

第二，怎样用教育及种种节省人力，帮助人力的机器，来增加个人生产的能力。

第三，怎样养成个人对于保管事业的责任心。

这是中国今日的三个根本问题。

安诺德先生的第二表里有这些事实：

	面积（方英里）	铁道线（英里）	摩托车
中国	4 278 000	7 000	22 000
美国	3 743 500	250 000	22 000 000

我们的面积比美国大，但铁道线只抵得人家三十六分之一，摩托车只抵得人家一千分之一，汽车路只抵得人家一百分之一。

我们试睁开眼睛看看中国的地图。长江以南，没有一条完成的铁路干线。京汉铁路以西，三分之二以上的疆域，没有一条铁路干线。这样的国家不成一个现代国家。

前年北京开全国商会联合会，一位甘肃代表来赴会，路上走了一百零四天才到北京。这样的国家不成一个国家。

云南人要领法国护照，经过安南，方才能到上海。云南汇一百元到北京，要三百元的汇水！这样的国家决不成一个国家。

去年胡若愚同龙云在云南打仗，打的个你死我活，南京的中央政府有什么法子？现在杨森同刘湘在四川又打的个你死我活，南京的中央政府又有什么法子？这样的国家能做到统一吗？

所以现在的第一件事是造铁路。完成粤汉铁路，完成陇海铁路，赶筑川汉、川滇、宁湘等等干路，拼命实现孙中山先生十万里铁路的梦想，然后可以有统一的可能，然后可以说我们是个国家。

所以第一个大问题是怎样赶成一副最经济的交通系统。

安诺德先生的第二表里又有这点事实：

美国人每人有二十五个机械奴隶。

中国人每人只有大半个机械奴隶。

去年3月份的《大西洋月报》里，有个美国工程专家说：

美国人每人有三十个机械奴隶。

中国人每人只有一个机械奴隶。

安诺德先生说：美国人有了这些有形与无形的机械奴隶，便可以增进个人的生产能力；故从实业及经济的观点上说，美国一百十兆的人民，便可以有二十五倍至三十倍人口的经济效能了。

人家早已在海上飞了，我们还在地上爬！人家从巴黎飞到北京，只须六十三点钟；我们从甘肃到北京，要走一百零四天（二千五百点钟）！

一个英国工人每年出十二个先令（六元），他的全家便可以每晚坐在家里听无线电传来的世界最美的音乐，歌唱，演说；每晚上只费银元一分七厘而已。而我们在上海遇着紧急事，要打一个四等电报到北京，每十个字须费银元一元八角！还保不住何时能送到！

人家的砖匠上工，可以坐自己的摩托车去了；他的子女上学，可以有公家汽车接送了。我们杭州、苏州的大官上衙门还得用人作牛马！

何以有这个大区别呢？因为人家每人有三十个机械奴隶代他做工，帮他做工，而我们却得全靠赤手空拳，——我们的机械奴隶是一根扁担挑担子，四个轿夫换抬的轿子，三个车夫轮租的人力车！

我们的工人是苦力。人家的工人是许多机械奴隶的指挥官。

故第二个大问题是怎样利用机器来减除人的痛苦，增加人的生产能力，提高人的幸福。

安诺德先生是外国人，所以他对于第三个问题说的很客气，很委婉。他只说：

> 保管责任之观念，在华人中无论如何努力终不能确立其稳定之意义。其故盖在此偏爱亲人一点。而此点又与中国家族制度有密切关系。此弊为状不一，根深而普遍。欲将家属之责任与现代团体所负保管的责任之适当关系注入于中国人之脑中，须得千钧气力从事之。

这几句话虽然说得委婉，然而也很够使我们惭愧汗下了。

这个问题，其实只是"公私不分"四个字。古话说的，"一子成佛，一家生天"。古话又说，"一人得道，鸡犬登仙"。仙佛尚且如此，何况吃肉的官人？何况公司的经理董事？

几千年来，大家好像都不曾想想，得道成佛既是那样很艰难的事，为什么一人功行圆满之后，他们全家鸡犬也都可以跟着登天？最奇怪的就是今日的新官吏也不能打破这种旧习气。

最近招商局的一个分局的讼案便是最明显的例子。据报纸所载，一个家长做了名义上的局长，实际上却是他的子侄亲戚执行他的职务，弄得弊端百出，亏空到几十万元。到了法庭上，这位家长说他竟不知道他是局长！

招商局的全部历史，节节都是缺乏保管的责任心的好例子。我们翻开《国民政府清查整理招商局委员会报告书》，竟同看《官场现形记》一样，处处都是怪现状。上册五十九页说：

查自壬戌至丙寅最近五年内，历年亏折总额计有四百三十七万余两。然总沪局每年发给员司酬劳金，五年共计二十四万五千九百九十四两。查自癸亥年来，股东未获得分文息金，乃局中员司独享此厚酬。

又六十页说：

修理费总计每年约六七十万两。……而内河厂〔所承办〕实居最多数，约占全额之半。查丙寅年内河厂共计修理费三十一万四千余两。……惟内河厂既系该局附属分枝机关，内部办事人员当然与该局办事者关系甚密。……曾经本会函调账籍备查，而该厂忽以账房失踪，账簿遗失呈报。内中情形不问可知矣。

这样的轻视保管的责任，便是中国的大工业与大商业所以不能发达的大原因。

怎样救济呢？安诺德先生说：

天下人性同为脆弱。社会与个人之关系愈互相错综依赖，则制定种种适当之保卫……愈为急需矣。

人性是不容易改变的，公德也不是一朝一夕造成的。故救济之道不在乎妄想人心大变，道德日高，乃在乎制定种种防弊的制度。中国有句古话说："先小人而后君子"。先要承认人性的脆弱，方才可以期望大家做君子。故有公平的考试制度，则用人可以无私；有精密的簿记与审计，则账目可以无弊。制度的训练可以养成无私无弊的新习惯。新习惯养成之后，保管的责任心便成了当然的事了。

这是安诺德先生提出的三个大问题。

用铁路与汽车路来做到统一，用教育与机械来提高生产，用防弊制度来打倒贪污：这才是革命，这才是建设。

但依我看来，要解决这三个大问题，必须先有一番心理的建设。所谓心理的建设，并不仅仅是孙中山先生所谓"知难行易"的学说，只是一种新觉悟，一种新心理。

这种急需的新觉悟就是我们自己要认错。我们必须承认我们自己百事不如人，不但物质上不如人，不但机械上不如人，并且政治社会道德都不如人。

何以百事不如人呢？

不要尽说是帝国主义者害了我们。那是我们自己欺骗自己的话！我们要睁开眼睛看看日本近六十年的历史，试想想何以帝国主义的侵略压不住日本的发愤自强！何以不平等条约捆不住日本的自由发展？

何以我们跌倒了便爬不起来呢？

因为我们从不曾悔祸，从不曾彻底痛责自己，从不曾彻底认错。二三十年前，居然有点悔悟了，所以有许多谴责小说出来，暴扬我们自己官场的黑暗，社会的卑污，家庭的冷酷。十余年来，也还有一些人肯攻击中国的旧文学，旧思想，旧道德宗教，——肯承认西洋的精神文明远胜于我们自己。但现在这一点点悔悟的风气都消灭了。现在中国全部弥漫着一股夸大狂的空气：义和团都成了应该崇拜的英雄志士，而西洋文明只须"帝国主义"四个字便可轻轻抹煞！政府下令提倡旧礼教，而新少年高呼"打倒文化侵略！"

我们全不肯认错。不肯认错，便事事责人，而不肯责己。

我们到今日还迷信口号标语可以打倒帝国主义。我们到今日还迷信不学无术可以统治国家。我们到今日还不肯低头去学人家治人富国的组织与方法。

所以我说，今日的第一要务是要造一种新的心理：要肯认错，要大彻大悟地承认我们自己百不如人。

第二步便是死心塌地的去学人家。老实说，我们不须怕模仿。"学之为言效也"，这是朱子的老话。学画的，学琴的，都要跟别人学起；学的纯熟了，个性才会出来，天才才会出来。

一个现代国家不是一堆昏庸老朽的头脑造得成的，也不是口号标语喊得出来的。我们必须学人家怎样用铁轨，汽车，电线，飞机，无线电，把血脉贯通，把肢体变活，把国家统一起来。我们必须学人家怎样用教育来打倒愚昧，用实业来打倒贫穷，用机械来征服自然，抬高人的能力与幸福。我们必须学人家怎样用种种防弊的制度来经营商业，办理工业，整理国家政治。

只要我们有决心，这三个大问题都容易解决。譬如粤汉铁路还缺二百八十英里，约需六千万元才造得起。多少年来，我们都说这六千万元那里去筹。然而国民政府在这一年之中便发了近一万万元的公债，不但够完成粤汉铁路，还可以造大铁桥贯通武昌汉口了。

义务教育办不成，也只因经费没有。然而今日全国各方面每天至少要用一百万元的军费（这是财政部次长的估计）。一个国家肯用三万六千万元一年的军费，而不能给全国儿童两年至四年的义务教育，这是不能呢？还是不肯呢？

所以我们应该感谢安诺德先生，感谢他给我们几面好镜子，让我们照见自己的丑态，更感谢他肯对我们说许多老实话，教我们生点愧悔，引起我们一点向上的决心。

我很盼望我们不至于辜负了他这一番友谊的忠告。

1928，6，24夜

（原载1928年9月30日《生活周刊》第3卷第46期）

漫游的感想

一、东西文化的界线

我离了北京，不上几天，到了哈尔滨。在此地我得了一个绝大的发现：我发现了东西文明的交界点。

哈尔滨本是俄国在远东侵略的一个重要中心。当初俄国人经营哈尔滨的时候，早就预备要把此地辟作一个二百万居民的大城，所以一切文明设备，应有尽有；几十年来，哈尔滨就成了北中国的上海。这是哈尔滨的租界，本地人叫做"道里"，现在租界收回，改为特别区。

租界的影响，在几十年中，使附近的一个村庄逐渐发展，也变成了一个繁盛的大城。这是"道外"。

"道里"现在收归中国管理了，但俄国人的势力还是很大的，向来租界时代的许多旧习惯至今还保存着。其中的一种遗风就是不准用人力车（东洋车）。"道外"的街道上都是人力车。一到了"道里"，只见电车与汽车，不见一部人力车。道外的东洋车可以拉到道里，但不准再拉客，只可拉空车回去。

我到了哈尔滨，看了道里与道外的区别，忍不住叹口气，自己想道：这不是东方文明与西方文明的交界点吗？东西洋文明的界线只是人力车文明与摩托车文明的界线——这是我的一大发现。

人力车又叫做东洋车，这真是确切不移。请看世界之上，人力车所至之地，北起哈尔滨，西至四川，南至南洋，东至日本，这不是东方文明的区域吗？

人力车代表的文明就是那用人作牛马的文明。摩托车代表的文明就是用人的心思才智制作出机械来代替人力的文明。把人作牛马看待，无论如何，够不上叫做精神文明。用人的智慧造作出机械来，减少人类的苦痛，便利人类的交通，增加人类的幸福，——这种文明却含有不少的理想主义，含有不少的精神文明的可能性。

我们坐在人力车上，眼看那些圆颅方趾的同胞努起筋肉，湾着背脊梁，流着血汗，替我们做牛做马，拖我们行远登高，为的是要挣几十个铜子去活命养家，——我们当此时候，不能不感谢那发明蒸汽机的大圣人，不能不感谢那发明电力的大圣人，不能不祝福那制作汽船汽车的大圣人：感谢他们的心思才智节省了人类多少精力，减除了人类多少苦痛！你们嫌我用"圣人"一个字吗？孔夫子不说过吗？"制而用之谓之器。利用出入，民咸用之，谓之神。"孔老先生还嫌"圣"字不够，他简直要尊他们为"神"呢！

二、摩托车的文明

去年 8 月 17 日的伦敦《晚报》（*Evening Standard*）有下列

的统计：

全世界的摩托车共 24 590 000 辆。

全世界人口平均每七十一人有一辆摩托车。

美国每六人有车一辆。

加拿大与纽西兰每十二人有车一辆。

澳洲每二十人有车一辆。

今年1月16日纽约的《国民周报》（*The Nation*）有下列的统计：

全世界摩托车　　　27 500 000
美国摩托车　　　　22 330 000

美国摩托车数占全世界百分之八十一。

美国人口平均每五人有车一辆。

去年（1926）美国造的摩托车凡四百五十万辆，出口五十万辆。美国的路上，无论是大城里或乡间，都是不断的汽车。《纽约时报》上曾说一个故事：有一个北方人驾着摩托车走过 Miami 的一条大道，他开的速度是每点钟三十五英里。后面一个驾着两轮摩托车的警察赶上来问他为什么挡住大路。他说，"我开的已是三十五里了。"警察喝道："开六十里！"

今年3月里我到费城（Philadelphia）演讲，一个朋友请我到乡间 Haverford 去住一天。我和他同车往乡间去，到了一处，只见那边停着一二百辆摩托车。我说："这里开汽车赛会吗？"他用手指道："那边不在造房子吗？这些都是木匠泥水匠坐来做工的汽车。"

这真是一个摩托车的国家！木匠泥水匠坐了汽车去做工，大学教员自己开着汽车去上课,乡间儿童上学都有公共汽车接送,农家出的鸡蛋牛乳每天都自己用汽车送上火车或直送进城。十字街头,向来总有一两家酒店的;近年酒禁实行了,十字街头往往建着汽油的小站。车多了,停车的空场遂成为都市建筑的一个大问题。此外还发生了许多连带的问题,很能使都市因此改观。例如我到丹佛城(Denver),看见墙上都没有街道的名字,我很诧异。后来才看见街名都用白漆写在马路两边的"行道"(Pavement or Side Walk)的底下,为的是要使夜间汽车灯光容易照着。这一件事便可以看出摩托车在都市经营上的影响了。

摩托车的文明的好处真是一言难尽。汽车公司近年通行"分月付款"的法子,使普通人家都可以购买汽车。据最近统计,去年一年之中美国人买的汽车有三分之二是分月付钱的。这种人家向来是不肯出远门的。如今有了汽车,旅行便利了,所以每日工作完毕之后,回家带了家中妻儿,自己开着汽车,到郊外去游玩;每星期日,可以全家到远地旅行游览。例如旧金山的"金门公园",远在海滨,可以纵观太平洋上的水光岛色;每到星期日,四方男女来游的真是人山人海!这都是摩托车的恩赐。这种远游的便利可以增进健康,开拓眼界,增加智识,——这都是我们在轿子文明与人力车文明底下想像不到的幸福。

最大的功效还在人的官能的训练。人的四肢五官都是要训练的;不练就不灵巧了,久不练就迟钝麻木了。中国乡间的老百姓,看见汽车来了,往往手足失措,不知道怎样回避;你尽着呜呜地压着号筒,他们只听不见;连街上的狗与鸡也只是懒洋洋地踱来摆去,不知避开。但是你若把这班老百姓请到上海来,请他们从先施公司走到永安公司去,他们便不能不用耳目手足了。走过大马路的人,真如《封神传》上黄天化说的"须要眼观四处,耳听八方"。你若眼不明,耳不聪,手足不灵动,必难免危险。这便是摩托车文明的训练。

＊＊＊＊＊＊＊

美国的汽车大概都是各人自己驾驶的。往往一家中,父母子女都会开车。人工贵了,只有顶富的人家可以雇人开车。这种开车的训练真是"胜读十年书"!你开着汽车,两手各有职务,两脚也各有职务,眼要观四处,耳要听八方,还要手足眼耳一时并用,同力合作。你不但要会开车,还要会修车;随你是什么大学教授,诗人诗哲,到了半路车坏的时候,也不能不卷起袖管,替机器医病。什么书呆子,书蹩头,傻瓜,若受了这种训练,都不会四体不勤,五官不灵了。你们不常听见人说大学教授"心不在焉"的笑话吗?我这回新到美国,有些大学教授如孟禄博士等请我坐他们自己开的车,我总觉得有点栗栗危惧,怕他们开到半路上忽然想起什么哲学问题或天文学问题来,那才危险呢!但是我经过几回之后,才觉得这些大学教授已受了摩托车文明的洗礼,把从前的"心不在焉"的呆气都赶跑了,坐在轮子前便一心在轮子上,手足也灵活了,耳目也聪明了!猗欤休哉!摩托车的教育!

三、一个劳工代表

有些自命"先知"的人常常说:"美国的物质发展终有到头的一天;到了物质文明破产的时候,社会革命便起来了。"

我可以武断地说：美国是不会有社会革命的，因为美国天天在社会革命之中。这种革命是渐进的，天天有进步，故天天是革命。如所得税的实行，不过是十四年来的事，然而现在所得税已成了国家税收的一大宗，巨富的家私有纳税百分之五十以上的。这种"社会化"的现象随地都可以看见。从前马克思派的经济学者说资本愈集中则财产所有权也愈集中，必做到资本全归极少数人之手的地步。但美国近年的变化却是资本集中而所有权分散在民众。一个公司可以有一万万的资本，而股票可由雇员与工人购买，故一万万元的资本就不妨有一万人的股东。近年移民进口的限制加严贱工绝迹，故国内工资天天增涨；工人收入既丰，多有积蓄，往往购买股票，逐渐成为小资本家。不但白人如此，黑人的生活也逐渐抬高。纽约城的哈伦区，向为白人居住的，十年之中土地房屋全被发财的黑人买去了，遂成了一片五十万人的黑人区域。人人都可以做有产阶级，故阶级战争的煽动不发生效力。

我且说一件故事。

我在纽约时，有一次被邀去参加一个"两周讨论会"（Fortnightly Forum）。这一次讨论的题目是"我们这个时代应该叫什么时代？"十八世纪是"理智时代"，十九世纪是"民治时代"，这个时期应该叫什么？究竟是好是坏？

依这个讨论会规矩，这一次请了六位客人作辩论员：一个是俄国克伦斯基革命政府的交通总长；一个是印度人；一个是我；一个是有名的"效率工程师"（Efficiency Engineer），是一位老女士；一个是纽约有名的牧师 Holmes；一个是工会代表。

有些人的话是可以预料的。那位印度人一定痛骂这个物质文明时代；那位俄国交通总长一定痛骂鲍尔雪维克；那位牧师一定是很悲观的；我一定是很乐观的；那位女效率专家一定鼓吹他的效率主义。一言表过不提。

单说那位劳工代表 Frahne（？）先生。他站起来演说了。他穿着晚餐礼服，挺着雪白的硬衬衫，头发苍白了。他站起来，一手向里面衣袋里抽出一卷打字的演说稿，一手向外面袋里摸出眼镜盒，取出眼镜戴上。他高声演说了。

他一开口便使我诧异。他说：我们这个时代可以说是人类有历史以来最好的最伟大的时代，最可惊叹的时代。

这是他的主文。以下他一条一条地举例来证明这个主旨。他先说科学的进步，尤其注重医学的发明；次说工业的进步；次说美术的新贡献，特别注重近年的新音乐与新建筑。最后他叙述社会的进步，列举资本制裁的成绩，劳工待遇的改善，教育的普及，幸福的增加。他在十二分钟之内描写世界人类各方面的大进步，证明这个时代是人类有史以来最好的时代。

我听了他的演说，忍不住对自己说道：这才是真正的社会革命。社会革命的目的就是要做到向来被压迫的社会分子能站在大庭广众之中歌颂他的时代为人类有史以来最好的时代。

四、往西去！

我在莫斯科住了三天，见着一些中国共产党的朋友，他们很劝我在俄国多考察一些时。我因为要赶到英国去开会，所以不能久留。那时冯玉祥将军在莫斯科郊外避暑，我听说他很崇拜苏俄，常常绘画列宁的肖像。我对他的秘书刘伯坚诸君说：我很盼望冯先生从俄国向西去看看。即使不能看美国，至少也应该看看德国。

我的老朋友李大钊先生在他被捕之前一两月曾对北京朋友说："我们应该写信给适之，劝他仍旧从俄国回来，不要让他往西去打美国回来。"但他说这话时，我早已到了美国了。

我希望冯玉祥先生带了他的朋友往西去看看德国、美国；李大钊先生却希望我不要往西去。要明白此中的意义，且听我再说一件有趣味的故事。

我在日本时，同了马伯援先生去访问日本最有名的经济学家福田德三博士。我说："福田先生，听说先生新近到欧洲游历回来之后，先生的思想主张颇有改变，这话可靠吗？"

他说，"没有什么大的改变。"

我问，"改变的大致是什么？"

他说，"从前我主张社会政策；这次从欧洲回来之后，我不主张这种妥协的缓和的社会政策了。我现在以为这其间只有两条路：不是纯粹的马克思派社会主义，就是纯粹的资本主义。没有第三条路。"

我说："可惜先生到了欧洲不曾走的远点，索性到美国去看看，也许可以看见第三条路，也未可知。"

福田博士摇头说："美国我不敢去，我怕到了美国会把我的学说完全推翻了。"

我说："先生这话使我颇失望。学者似乎应该尊重事实。若事实可以推翻学说，那么，我们似乎应该抛弃那学说，另寻更满意的假设。"

福田博士摇头说:"我不敢到美国去,我今年五十五了,等到我六十岁时,我的思想定了,不会改变了,那时候我要往美国看看去。"

这一次的谈话给了我一个绝大的刺激。世间的大问题决不是一两个抽象名词(如"资本主义"、"共产主义"等等)所能完全包括的。最要紧的是事实。现今许多朋友却只高谈主义,不肯看看事实。孙中山先生曾引外国俗语说"社会主义有五十七种,不知那一种是真的"。岂但社会主义有五十七种?资本主义还不止五百七十种呢!拿一个"赤"字抹杀新运动,那是张作霖、吴佩孚的把戏。然而拿一个"资本主义"来抹杀一切现代国家,这种眼光究竟比张作霖、吴佩孚高明多少?

朋友们,不要笑那位日本学者。他还知道美国有些事实足以动摇他的学说,所以他不敢去。我们之中却有许多人决不承认世上会有事实足以动摇我们的迷信的。

五、东方人的"精神生活"

我到纽约后的第十天——1月21日——《纽约时报》上登出一条很有趣味的新闻:

> 昨天下午一点钟,纽吉赛邦的恩格儿坞(Englewood, N. J.)的山郎先生住宅面前,围了许多男男女女,小孩

子，小狗，等着要看一位埃及道人（Fakir）名叫哈密（Hamid Bey）的被活埋的奇事。

哈密道人站在那掘好的坟坑的旁边；微微的雨点洒在他的飘飘的长袍上。他身边站着两个同道的助手。

人越来越多了。到了一点一分的时候，哈密道人忽然倒在地下，不省人事了。两个请来的医生同了三个报馆访员动手把他的耳朵，鼻子，嘴，都用棉花塞好。随后便有人来把哈密道人抬下坟坑，放在坑里的内穴里。他脸上撒了一薄层的沙。内穴上面用木板盖好。

内穴上面还有三尺深的空坑，他们也用泥土填满了。填满了后，活埋的工作算完了。

到场的许多人都走进山郎先生的家里去吃茶点。山郎夫人未嫁之前就是那位绰号"千眼姑娘"的李麻小姐。她在那边招待来宾，大家谈着"人生无涯"一类的问题，静候那活埋道人的复活。

一点钟过去了。……一点半过去了。……两点钟过去了。……

到了下午四点，三个爱耳兰的工人动手把坟掘开。三个黑种工人站在旁边陪着，——也许是给那三个白种同伴镇压邪鬼罢。

四点钟敲过不久，哈密道人扶起来了。扶到了空气里，他便颤动了，渐渐活过来了。他低低地喊了一声"胡帝尼"，微微一笑，他回生了。

他未埋之先，医生验过他的脉跳是七十二，呼吸是十八。复活之后，脉跳与呼吸仍是七十二与十八。他在坑里足足埋了两点五十二分。

这回的安排布置全是勒乌公司（Loew's）的杜纳先生办理的。杜纳先生说，本想同这位埃及道人订一个"杂耍戏"的契约，不过还得考虑一会，因为看戏的人等不得三个钟头就都会跑光了。

哈密道人却很得意，他说他还可以活埋三天咧。

美国是个有钱的地方，世界各国的奇奇怪怪的宗教掮客都赶到这里来招揽信徒，炫卖花样。前一年，有个埃及道人名叫拉曼（Rahman）的，自称能收敛心神，停止呼吸。他当大众试验，闭在铁棺内，沉在赫贞河里，过一点钟之久。当时美国有大幻术家胡帝尼（Harry Houdini）研究此事，说这不是停止呼吸，乃是一种"浅呼吸"，是可以操练出来的。胡帝尼自己练习，到了去年夏间，他也公开试验：睡在铁棺里，叫人沉在纽约谢尔敦大旅馆的水池里，过了一点半钟，方才捞起来。开棺之后，依然复生，不过脉跳增加至一百四十二跳而已。胡帝尼的成绩比拉曼加长半点钟，颇能使人明白这种把戏不过是一种技术上的训练，并没有什么精神作用。

胡帝尼死后，这班东方道人还不服气，所以有今年1月20日哈密道人的公开试验。哈密的成绩又比胡帝尼加长了八十二分钟，应该够得上和勒乌公司订六个月的"杂耍戏"的契约了，然而杜纳先生又嫌活埋三点钟太干燥无味了，怕不能号召看戏的群众！可惜，可惜！大概哈密先生和他的道友们后来仍旧回到东方去继续他们的"内心生活"了罢。

胡帝尼的试验的精神是很可佩服的。其实即使这班东方道人真能活埋三点钟以至三天，完全停止呼吸，这又算得什么精神生活？这里面那有什么"精神的份子"？泥里的蚯蚓，以至一切冬天蛰伏的爬虫，不是都能这样吗？

六、麻　将

前几年，麻将牌忽然行到海外，成为出口货的一宗。欧洲与美洲的社会里，很有许多人学打麻将的；后来日本也传染到了。有一个时期，麻将竟成了西洋社会里最时髦的一种游戏；俱乐部里差不多桌桌都是麻将，书店里出了许多种研究麻将的小册子，中国留学生没有钱的可以靠教麻将吃饭挣钱。欧美人竟发了麻将狂热了。

谁也梦想不到东方文明征服西洋的先锋队却是那一百三十六个麻将军！

这回我从西伯利亚到欧洲，从欧洲到美洲，从美洲到日本，十个月之中，只有一次在日本京都的一个俱乐部里看见有人打麻将牌。在欧美简直看不见麻将了。我曾问过欧洲和美国的朋友，他们说，"妇女俱乐部里，偶然还可以看见一桌两桌打麻将的，但那是很少的事了"。我在美国人家里，也常看见麻将牌盒子——雕刻装潢很精致的——陈列在室内，有时一家竟有两三副的。但从不见主人主妇谈起麻将；他们从不向我这位麻将国的代表请教此中的玄妙！麻将在西洋已成了架上的古玩了；麻将的狂热已退凉了。

我问一个美国朋友，为什么麻将的狂热过去的这样快？他说："女太太们喜欢麻将，男子们却很反对，终于是男子们战胜了。"

这是我们意想得到的。西洋的勤劳奋斗的民族决不会做麻将的信徒，决不会受麻将的征服。麻将只是我们这种好闲爱荡，不爱惜光阴的"精神文明"的中华民族的专利品。

当明朝晚年，民间盛行一种纸牌，名为"马吊"。马吊只有四十张牌，有一文至九文，一千至九千，一万至九万等，等于麻将牌的筒子，索子，万子。还有一张"零"，即是"白板"的祖宗。还有一张"千万"，即是徽州纸牌的"千万"。马吊牌上每张上画有《水浒传》的人物。徽州纸牌上的"王英"即是矮脚虎王英的遗迹。乾隆嘉庆间人汪师韩的全集里收有几种明人的马吊牌（在《丛睦汪氏丛书》内）。

马吊在当日风行一时，士大夫整日整夜的打马吊，把正事都荒废了。所以明亡之后，吴梅村作《绥寇纪略》说，明之亡是亡于马吊。

三百年来，四十张的马吊逐渐演变，变成每样五张的纸牌，近七八十年中又变为每样四张的麻将牌（马吊三人对一人，故名"马吊脚"，省称"马吊"；"麻将"为"麻雀"的音变，"麻雀"为"马脚"的音变）。越变越繁复巧妙了，所以更能迷惑人心，使国中的男男女女，无论富贵贫贱，不分日夜寒暑，把精力和光阴葬送在这一百三十六张牌上。

英国的"国戏"是 Cricket，美国的国戏是 Baseball，日本的国戏是角抵。中国呢？中国的国戏是麻将。

麻将平均每四圈费时约两点钟。少说一点，全国每日只有一百万桌麻将，每桌只打八圈，就得费四百万点钟，就是损失十六万七千日的光阴，金钱的输赢，精力的消磨，都还在外。

我们走遍世界，可曾看见那一个长进的民族，文明的国家，肯这样荒时废业的吗？一个留学日本朋友对我说："日本人的勤苦真不可及！到了晚上，登高一望，家家板屋里都是灯光；灯光之下，不是少年人跪着读书，便是老年人跪着翻书，或是老妇人跪着做活计。到了天明，满街上，满电车上都是上学去的儿童。单只这一点勤苦就可以征服我们了。"

其实何止日本？凡是长进的民族都是这样的。只有咱们这种不长进的民族以"闲"为幸福，以"消闲"为急务，男人以打麻将为消闲，女人以打麻将为家常，老太婆以打麻将为下半生的大事业！

从前的革新家说中国有三害：鸦片，八股，小脚。鸦片虽然没禁绝，总算是犯法的了。虽然还有做"洋八股"与更时髦的"党八股"的，但八股的四书文是过去的了。小脚也差不多没有了。只有这第四害，麻将，还是日兴月盛，没有一点衰歇的样子，没有人说它是可以亡国的大害。新近麻将先生居然大摇大摆地跑到西洋去招摇一次，几乎做了鸦片与杨梅疮的还敬礼物。但如今它仍旧缩回来了，仍旧回来做东方精神文明的国家的国粹，国戏！

后　记

　　《漫游的感想》本不止这六条，我预备写四五十条，作成一本游记。但我当时正在赶写《白话文学史》，忙不过来，便把游记搁下来了。现在我把这六条保存在这里，因为游记专书大概是写不成的了。

十九，三，十　胡适

（原载 1927 年 8 月 13 日、20 日和 9 月 17 日《现代评论》
第 6 卷第 140、141、145 期，《后记》为
收入《胡适文存三集》时所加）

辑三 信心与反省

> 我们的前途在我们自己的手里。我们的信心应该望在我们的将来。

充分世界化与全盘西化

二十年前，美国《展望周报》（The Outlook）总编辑阿博特（Lyman Abbott）发表了一部自传，其第一篇里记他的父亲的谈话，说："自古以来，凡哲学上和神学上的争论，十分之九都只是名词上的争论。"阿博特在这句话的后面加上一句评论，他说："我父亲的话是不错的。但我年纪越大，越感觉到他老人家的算术还有点小错。其实剩下的那十分之一，也还只是名词上的争论。"

这几个月里，我读了各地杂志报章上讨论"中国本位文化""全盘西化"的争论，我常常想起阿博特父子的议论。因此我又联想到五六年前我最初讨论这个文化问题时，因为用字不小心，引起的一点批评。那一年（1929）《中国基督教年鉴》（Christian Year-book）请我做一篇文字，我的题目是"中国今日的文化冲突"，我指出中国人对于这个问题，曾有三派的主张：一是抵抗西洋文化，二是选择折衷，三是充分西化。我说，抗拒西化在今日已成过去，没有人主张了。但所谓"选择折衷"的议论，看去非常有理，其实骨子里只是一种变相的保守论。所以我主张全盘的西化，一心一意的走上世界化的路。

那部年鉴出版后，潘光旦先生在《中国评论周报》里写了一篇英文书评，差不多全文是讨论我那篇短文的。他指出我在那短文里用了两个意义不全同的字，一个是 Wholesale westernization，可译为"全盘西化"；一个是 Wholehearted modernization，可译为"一心一意的现代化"，或"全力的现代化"，或"充分的现代化"。潘先生说，他可以完全赞成后面那个字，而不能接受前面那个字。这就是说，他可以赞成"全力现代化"，而不能赞成"全盘西化"。

陈序经、吴景超诸位先生大概不曾注意到我们在五六年前的英文讨论。"全盘西化"一个口号所以受了不少的批评，引起了不少的辩论，恐怕还是因为这个名词的确不免有一点语病。这点语病是因为严格说来，"全盘"含有百分之一百的意义，而百分之九十九还算不得"全盘"。其实陈序经先生的原意并不是这样，至少我可以说我自己的原意并不是这样。我赞成"全盘西化"，原意只是因为这个口号最近于我十几年来"充分"世界化的主张；我一时忘了潘光旦先生在几年前指出我用字的疏忽，所以我不曾特别声明"全盘"的意义不过是"充分"而已，不应该拘泥作百分之百的数量的解释。

所以我现在很诚恳的向各位文化讨论者提议：为免除许多无谓的文字上或名词上的争论起见，与其说"全盘西化"，不如说"充分世界化"。"充分"在数量上即是"尽量"的意思，在精神上即是"用全力"的意思。

我的提议的理由是这样的：

第一，避免了"全盘"字样，可以免除一切琐碎的争论。例如我此刻穿着长袍，踏着中国缎鞋子，用的是钢笔，写的是中国字，谈的是"西化"，究竟我有"全盘西化"的百分之几，本来可以不生问题。这里面本来没有"折衷调和"的存心，只不过是为了应用上的便利而已。我自信我的长袍和缎鞋和中国字，并没有违反我主张"充分世界化"的原则。我看了近日各位朋友的讨论，颇有太琐碎的争论，如"见女人脱帽子"，是否"见男人也应该脱帽子"；如我们"能吃番菜"，是不是我们的饮食也应该全盘西化；这些事我看都不应该成问题。人与人交际，应该"充分"学点礼貌；饮食起居，应该"充分"注意卫生与滋养：这就够了。

第二，避免了"全盘"的字样，可以容易得着同情的赞助。例如陈序经先生说："吴景超先生既能承认了西方文化十二分之十以上，那么吴先生之所异于全盘西化论者，恐怕是厘毫之间罢。"我却以为，与其希望别人牺牲那"毫厘之间"来牵就我们的"全盘"，不如我们自己抛弃那文字上的"全盘"来包罗一切在精神上或原则上赞成"充分西化"或"根本西化"的人们。依我看来，在"充分世界化"的原则之下，吴景超，潘光旦，张佛泉，梁实秋，沈昌晔……诸先生当然都是我们的同志，而不是论敌了。就是那发表"总答复"的十教授，他们既然提出了"充实人民的生活，发展国民的生计，争取民族的生存"的三个标准，而这三件事又恰恰都是必须充分采用世界文化的最新工具和方法的，那么，我们在这三点上边可以欢迎"总答复"以后的十教授做我们的同志了。

第三，我们不能不承认，数量上的严格"全盘西化"是不容易成立的。文化只是人民生活的方式，处处都不能不受人民的经济状况和历史习惯的限制,这就是我从前说过的文化惰性。你尽管相信"西菜较合卫生",但事实上决不能期望人人都吃西菜,都改用刀叉。况且西洋文化确有不少的历史因袭的成分,我们不但理智上不愿采取,事实上也决不会全盘采取。你尽管说基督教比我们的道教佛教高明的多多,但事实上基督教有一两百个宗派,他们自己就互相诋毁,我们要的是那一派?若说,"我们不妨采取其宗教的精神",那也就不是"全盘"了。这些问题,说"全盘西化"则都成争论的问题,说"充分世界化"则都可以不成问题了。

鄙见如此,不知各位文化讨论者以为如何?

二十四,六,二十二

(原载 1935 年 6 月 23 日天津《大公报·星期论文》)

我们走那条路

缘　起

　　我们几个朋友在这一两年之中常常聚谈中国的问题，各人随他的专门研究，选定一个问题，提出论文，供大家的讨论。去年我们讨论的总题是"中国的现状"，讨论的文字也有在《新月》上发表的。如潘光旦先生的《论才丁两旺》（《新月》二卷四号），如罗隆基先生的《论人权》（《新月》二卷五号），都是用讨论的文字改作的。

　　今年我们讨论的总题是"我们怎样解决中国的问题？"分了许多子目，如政治，经济，教育，等等，由各人分任。但在分配题目的时候，就有人提议说："在讨论分题之前，我们应该先想想我们对于这些各个问题有没有一个根本的态度。究竟我们用什么态度来看中国的问题？"几位朋友都赞成有这一篇概括的引论，并且推我提出这篇引论。

　　这篇文字是四月十二夜提出讨论的。当晚讨论的兴趣的浓厚鼓励我把这篇文字发表出来，供全国人的讨论批评。以后别位朋友讨论政治、经济等等各个问题的文字也会陆续发表。

十九，四，十三　胡适

我们今日要想研究怎样解决中国的许多问题，不可不先审查我们对于这些问题根本上抱着什么态度。这个根本态度的决定，便是我们走的方向的决定。古人说得好：

> 今夫盲者行于道，人谓之左则左，谓之右则右。遇君子则得其平易，遇小人则蹈于沟壑。（《淮南·泛论训》，文字依《意林》引）

这正是我们中国人今日的状态。我们平日都不肯彻底想想究竟我们要一个怎样的社会国家，也不肯彻底想想究竟我们应该走那一条路才能达到我们的目的地。事到临头，人家叫我们向左走，我们便撑着旗，喊着向左走；人家叫我们向右走，我们也便撑着旗，喊着向右走。如果我们的领导者是真真睁开眼睛看过世界的人，如果他们确是睁着眼睛领导我们，那么，我们也许可以跟着他们走上平阳大路上去。但是，万一我们的领导者也都是瞎子，也在那儿被别人牵着鼻子走，那么，我们真有"盲人骑瞎马，夜半临深池"的大危险了。

我们不愿意被一群瞎子牵着鼻子走的人，在这个时候应该睁开眼睛看看面前有几个岔路，看看那一条路引我们到那儿去，看看我们自己可以并且应该走那一条路。

我们的观察和判断自然难保没有错误，但我们深信自觉的探路总胜于闭了眼睛让人牵着鼻子走。我们并且希望公开的讨论我们自己探路的结果可以使我们得着更正确的途径。

在我们探路之前，应该先决定我们要到什么地方去，——我们的目的地。这个问题是我们的先决问题，因为如果我们不想到那儿去，又何必探路呢？

现时对于这个目的地，至少有这三种说法：

(1) 中国国民党的总理孙中山说，国民革命的"目的在于求中国之自由平等"。

(2) 中国青年党（国家主义者）说，国家主义的运动"就是要国家能够独立，人民能够自由，而在国际上能够站得住的种种运动"。

(3) 中国共产党现在分化之后，理论颇不一致；但我们除去他们内部的所谓史大林——托洛斯基之争，可以说他们还有一个共同目的地，就是"巩固苏联无产阶级专政，拥护中国无产阶级革命"。

我们现在的任务不在讨论这三个目的地，因为这种讨论徒然引起无益的意气，而且不是一千零一夜打得了的笔墨官司。

我们的任务只在于充分用我们的知识，客观的观察中国今日的实际需要，决定我们的目标。我们第一要问，我们要铲除的是什么？这是消极的目标。第二要问，我们要建立的是什么？这是积极的目标。

我们要铲除打倒的是什么？我们的答案是：

我们要打倒五个大仇敌：

第一大敌是贫穷。

第二大敌是疾病。

第三大敌是愚昧。

第四大敌是贪污。

第五大敌是扰乱。

这五大仇敌之中，资本主义不在内，因为我们还没有资格谈资本主义。资产阶级也不在内，因为我们至多有几个小富人，那有资产阶级？封建势力也不在内，因为封建制度早已在二千年前崩坏了。帝国主义也不在内，因为帝国主义不能侵害那五鬼不入之国。帝国主义为什么不能侵害美国和日本？为什么偏爱光顾我们的国家？岂不是因为我们受了这五大恶魔的毁坏，遂没有抵抗的能力了吗？故即为抵抗帝国主义起见，也应该先铲除这五大敌人。

这五大敌人是不用我们详细证明的。余天休先生曾说中国人口百分之九十五在贫穷线以下。张振之先生（《目前中国社会的病态》）估计贫民数目占全国人口三分之一以上。张先生引四川李敬穆先生的话，说：依据甘布尔，狄麦尔，以及北京的成府，安徽的湖边村的调查，中国穷人总数当占全国人口百分之五十（李先生假定一家最低生活费为一三〇元至一六〇元，凡一家庭每年收入在这数目以下，便是穷人）。近来所得社会调查的结果，如李景汉先生《北平郊外之乡村家庭》等书所报告，都可以证明李敬穆先生的估计是大体不错的。有些地方的穷人竟在百分之七十三以上（李景汉调查北平郊外挂甲屯的结果），或竟至百分之八十二以上（民十一华洋义赈会调查结果）。这就离余天休先生的估计不远了。这是我们的第一大敌。

疾病是我们种弱的大原因。瘟疫的杀人，肺结核花柳病的杀人灭族，这都是看得见的。还有许多不明白杀人而势力可以毁灭全村，可以衰弱全种的疾病，如疟疾便是最危险又最普遍的一种。近年有科学家说希腊之亡是由于疟疾，罗马的衰亡也由于疟疾。这话我们听了也许不相信。但我们在中国内地眼见整个的村庄渐渐被疟疾毁为荆棘地，眼见害疟疾的人家一两代之后人丁绝灭，眼见有些地方竟认疟疾为与生俱来不可避免的病痛（我们徽州人叫它做"胎疟"，说人人都得害一次的！），我们不得不承认疟疾的可怕甚于肺结核，甚于花柳，甚于鸦片。在别的国家，疟疾是可以致死的，故人人知道它可怕。中国人受疟疾的侵害太久了，养成了一点抵抗力，可以苟延生命，不致于立死，故人都不觉其可怕。其实正因为它杀人不见血，灭族不留痕，故格外可怕。我们没有人口统计，但世界学者近年都主张中国人口减少而不见增加。我们稍稍观察内地的人口减少的状态，不能不承认此说的真确。张振之先生在他的《中国社会的病态》里，引了一些最近的各地统计，无一处不是死亡率超过出生率的。例如：

广州市　十七年五月到八月　每周死亡超过出生平均为六十人。

广州市　十七年八月到十一月　每周死亡超过出生平均六十七人。

南京市　十七年一月到十一月　平均每月多死二百七十一人，每周平均多死六十二人。

不但城市如此，内地人口减少的速度也很可怕。我在三十年之中就亲见家乡许多人家绝嗣衰灭。疾病瘟疫横行无忌，医药不讲究，公共卫生不讲究，那有死亡不超过出生的道理？这是我们的第二大敌。

愚昧是更不须我们证明的了。我们号称五千年的文明古国，而没有一个三十年的大学（北京大学去年十二月满三十一年，圣约翰去年十二月满五十年，都是连初期幼稚时代计算在内）。在今日的世界，那有一个没有大学的国家可以竞争生存的？至于每日费一百万元养兵的国家，而没有钱办普及教育，这更是国家的自杀了。因为愚昧，故生产力低微，故政治力薄弱，故知识不够救贫救灾救荒救病，故缺乏专家，故至今日国家的统治还在没有知识学问的军人政客手里。这是我们的第三大敌。

贪污是我们这个民族的最大特色。不但国家公开"捐官"曾成为制度，不但二十五年没有考试任官制度之下的贪污风气更盛行，这个恶习惯其实已成了各种社会的普遍习惯，正如亨丁顿说的：

> 中国人生活里有一件最惹厌的事，就是有一种特殊的贪小利行为，文言叫做"染指"，俗语叫做"揩油"。上而至于军官的克扣军粮，地方官吏的刮地皮，庶务买办的赚钱，下而至于家里老妈子的"揩油"，都是同性质的行为。

这是我们的第四大敌。

扰乱也是最大的仇敌。太平天国之乱毁坏了南方的精华区域，六七十年不能恢复。近二十年中，纷乱不绝，整个的西北是差不多完全毁了，东南西南的各省也都成了残破之区，土匪世界。美国生物学者卓尔登（David Starr Jordan）曾说，日本所以能革新强盛,全靠维新以前有了二百五十年不断的和平,积养了民族的精力,才能够发愤振作。我们眼见这二十年内战的结果,贫穷是更甚了,疾病死亡是更多了,教育是更破产了,——避兵避匪逃荒逃死还来不及,那能办教育?——租税是有些省分预征到民国一百多年的了,贪污是更明目张胆的了。(《中国评论周报》本年1月30日社论说,民国成立以来,官吏贪污更甚于从前。)然而还有无数人天天努力制造内乱!这是我们的第五个大仇敌。

以上略述我们认为应该打倒的五大仇敌。毁灭这五鬼,便是同时建立我们的新国家。我们要建立的是什么?

我们要建立一个治安的,普遍繁荣的,文明的,现代的统一国家。

"治安的"包括良好的法律政治,长期的和平,最低限度的卫生行政。"普遍繁荣的"包括安定的生活,发达的工商业,便利安全的交通,公道的经济制度,公共的救济事业。"文明的"包括普遍的义务教育,健全的中等教育,高深的大学教育,以及文化各方面的提高与普及。"现代的"总括一切适应现代环境需要的政治制度,司法制度,经济制度,教育制度,卫生行政,学术研究,文化设备等等。

这是我们的目的地。我们深信:决没有一个"治安的,普遍繁荣的,文明的,现代的统一国家"而不能在国际上享受独立,自由,平等的地位。我们不看见那大战后破产而完全解除军备的德国在战败后八年被世界列国恭迎入国际联盟,并且特别为她设一个长期理事名额吗？

目的地既定，我们才可以问：我们应该用什么法子，走那一条路，才可以走到那目的地呢？

我们一开始便得解决一个歧路的问题：还是取革命的路呢？还是走演进（evolution）的路呢？还是另有第三条路呢？——这是我们的根本态度和方法的问题。

革命和演进本是相对的，比较的，而不是绝对相反的。顺着自然变化的程序，如瓜熟蒂自落，如九月胎足而产婴儿，这是演进。在演进的某一阶级上，加上人功的促进，产生急骤的变化；因为变化来的急骤，表面上好像打断了历史上的连续性，故叫做革命。其实革命也都有历史演进的背景，都有历史的基础。如欧洲的"宗教革命"，其实已有了无数次的宗教革新运动作历史的前锋，如中古晚期的唯名论（Nominalism）的思想，如十三世纪以后的文艺复兴的潮流，如弗浪西斯派的和平的改革，如威克立夫（Wyclif）和赫司（Huss）等人的比较急进的改革，如各国的君主权力的扩大，这都是十六世纪的宗教革命的历史背景。火药都埋好了，路得等人点着火线，于是革命爆发了。故路得等人的宗教革新运动可以叫做革命，也未尝不可以说是历史演进的一个阶段。

又如所谓"工业革命"，更显出历史逐渐演进的痕迹，而不是急骤的革命。基本的机械知识，在十六世纪已渐渐发明了；十六世纪已有专讲机器的书了，十七世纪已是物理的科学很发达的时代了，故十八世纪后半的机器生产方法，其实只是几百年逐渐积聚的知识与经验的结果。不过瓦特（Watt）的蒸汽机出世以后，机器的动力根本不同了，表面上便呈现一个骤变的现象，故我们叫这个时代做工业革命时代。其实生产方法的革新，前面可以数到十五六世纪，后面一直到我们今日还在不断的演进。

政治史上所谓"革命"，也都是不断的历史演进的结果。美国的独立，法国的大革命，俄国的1917的两次革命，都有很长的历史背景。莫斯科的"革命博物馆"把俄国大革命的历史一直追溯到三四百年前的农民暴动，便是这个道理。中国近年的革命至少也可以从明末叙起。

所以革命和演进只有一个程度上的差异，并不是绝对不相同的两件事。变化急进了，便叫做革命；变化渐进，而历史上的持续性不呈露中断的现状，便叫做演进。但在方法上，革命往往多含一点自觉的努力，而历史演进往往多是不知不觉的自然变化。因为这方法上的不同，在结果上也有两种不同：第一，无意的自然演变是很迟慢的，是很不经济的，而自觉的人功促进往往可以缩短改革的时间。第二，自然演进的结果往往留下许多久已失其功用的旧制度和旧势力，而自觉的革命往往能多铲除一些陈腐的东西。在这两点上，自觉的革命都优于不自觉的演进。

但革命的根本方法在于用人功促进一种变化，而所谓"人功"有和平与暴力的不同。宣传鼓吹，组织与运动，使少数人的主张逐渐成为多数人的主张，或由立法，或由选举竞争，使新的主张能替代旧的制度，这是和平的人功促进。而在未上政治轨道的国家，旧的势力滥用压力摧残新的势力，反对的意见没有法律的保障，故革新运动往往不能用和平的方法公开活动，往往不能不走上武力解决的路上去。武力斗争的风气既开，而人民的能力不够收拾已纷乱的局势，于是一乱再乱，能发而不能收，能破坏而不能建设，能扰乱而不能安宁，如中美洲的墨西哥，如今日的中国，皆是最明显的例子。

武力暴动不过是革命方法的一种，而在纷乱的中国却成了革命的唯一方法，于是你打我叫做革命，我打你也叫做革命。打败的人只图准备武力再来革命。打胜的人也只能时时准备武力防止别人用武力来革命。这一边刚打平，又得招兵购械，筹款设计，准备那一边来革命了。他们主持胜利的局面，最怕别人来革命，故自称为"革命的"，而反对的人都叫做"反革命"。然而孔夫子正名的方法终不能叫人不革命；而终日凭借武力提防革命也终不能消除革命。于是人人自居于革命，而革命永远是"尚未成功"，而一切兴利除弊的改革都搁起不做不办。于是"革命"便完全失掉用人功促进改革的原意了。

我们认为今日所谓"革命"，真所谓"天下多少罪恶假汝之名以行"。用武力来替代武力，用这一班军人来推倒那一班军人，用这一种盲目势力来替代那一种盲目势力，这算不得真革命。至少这种革命是没有多大意义的，没有多大价值的。结果只是兵化为匪，匪化为兵，兵又化为匪，造成一个兵匪世界而已。于国家有何利益？于人民有何利益？

就是那些号称有主张的革命者，喊来喊去，也只是抓住几个抽象名词在那里变戏法。有一班人天天对我们说："中国革命的对象是封建阶级。"又有一班人天天说："中国革命的对象是封建势力。"我们孤陋寡闻的人，就不知道今日中国有些什么封建阶级和封建势力。我们研究这些高喊打倒封建势力的先生们的著作言论，也寻不着一个明了清楚的指示。一位教育革命的鼓吹家在民国十八年二月二十日出版的《教育杂志》（二十一卷二号二页）上说：

> 中国秦以前，完全为一封建时代。自黄帝历尧、舜、禹、汤，以至周武王，为封建之完成期。自周平王东迁，历春秋战国以至秦始皇，为封建之破坏期。统一之中国，即于此封建制度之成毁过程中完全产出。（原注：封建之形势早已破坏，而封建之势力至今犹存。）

但是隔了两个月，这位教育家把他所说的话完全忘记了，便又在4月20日出版的《教育杂志》（同卷四号二页）上说：

> 中国在秦以前，为统一的专制一尊的封建国家成长之时代。……到秦始皇时，……统一的专制一尊的封建国家才完全确立。（原注：列爵封土的制度，到这时候，当然改变了许多。然国家仍可以称为"封建的"者，因"封建的"三字并非单指列爵封土之制而言。凡一国由中央划分行政区域，设为种种制度，位置许多地方官吏；地方官吏更一方面负责维持地方次序，另一方面吸收地方一部分经济的利益，以维持中央之存在。平民于此，无说话之余地。凡此等等，都可以代表"封建的"三字之一部分的精神。）

两个月之前,封建制度到秦始皇时破坏了;两个月之后,封建国家又在秦始皇时才完全确立!然而《教育杂志》的编者与读者都毫不感觉矛盾。这位作者本人也毫不感觉矛盾。他把中央集权制度叫做封建国家,《教育杂志》的编者与读者也毫不觉得奇怪荒谬。为什么呢?因为这些名词本来只是口头笔下的玩意儿,爱变什么戏法就变什么戏法,本来大可不必认真,所以作者可以信口开河,读者也由他信口开河。

那么,这个革命的对象——封建势力——究竟是什么东西呢?去年《大公报》上登着一位天津市党部的某先生的演说,说封建势力是军阀,是官僚,是留学生。去年某省党部提出一个铲除封建势力的计划,里面所举的封建势力包括一切把持包办以及含有占有性的东西,故祠堂,同乡会,同学会都是封建势力。然而现代的把持包办最含有占有性的政党却不在内。所以我们直到今天还不明白究竟什么东西是封建势力。前几天我们看见中国共产党中的"反对派"王阿荣、陈独秀等八十一人的《我们的政治意见书》,其中有这么一段:

> 我们以为:说中国现在还是封建社会和封建势力的统治,把资产阶级的反动性及一切反动行为都归到封建,这不但是说梦话,不但是对于资产阶级的幻想,简直是有意的为资产阶级当辩护士!其实在经济上,中国封建制度之崩坏,土地权归了自由地主与自由农民,政权归了国家,比欧洲任何国家都早。……土地早已是个人私有的资本而不是封建的领地,地主已资本家化,城市及乡村所遗留一些封建式的剥

削，乃是资本主义袭用旧的剥削方法；至于城市乡村各种落后的现象，乃是生产停滞，农村人口过剩，资本主义落后国共有的现象，也并不是封建产物。（页十六——十七）

封建先生地下有知，应该叩头感谢陈独秀先生等八十一位裁判官宣告无罪的判决书。但独秀先生们一面判决了封建制度的无罪，一面又捉来了一个替死鬼，叫做资产阶级，硬定他为革命的对象。然而同时他们又告诉我们，中国"生产停滞，人口过剩，资本主义落后"，本国的银行资本不过在一万五千万元以上。在一个四万万人的国家里，止有一万五千万元的银行资本，资产阶级只好在显微镜底下去寻了，这个革命的对象也就够可怜了，不如索性开恩也宣告无罪，放他去罢。

以上所说，不过是要指出今日所谓有主义的革命，大都是向壁虚造一些革命的对象，然后高喊打倒那个自造的革命对象；好像捉妖的道士，先造出狐狸精山魈木怪等等名目，然后画符念咒用桃木宝剑去捉妖。妖怪是收进葫芦去了，然而床上的病人仍旧在那儿呻吟痛苦。

我们都是不满意于现状的人，我们都反对那懒惰的"听其自然"的心理。然而我们仔细观察中国的实际需要和中国在世界的地位，我们也不能不反对现在所谓"革命"的方法。我们很诚恳地宣言：中国今日需要的，不是那用暴力专制而制造革命的革命，也不是那用暴力推翻暴力的革命，也不是那悬空捏造革命对象因而用来鼓吹革命的革命。在这一点上，我们宁可不避"反革命"之名，而不能主张这种种革命。因为这种种革命都只能浪费精力,煽动盲动残忍的劣根性,扰乱社会国家的安宁,种下相残害相屠杀的根苗,而对于我们的真正敌人,反让他们逍遥自在,气焰更凶,而对于我们所应该建立的国家,反越走越远。

我们的真正敌人是贫穷,是疾病,是愚昧,是贪污,是扰乱。这五大恶魔是我们革命的真正对象,而他们都不是用暴力的革命所能打倒的。打倒这五大敌人的真革命只有一条路,就是认清了我们的敌人,认清了我们的问题,集合全国的人才智力,充分采用世界的科学知识与方法,一步一步的作自觉的改革,在自觉的指导之下一点一滴的收不断的改革之全功。不断的改革收功之日,即是我们的目的地达到之时。

这个根本态度和方法,不是懒惰的自然演进,也不是盲目的暴力革命,也不是盲目的口号标语式的革命,只是用自觉的努力作不断的改革。

这个方法是很艰难的,但是我们不承认别有简单容易的方法。这个方法是很迂缓的,但是我们不知道有更快捷的路子。我们知道,喊口号贴标语不是更快捷的路子。我们知道,机关枪对打不是更快捷的路子。我们知道,暴动与屠杀不是更快捷的路子。然而我们又知道,用自觉的努力来指导改革,来促进变化,也许是最快捷的路子,也许人家需要几百年逐渐演进的改革,我们能在几十年中完全实现。

最要紧的一点是我们要用自觉的改革来替代盲动的所谓"革命"。怎么叫做盲动的行为呢?不认清目的,是盲动;不顾手段的结果,是盲动;不分别大小轻重的先后程序,也是盲动。我们随便举几个例:如组织工人,不为他们谋利益,却用他们作扰乱的器具，便是盲动。又如人力车夫的生计改善，似乎应该从管理车厂车行，减低每日的车租入手；车租减两角三角，车夫便每日实收两角三角的利益。然而今日办工运的人却去组织人力车夫工会，煽动他们去打毁汽车电车，如去年杭州、北平的惨剧，这便是盲动。又如一个号称革命的政府，成立了两三年，不肯建立监察制度，不肯施行考试制度，不肯实行预算审计制度，却想用政府党部的力量去禁止人民过旧历年，这也是盲动。至于悬想一个意义不曾弄明白的封建阶级作革命对象，或把一切我们自己不能脱卸的罪过却归到洋鬼子身上，这也都是盲动。

怎么叫做自觉的改革呢？认清问题，认清问题里面的疑难所在，这是自觉。立说必有事实的根据；创议必先细细想出这个提议应该发生什么结果，而我们必须对于这些结果负责任：这是自觉。替社会国家想出路，这是何等重大的责任！这不是我们个人出风头的事，也不是我们个人发牢骚的事，这是"一言可以兴邦，一言可以丧邦"的事，我们岂可不兢兢业业的去思想？怀着这重大的责任心，必须竭力排除我们的成见和私意，必须充分尊重事实和证据，必须充分虚怀采纳一切可以供参考比较暗示的材料，必须时时刻刻提醒自己说我们的任务是要为社会国家寻一条最可行而又最完美的办法：这叫做自觉。

十九，四，十

（原载1929年12月10日《新月》第2卷第10号，此号实际推迟出版。收入1932年新月书店出版的《中国问题》）

惨痛的回忆与反省

这一期（《独立评论》第十八期）本刊出版之日正是九一八的周年纪念。这一年的光阴，没有一天不在耻辱惨痛中过去的，纪念不必在这一天，这一天不过是给我们一个特别深刻的回忆的机会，叫我们回头算算这一年的旧帐，究竟国家受了多大的损失和耻辱，究竟我们自己努力了几分，究竟我们失败的原因在那里。并且这一天应该使我们向前途想想，究竟在这最近的将来应该如何努力，在那较远的将来应该如何努力。这才是纪念"九一八"的意义。

九一八的事件，不是孤立的，不是偶然的，不是意外的，他不过是五六十年的历史原因造成的一个危险局面的一个爆发点。这座火山的爆发已不止一次了。第一次的大爆发在三十八年前的中日战争，第二次在三十五年前的俄国占据旅顺、大连，第三次在庚子拳乱期间俄国进兵东三省，第四次在二十八年前的日俄战争，第五次在十七年前的二十一条交涉。去年九一八之役是第六次的大爆发。每一次爆发，总给我们一个绝大的刺激，所以第一、二次的爆发引起了戊戌维新运动和庚子的拳祸。日俄战争促进了中国的革命运动，满清皇室终于颠覆。二十一条的交涉对于后来国民革命的成功也有绝大的影响：袁世凯的帝制运动及其失败，安福党人的卖国借款，巴黎和约引起的学生运动，学生运动引起的中国共产党的组织与中国国民党的改组，此等事件都与国民革命的运动有直接或间接的关系。所以我们可以说民四的中日交涉产生了民十五六年的国民革命。

反响是有的，然而每一次反响都不曾达到挽救危亡的目标，都不曾做到建设一个有力的统一国家的目标。况且每一次的前进，总不免同时引起了不少的反动势力：戊戌维新没有成功，反动的慈禧党早已起来了，就引起了庚子的国耻。辛亥革命刚推倒了一个枯朽的满清帝室，北洋军人与政客的反动大团结又早已起来了。民十五六年的国民革命还没有完全胜利，腐化和恶化的趋势都已充分显露了。三十多年的民族自救运动，没有一次不是前进的新势力和反动势力同时出现，彼此互相打消，已得的进步往往还不够反动势力的破坏，所得虽不少而未必能抵偿所失之多。结果竟成了进一步必得退一步，甚至于退两三步。到了今日，民族自救的运动还是一事无成！练新兵本是为了御外侮的，于今我们有了二百多万人的陆军，既不能御外侮，又不能维持地方的安宁，只给国家添了一个绝大的乱源！谋革命也是为了救危亡，图民族国家的复兴；然而三十年的革命事业，到今日还只到处听见"尚未成功"的一句痛语。办新教育也是为了兴国强种，然而三十多年的新教育，到今日不曾为国家添得一分富，一分强，只落得人人痛恨教育的破产。

四十年的奇耻大辱，刺激不可谓不深；四十年的救亡运动，时间不可谓不长。然而今日大难当前，三百六十五个昼夜过去了，我们还是一个束手无策。这是我们在这个绝大纪念日所应该深刻反省的一篇惨史，一笔苦账。

我们应该自己反省：为什么我们这样不中用？为什么我们的民族自救运动到于今还是失败的？"七年之病求三年之艾"，这固然是今日的急务；然而还有许多人不信我们的民族国家是有病的，也还有许多人不肯相信我们生的是七年之病，也还有一些人不肯费心思去诊断我们的病究竟在那里。我说的"反省"，就是要做那已经太晚了的诊断自己。

我们的大病原，依我看来，是我们的老祖宗造孽太深了，祸延到我们今日。二三十年前人人都知道鸦片，小脚，八股，为"三大害"；前几年有人指出贫，病，愚昧，贪污，纷乱，为中国的"五鬼"；今年有人指出仪文主义，贯通主义，亲故主义为"三个亡国性的主义"（《独立》第十二号）。这些话，现在的青年人都看做老生常谈了，然而这些大病根的真实是绝对无可讳的。这些大毛病都不是一朝一夕发生的，都是千百年来老祖宗给我们留下的遗产。这些病痛，"有一于此，未或不亡"，何况我们竟是兼而有之，种种亡国灭种的大病都丛集在一个民族国家的身上！向来所谓"东方病夫国"，往往单指我们身体上的多病与软弱，其实我们身体上的病痛固然不轻，精神上的病痛更多，又更难治。即如"缠脚"，岂但是残贼肢体而已！把半个民族的分子不当作人看待，让她们做了牛马，还要砍折她们的两腿，这种精神上的风狂惨酷，是千百年不容易洗刷得干净的。又如"八股"，岂但是一种文章格式而已！把全国的最优秀分子的聪明才力都用在变文字戏法上，这种精神上的病态养成的思想习惯也是千百年不容易改变的。——这些老祖宗遗留下的孽障，是我们这个民族的根本病。在这个心身都病的民族遗传上，无论什么良法美意一到中国都成了"逾淮之橘"，都变成四不像了。

所谓民族自救运动，其实只是要救治这些根本病痛。这些病根不除掉，什么打倒帝国主义，什么民族复兴，都是废话。例如鸦片，现在帝国主义的国家并不用兵力来强逼我们销售了，然而各省的鸦片，勒种的是谁呢？抽税的是谁呢？包运包销的是谁呢？那无数自己情愿吸食的又是谁呢？

病根太深，是我们的根本困难。但是我们还有一层很重大的困难，使一切疗治的工作都无从下手。这个大困难就是我们的社会没有重心，就像一个身体没有一个神经中枢，医头医脚好像都搔不着真正的痛痒。试看日本的维新所以能在六十年中收绝大的功效，其中关键就在日本的社会组织始终没有失掉他的重心：这个重心先在幕府，其后幕府崩溃，重心散在各强藩，几乎成一个溃散的局面；然而幕府归政于天皇之后（1867），天皇成为全国的重心，一切政治的革新都有所寄托，有所依附，故幕府废后，即改藩侯为藩知事，又废藩置县，藩侯皆入居京师，由中央委任知事统治其地（1871），在四五年之中做到了铲除封建割据的大功。二十年后，宪政成立，国会的政治起来替代藩阀朝臣专政的政治（1890），宪政初期的纠纷也全靠有个天皇作重心，都不曾引起轨道外的冲突，从来不曾因政争而引起内战。自此以后，四十年中，日本不但解决了他的民族自救问题，还一跃而为世界三五个大强国之一，其中虽有几个很伟大的政治家的功绩不可磨灭，而其中最大原因是因为社会始终不曾失其重心，所以一切改革工作都不至于浪费。

我们中国这六七十年的历史所以一事无成,一切工作都成虚掷,都不能有永久性者,依我看来,都只因为我们把六七十年的光阴抛掷在寻求建立一个社会重心而终不可得。帝制时代的重心应该在帝室,而那时的满清皇族已到了一个很堕落的末路,经过太平天国的大乱,一切弱点都暴露出来,早已失去政治重心的资格了。所谓"中兴"将相,如曾国藩、李鸿章诸人,在十九世纪的后期,俨然成为一个新的重心。可惜他们不敢进一步推倒满清,建立一个汉族新国家;他们所依附的政治重心一天一天的崩溃,他们所建立的一点事业也就跟着那崩溃的重心一齐消灭了。戊戌的维新领袖也曾轰动一时,几乎有造成新重心的形势,但不久也就消散了。辛亥以后民党的领袖几乎成为社会新重心了,但旧势力不久卷土重来,而革命日子太浅,革命的领袖还不能得着全国的信仰,所以这个新重心不久也崩溃了。在革命领袖之中,孙中山先生最后死,奋斗的日子最久,资望也最深,所以民十三以后,他改造的中国国民党成为一个簇新的社会重心,民十五六年之间,全国多数人心的倾向中国国民党,真是六七十年来所没有的新气象。不幸这个新重心因为缺乏活的领袖,缺乏远大的政治眼光与计划,能唱高调而不能做实事,能破坏而不能建设,能箝制人民而不能收拾人心,这四五年来,又渐渐失去做社会重心的资格了。六七十年的历史演变,仅仅得这一个可以勉强作社会重心的大结合,而终于不能保持其已得的重心资格,这是我们从历史上观察的人所最惋惜的。

这六七十年追求一个社会政治重心而终不可得的一段历史,我认为最值得我们的严重考虑。我以为中国的民族自救运动的失败,这是一个最主要的原因。我的朋友翁文灏先生说的好:"进步是历次的工作相继续相积累而成的,尤其是重大的建设事业,非逐步前进不会成功。"(《独立》第五号,页十二)日本与中国的维新事业的成败不同,只是因为日本不曾失掉重心,故六七十年的工作是相继续的,相积累的,一点一滴的努力都积聚在一个有重心的政治组织之上。而我们始终没有重心,无论什么工作,做到了一点成绩,政局完全变了,机关改组了或取消了,领袖换了人了,一切都被推翻,都得从头做起;没有一项事业有长期计划的可能,没有一个计划有继续推行的把握,没有一件工作有长期持续的机会,没有一种制度有依据过去经验积渐改善的幸运。试举议会政治为例:四十二年前,日本第一次选举议会,有选举权者不过全国人口总数百分之一;但积四十年之经验,竟做到男子普遍选举了。我们的第一次国会比日本的议会不过迟二十一年,但是昙花一现之后,我们的聪明人就宣告议会政治是不值得再试的了。又如教育,日本改定学制在六十年前,六十年不断的努力就做到了强迫教育的普及,高等教育也达到了很可惊的成绩。我们的新学堂章程也是三十多年前就有了的,然而因为没有长期计划的可能,普及教育至今还没有影子,高等教育是年年跟着政局变换的,至今没有一个稳定的大学。我们拿北京大学、南洋公学的跟着政局变换的历史,来比较庆应大学和东京帝大的历史,真可以使我们惭愧不能自容了。

我开始做一篇纪念"九一八"的文字,写了半天,好像是跑野马跑的去题万里了。然而这都是我在纪念"九一八"的情感里的回忆与反省。我今天读了一部《请缨日记》，是台湾民主国的大总统唐景崧的日记，记的是他在1882年自告奋勇去运动刘永福（当时的"义勇军"）出兵援救安南的故事。我看了真有无限的感慨！五十年前，我们想倚靠刘永福的"义勇军"去抵抗法兰西。五十年后，我们有了二百多万的新式军队了，依旧还得倚靠东北的义勇军去抵抗日本。五十年了！把戏还是一样！这不是很值得我们追忆与反省的吗？我们要御外侮，要救国，要复兴中华民族，这都不是在这个一盘散沙的社会组织上所能做到的事业。我们的敌人公开的讥笑我们是一个没有现代组织的国家，我们听了一定很生气；但是生气有什么用处？我们应该反省：我们所以缺乏现代国家的组织，是不是因为我们至今还不曾建立起我们的社会重心？如果这个解释是不错的，我们应该怎样努力方才可以早日建立这么一个重心？这个重心应该向那里去寻求呢？

为什么六七十年的历史演变不曾变出一个社会重心来呢？这不是可以使我们深思的吗？我们的社会组织和日本和德国和英国都不相同。我们一则离开封建时代太远了，二则对于君主政体的信念已被那太不像样的满清末期完全毁坏了，三则科举盛行以后社会的阶级已太平等化了，四则人民太贫穷了没有一个有势力的资产阶级，五则教育太不普及又太幼稚了没有一个有势力的智识阶级：有这五个原因，我们可以说是没有一个天然候补的社会重心。既然没有天然的重心，所以只可以用人功创造一个出来。这个可以用人功建立的社会重心，依我看来，必须具有这些条件：

第一，必不是任何个人，而是一个大的团结。

第二，必不是一个阶级，而是拥有各种社会阶级的同情的团体。

第三，必须能吸收容纳国中的优秀人才。

第四，必须有一个能号召全国多数人民的感情与意志的大目标：他的目标必须是全国的福利。

第五，必须有事功上的成绩使人民信任。

第六，必须有制度化的组织使他可以有持续性。

我们环顾国内，还不曾发现有这样的一个团结。凡是自命为一个阶级谋特殊利益的，固然不够作社会的新重心；凡是把一党的私利放在国家的福利之上的，也不够资格。至于那些拥护私人作老板的利害结合，更不消说了。

我们此时应该自觉的讨论这种社会重心的需要，也许从这种自觉心里可以产生一两个候补的重心出来。这种说法似乎很迂缓。但是我曾说过，最迂缓的路也许倒是最快捷的路。

二十一，九，十一夜

（原载1932年9月18日《独立评论》第18号）

信心与反省

这一期（《独立》一〇三期）里有寿生先生的一篇文章，题为《我们要有信心》，在这文里，他提出一个大问题：中华民族真不行吗？他自己的答案是：我们是还有生存权的。

我很高兴我们的青年在这种恶劣空气里还能保持他们对于国家民族前途的绝大信心。这种信心是一个民族生存的基础，我们当然是完全同情的。

可是我们要补充一点：这种信心本身要建筑在稳固的基础之上，不可站在散沙之上。如果信仰的根据不稳固，一朝根基动摇了，信仰也就完了。

寿生先生不赞成那些旧人"拿什么五千年的古国哟，精神文明哟，地大物博哟，来遮丑"。这是不错的。然而他自己提出的民族信心的根据，依我看来，文字上虽然和他们不同，实质上还是和他们同样的站在散沙之上，同样的挡不住风吹雨打。例如他说：

> 我们今日之改进不如日本之速者，就是因为我们的固有文化太丰富了。富于创造性的人，个性必强，接受性就较缓。

这种思想在实质上和那五千年古国精神文明的迷梦是同样的无稽的夸大。第一，他的原则"富于创造性的人，个性必强，接受性就较缓"，这个大前提就是完全无稽之谈，就是懒惰的中国士大夫捏造出来替自己遮丑的胡说。事实上恰是相反的：凡富于创造性的人必敏于模仿，凡不善模仿的人决不能创造。创造是一个最误人的名词，其实创造只是模仿到十足时的一点点新花样。古人说的最好："太阳之下，没有新的东西。"一切所谓创造都从模仿出来。我们不要被新名词骗了。新名词的模仿就是旧名词的"学"字；"学之为言效也"是一句不磨的老话。例如学琴，必须先模仿琴师弹琴；学画必须先模仿画师作画；就是画自然界的景物，也是模仿。模仿熟了，就是学会了，工具用的熟了，方法练的细密了，有天才的人自然会"熟能生巧"，这一点工夫到时的奇巧新花样就叫做创造。凡不肯模仿，就是不肯学人的长处。不肯学如何能创造？葛理略（Galileo）听说荷兰有个磨镜匠人做成了一座望远镜，他就依他听说的造法，自己制造了一座望远镜。这就是模仿，也就是创造。从十七世纪初年到如今，望远镜和显微镜都年年有进步，可是这三百年的进步，步步是模仿，也步步是创造。一切进步都是如此：没有一件创造不是先从模仿下手的。孔子说的好：

> 三人行，必有我师焉：择其善者而从之，其不善者而改之。

这就是一个圣人的模仿。懒人不肯模仿，所以决不会创造。一个民族也和个人一样，最肯学人的时代就是那个民族最伟大的时代；等到他不肯学人的时候，他的盛世已过去了，他已走上衰老僵化的时期了，我们中国民族最伟大的时代，正是我们最肯模仿四邻的时代：从汉到唐、宋，一切建筑、绘画、雕刻、音乐、宗教、思想、算学、天文、工艺，那一件里没有模仿外国的重要成分？佛教和他带来的美术建筑，不用说了。从汉朝到今日，我们的历法改革，无一次不是采用外国的新法；最近三百年的历法是完全学西洋的，更不用说了。到了我们不肯学人家的好处的时候，我们的文化也就不进步了。我们到了民族中衰的时代，只有懒劲学印度人的吸食鸦片，却没有精力学满洲人的不缠脚，那就是我们自杀的法门了。

　　第二，我们不可轻视日本人的模仿。寿生先生也犯了一般人轻视日本的恶习惯，抹杀日本人善于模仿的绝大长处。日本的成功，正可以证明我在上文说的"一切创造都从模仿出来"的原则。寿生说：

>　　从唐以至日本明治维新，千数百年间，日本有一件事足为中国取镜者吗？中国的学术思想在她手里去发展改进过吗？我们实无法说有。

这又是无稽的诬告了。三百年前，朱舜水到日本，他居留久了，能了解那个岛国民族的优点，所以他写信给中国的朋友说，日本的政治虽不能上比唐、虞，可以说比得上三代盛世。这一个中国大学者在长期寄居之后下的考语，是值得我们的注意的。日本民族的长处全在他们肯一心一意的学别人的好处。他们学了中国的无数好处,但始终不曾学我们的小脚,八股文,鸦片烟。这不够"为中国取镜"吗?他们学别国的文化,无论在那一方面,凡是学到家的,都能有创造的贡献。这是必然的道理。浅见的人都说日本的山水人物画是模仿中国的;其实日本画自有他的特点,在人物方面的成绩远胜过中国画,在山水方面也没有走上四王的笨路。在文学方面,他们也有很大的创造。近年已有人赏识日本的小诗了。我且举一个大家不甚留意的例子。文学史家往往说日本的《源氏物语》等作品是模仿中国唐人的小说《游仙窟》等书的。现今《游仙窟》已从日本翻印回中国来了,《源氏物语》也有了英国人卫来先生(Arthur Waley)的五巨册的译本。我们若比较这两部书,就不能不惊叹日本人创造力的伟大。如果《源氏》真是从模仿《游仙窟》出来的,那真是徒弟胜过师傅千万倍了!寿生先生原文里批评日本的工商业,也是中了成见的毒。日本今日工商业的长脚发展,虽然也受了生活程度比人低和货币低落的恩惠,但他的根基实在是全靠科学与工商业的进步。今日大阪与兰肯歇的竞争,骨子里还是新式工业与旧式工业的竞争。日本今日自造的纺织器是世界各国公认为最新最良的。今日英国纺织业也不能不购买日本的新机器了,这是从模仿到创造的最好的例子。不然,我们工人的工资比日本更低,货币平常也比日本钱更贱,为什么我们不能"与他国资本家抢商场"呢?我们到了今日,若还要抹煞事实,笑人模仿,而自居于"富于创造性者"的不屑模仿,那真是盲目的夸大狂了。

第三,再看看"我们的固有文化"是不是真的"太丰富了"。

寿生和其他夸大本国固有文化的人们，如果真肯平心想想，必然也会明白这句话也是无根的乱谈。这个问题太大不是这篇短文里所能详细讨论的，我只能指出这个比较重要之点，使人明白我们的固有文化实在是很贫乏的，谈不到"太丰富"的梦话。近代的科学文化，工业文化，我们可以撇开不谈，因为在那些方面，我们的贫乏未免太丢人了。我们且谈谈老远的过去时代罢。我们的周秦时代当然可以和希腊、罗马相提比论，然而我们如果平心研究希腊、罗马的文学，雕刻，科学，政治，单是这四项就不能不使我们感觉我们的文化的贫乏了。尤其是造形美术与算学的两方面，我们真不能不低头愧汗。我们试想想，《几何原本》的作者欧几里得（Euclid）正和孟子先后同时；在那么早的时代，在二千多年前，我们在科学上早已太落后了！（少年爱国的人何不试拿《墨子·经上》篇里的三五条几何学界说来比较《几何原本》?）从此以后，我们所有的，欧洲也都有；我们所没有的，人家所独有的，人家都比我们强。试举一个例子：欧洲有三个一千年的大学，有许多个五百年以上的大学，至今继续存在，继续发展：我们有没有？至于我们所独有的宝贝，骈文，律诗，八股，小脚，太监，姨太太，五世同居的大家庭，贞节牌坊，地狱活现的监狱，廷杖，板子夹棍的法庭，……虽然"丰富"，虽然"在这世界无不足以单独成一系统"，究竟都是使我们抬不起头来的文物制度。即如寿生先生指出的"那更光辉万丈"的宋、明理学，说起来也真正可怜！讲了七八百年的理学，没有一个理学圣贤起来指出裹小脚是不人道的野蛮行为，只见大家崇信"饿死事极小，失节事极大"的吃人礼教：请问那万丈光辉究竟照耀到那里去了？

以上说的，都只是略略指出寿生先生代表的民族信心是建筑在散沙上面，禁不起风吹草动，就会倒塌下来的。信心是我们需要的，但无根据的信心是没有力量的。

可靠的民族信心，必须建筑在一个坚固的基础之上，祖宗的光荣自是祖宗之光荣，不能救我们的痛苦羞辱。何况祖宗所建的基业不全是光荣呢？我们要指出：我们的民族信心必须站在"反省"的唯一基础之上。反省就是要闭门思过，要诚心诚意的想，我们祖宗的罪孽深重，我们自己的罪孽深重；要认清了罪孽所在，然后我们可以用全副精力去消灾灭罪。寿生先生引了一句"中国不亡是无天理"的悲叹词句，他也许不知道这句伤心的话是我十三四年前在中央公园后面柏树下对孙伏园先生说的，第二天被他记在《晨报》上，就流传至今。我说出那句话的目的，不是要人消极，是要人反省；不是要人灰心，是要人起信心，发下大弘誓来忏悔，来替祖宗忏悔，替我们自己忏悔；要发愿造新因来替代旧日种下的恶因。

今日的大患在于全国人不知耻。所以不知耻者，只是因为不曾反省。一个国家兵力不如人，被人打败了，被人抢夺了一大块土地去，这不算是最大的耻辱。一个国家在今日还容许整个的省分遍种鸦片烟，一个政府在今日还要依靠鸦片烟的税收——公卖税，吸户税，烟苗税，过境税——来做政府的收入的一部分，这是最大的耻辱。一个现代民族在今日还容许他们的最高官吏公然提倡什么"时轮金刚法会"，"息灾利民法会"，这是最大的耻辱。一个国家有五千年的历史，而没有一个四十年的大学，甚至于没有一个真正完备的大学,这是最大的耻辱。一个国家能养三百万不能捍卫国家的兵,而至今不肯计划任何区域的国民义务教育,这是最大的耻辱。

真诚的反省自然发生于真诚的愧耻。孟子说的好:"不耻不若人,何若人有?"真诚的愧耻自然引起向上的努力,要发弘愿努力学人家的好处,铲除自家的罪恶。经过这种反省与忏悔之后,然后可以起新的信心:要信仰我们自己正是拨乱反正的人,这个担子必须我们自己来挑起。三四十年的天足运动已经差不多完全铲除了小脚的风气:从前大脚的女人要装小脚,现在小脚的女人要装大脚了。风气转移的这样快,这不够坚定我们的自信心吗?

历史的反省自然使我们明了今日的失败都因为过去的不努力,同时也可以使我们格外明了"种瓜得瓜,种豆得豆"的因果铁律。铲除过去的罪孽只是割断已往种下的果。我们要收新果,必须努力造新因。祖宗生在过去的时代,他们没有我们今日的新工具,也居然能给我们留下了不少的遗产。我们今日有了祖宗不曾梦见的种种新工具,当然应该有比祖宗高明千百倍的成绩,才对得起这个新鲜的世界。日本一个小岛国,那么贫瘠的土地,那么少的人民,只因为伊藤博文,大久保利通,西乡隆盛等几十个人的努力,只因为他们肯拼命的学人家,肯拼命的用这个世界的新工具,居然在半个世纪之内一跃而为世界三五大强国之一。这不够鼓舞我们的信心吗?

反省的结果应该使我们明白那五千年的精神文明,那"光辉万丈"的宋、明理学,那并不太丰富的固有文化,都是无济于事的银样蜡枪头。我们的前途在我们自己的手里。我们的信心应该望在我们的将来。我们的将来全靠我们下什么种,出多少力。"播了种一定会有收获,用了力决不至于白费":这是翁文灏先生要我们有的信心。

二十三,五,二十八

(原载1934年6月3日《独立评论》第103号)

再论信心与反省

在《独立》第一〇三期，我写了一篇《信心与反省》，指出我们对国家民族的信心不能建筑在歌颂过去上，只可以建筑在"反省"的唯一基础之上。在那篇讨论里，我曾指出我们的固有文化是很贫乏的，决不能说是"太丰富了"的。我们的文化，比起欧洲一系的文化来，"我们所有的，人家也都有；我们所没有的，人家所独有的，人家都比我们强。至于我们所独有的宝贝，骈文，律诗，八股，小脚，……又都是使我们抬不起头来的文物制度"。所以我们应该反省：认清了我们的祖宗和我们自己的罪孽深重，然后肯用全力去消灭罪；认清了自己百事不如人，然后肯死心塌地的去学人家的长处。

我知道这种论调在今日是很不合时宜的，是触犯忌讳的，是至少要引起严厉的抗议的。可是我心里要说的话，不能因为人不爱听就不说了。正因为人不爱听，所以我更觉得有不能不说的责任。

果然，那篇文章引起了一位读者子固先生的悲愤，害他终夜不能睡眠，害他半夜起来写他的抗议，直写到天明。他的文章，《怎样才能建立起民族的信心》是一篇很诚恳的，很沉痛的反省。我很尊敬他的悲愤，所以我很愿意讨论他提出的论点，很诚恳的指出他那"一半不同"正是全部不同。

子固先生的主要论点是：

> 我们民族这七八十年以来，与欧美文化接触，许多新奇的现象炫盲了我们的眼睛，在这炫盲当中，我们一方面没出息地丢了我们固有的维系并且引导我们向上的文化，另一方面我们又没有能够抓住外来文化之中那种能够帮助我们民族更为强盛的一部分。结果我们走入迷途，堕落下去！
>
> 忠孝仁爱信义和平是维系并且引导我们民族向上的固有文化，科学是外来文化中能够帮助我们民族更为强盛的一部分。

子固先生的论调，其实还是三四十年前的老辈的论调。他们认得了富强的需要，所以不反对西方的科学工业；但他们心里很坚决的相信一切伦纪道德是我们所固有而不须外求的。老辈之中，一位最伟大的孙中山先生，在他的通俗讲演里，也不免要敷衍一般夸大狂的中国人，说："中国先前的忠孝仁爱信义种种的旧道德"都是"驾乎外国人"之上。中山先生这种议论在今日往往被一般人利用来做复古运动的典故，所以有些人就说"中国本来是一个由美德筑成的黄金世界"了！（这是民国十八年叶楚伧先生的名言。）

子固先生也特别提出孙中山先生的伟大，特别颂扬他能"在当时一班知识阶级盲目崇拜欧美文化的狂流中，巍然不动地指示我们救国必须恢复我们固有文化，同时学习欧美科学"。但他如

果留心细读中山先生的讲演,就可以看出他当时说那话时是很费力的,很不容易自圆其说的。例如讲"修身",中山先生很明白的说:

> 但是从修身一方面来看,我们中国人对于这些功夫是很缺乏的。中国人一举一动都欠检点,只要和中国人来往过一次,便看得很清楚。(《三民主义》六)

他还对我们说:

> 所以今天讲到修身,诸位新青年,便应该学外国人的新文化。(《三民主义》六)

可是他一会儿又回过去颂扬固有的旧道德了。本来有保守性的读者只记得中山先生颂扬旧道德的话,却不曾细想他所颂扬的旧道德都只是几个人类共有的理想,并不是我们这个民族实行最力的道德。例如他说的"忠孝仁爱信义和平",那一件不是东西哲人共同提倡的理想?除了割股治病,卧冰求鲤一类不近人情的行动之外,那一件不是世界文明人类公有的理想?孙中山先生也曾说过:

> 照这样实行一方面讲起来,仁爱的好道德,中国人现在似乎远不如外国。……但是仁爱还是中国的旧道德。我们要学外国,只要学他们那样实行,把仁爱恢复起来,再去发扬

光大，便是中国固有的精神。（同上书）

在这短短一段话里，我们可以看出中山先生未尝不明白在仁爱的"实行"上，我们实在远不如人。所谓"仁爱还是中国的旧道德"者，只是那个道德的名称罢了。中山先生很明白的教人：修身应该学外国人的新文化，仁爱也"要学外国"。但这些话中的话都是一般人不注意的。

在这些方面，吴稚晖先生比孙中山先生彻底多了。吴先生在他的《一个新信仰的宇宙观及人生观》里，很大胆的说中国民族的"总和道德是低浅的"同时他又指出西洋民族．

> 什么仁义道德，孝弟忠信，吃饭睡觉，无一不较上三族（亚剌伯，印度，中国）的人较有作法，较有热心。……讲他们的总和道德叫做高明。

这是很公允的评判。忠孝信义仁爱和平，都是有文化的民族共有的理想；在文字理论上，犹太人，印度人，亚剌伯人，希腊人，以至近世各文明民族，都讲的头头是道。所不同者，全在吴先生说的"有作法，有热心"两点。若没有切实的办法，没有真挚的热心，虽然有整千万册的理学书，终无救于道德的低浅。宋、明的理学圣贤，谈性谈心，谈居敬，谈致良知，终因为没有作法，只能走上"终日端坐，如泥塑人"的死路上去。

我所以要特别提出子固先生的论点，只因为他的悲愤是可敬的，而他的解决方案还是无补于他的悲愤。他的方案，一面学科学,一面恢复我们固有的文化,还只是张之洞一辈人说的"中学为体,西学为用"的方案。老实说,这条路是走不通的。如果过去的文化是值得恢复的,我们今天不至糟到这步田地了。况且没有那科学工业的现代文化基础,是无法发扬什么文化的"伟大精神"的。忠孝仁爱信义和平是永远存在书本子里的;但是因为我们的祖宗只会把这些好听的名词都写作八股文章,画作太极图,编作理学语录,所以那些好听的名词都不能变成有作法有热心的事实。西洋人跳出了经院时代之后,努力做征服自然的事业,征服了海洋,征服了大地,征服了空气电气,征服了不少的原质,征服了不少的微生物,——这都不是什么"保存国粹""发扬固有文化"的口号所能包括的工作,然而科学与工业发达的自然结果是提高了人民的生活,提高了人类的幸福,提高了各个参加国家的文化。结果就是吴稚晖先生说的"总和道德叫做高明"。

世间讲"仁爱"的书,莫过于《华严经》的《净行品》,那一篇妙文教人时时刻刻不可忘了人类的痛苦与缺陷,甚至于大便小便时都要发愿不忘众生:

左右便利,当愿众生,蠲除污秽,无淫怒痴。
已而就水,当愿众生,向无上道,得出世法。
以水涤秽,当愿众生,具足净忍,毕竟无垢。
以水盥掌,当愿众生,得上妙手,受持佛法。……

但是一个和尚的弘愿,究竟能做到多少实际的"仁爱"?回头看看那一心想征服自然的科学救世者,他们发现了一种病菌,制成了一种血清，可以激活无量数的人类，其为"仁爱"岂不是千万倍的伟大？

以上的讨论，好像全不曾顾到"民族的信心"的一个原来问题。这是因为子固先生的来论，剥除了一些动了感情的话，实在只说了一个"中学为体，西学为用"的老方案，所以我要指出这个方案的"一半"是行不通的：忠孝仁爱信义和平等等并不是"维系并且引导我们民族向上的固有文化"，他们不过是人类共有的几个理想，如果没有作法，没有热力，只是一些空名词而已。这些好名词的存在并不曾挽救或阻止"八股，小脚，太监，姨太太，贞节牌坊，地狱的监牢，夹棍板子的法庭"的存在。这些八股，小脚，……等等"固有文化"的崩溃，也全不是程颢，朱熹，顾亭林，戴东原……等等圣贤的功绩，乃是"与欧美文化接触"之后，那科学工业造成的新文化叫我们相形之下太难堪了，这些东方文明的罪孽方才逐渐崩溃的。我要指出：我们民族这七八十年来与欧美文化接触的结果，虽然还不曾学到那个整个的科学工业的文明，（可怜丁文江，翁文灏，颜任光诸位先生都还是四十多岁的少年，他们的工作刚开始哩！）究竟已替我们的祖宗消除了无数的罪孽，打倒了"小脚，八股，太监，五世同居的大家庭，贞节牌坊，地狱活现的监狱，夹棍板子的法庭"的一大部分或一小部分。这都是我们的"数不清的圣贤天才"从来不曾指摘讥弹的；这都是"忠孝仁爱信义和平"的固有文化从来不曾"引导向上"的。这些祖宗罪孽的崩溃，固然大部分是欧美文明的恩赐，同时也可以表示我们在这七八十年中至少也还做到了这些消极的进步。子固先生说我们在这七八十年中"走入迷途，堕落下去",这真是无稽的诬告!中国民族在这七八十年中何尝"堕落"?在几十年之中,废除了三千年的太监,一千年的小脚,六百年的八股,五千年的酷刑,这是"向上",不是堕落!

不过我们的"向上"还不够,努力还不够。八股废止至今不过三十年,八股的训练还存在大多数老而不死的人的心灵里,还间接直接的传授到我们的无数的青年人的脑筋里。今日还是一个大家做八股的中国,虽然题目换了。小脚逐渐绝迹了,夹棍板子,砍头碎剐废止了,但裹小脚的残酷心理,上夹棍打屁股的野蛮心理,都还存在无数老少人们的心灵里。今日还是一个残忍野蛮的中国,所以始终还不曾走上法治的路,更谈不到仁爱和平了。

所以我十分诚挚的对全国人说:我们今日还要反省,还要闭门思过,还要认清祖宗和我们自己的罪孽深重,决不是这样浅薄的"与欧美文化接触"就可以脱胎换骨的。我们要认清那个容忍拥戴"小脚,八股,太监,姨太太,骈文,律诗,五世同居的大家庭,贞节牌坊,地狱的监牢,夹棍板子的法庭"到几千几百年之久的固有文化,是不足迷恋的,是不能引我们向上的。那里面浮沉着的几个圣贤豪杰,其中当然有值得我们崇敬的人,但那几十颗星儿终究照不亮那满天的黑暗。我们的光荣的文化不在过去,是在将来,是在那扫清了祖宗的罪孽之后重新改造出来的文化。替祖国消除罪孽,替子孙建立文明,这是我们人人的责任。古代哲人曾参说的最好:

士不可以不弘毅;任重而道远。

先明白了"任重而道远"的艰难,自然不轻易灰心失望了。凡是轻易灰心失望的人,都只是不曾认清他挑的是一个百斤的重担,走的是一条万里的长路。今天挑不动,努力磨炼了总有挑得起的一天。今天走不完,走得一里前途就缩短了一里。"播了种一定会有收获,用了力决不至于白费",这是我们最可靠的信心。

二十三,六,十一夜

(原载 1934 年 6 月 17 日《独立评论》第 105 号)

三论信心与反省

自从《独立》第一○三号发表了那篇《信心与反省》之后,我收到了不少的讨论,其中有几篇已在《独立》(第一○五,一○六,及一○七号)登出了。我们读了这些和还有一些未发表的讨论,忍不住还要提出几个值得反复申明的论点来补充几句话。

第一个论点是:我们对于我们的"固有文化",究竟应该采取什么态度?吴其玉先生(《独立》一○六)怪我"把中国文化压得太低了";寿生先生也怪我把中国文化"抑"的太过火了。他们都怕我把中国看的太低了,会造成"民族自暴自弃的心理,造成他对于其他民族屈服卑鄙的心理"。吴其五先生说:我们"应该优劣并提。不可只看人家的长,我们的短;更应当知道我们的长,人家的短。这样我们才能有努力的勇气"。

这些责备的话,含有一种共同的心理,就是不愿意揭穿固有文化的短处,更不愿意接受"祖宗罪孽深重"的控诉。一听见有人指出"骈文,律诗,八股,小脚,太监,姨太太,贞节牌坊,地狱的监牢,板子夹棍的法庭"等等,一般自命为爱国的人们总觉得心里怪不舒服,总要想出法子来证明这些"未必特别羞辱我们",因为这些都是"不可免的现象","无古今中外是一样的"(吴其玉先生的话)。所以吴其玉先生指出日本的"下女,男女同浴，自杀，暗杀，娼妓的风行，贿赂，强盗式的国际行为"；所以寿生先生也指出欧洲中古武士的"初夜权"，"贞操锁"。所以子固先生也要问："欧洲可有一个文化系统过去没有类似小脚，太监，姨太太，骈文，律诗，八股，地狱活现的监狱，廷杖，板子夹棍的法庭一类的丑处呢？"（《独立》一〇五号）本期（《独立》一〇七号）有周作人先生来信，指出这又是"西洋也有臭虫"的老调。这种心理实在不是健全的心理，只是"遮羞"的一个老法门而已。从前笑话书上说：甲乙两人同坐，甲摸着身上一个虱子，有点难为情，把它抛在地上，说："我道是个虱子，原来不是的。"乙偏不识窍，弯身下去，把虱子拾起来，说："我道不是个虱子，原来是个虱子！"甲的做法，其实不是除虱的好法子。乙的做法，虽然可恼，至少有"实事求是"的长处。虱子终是虱子，臭虫终是臭虫，何必讳呢？何必问别人家有没有呢？

况且我原来举出的"我们所独有的宝贝"：骈文，律诗，八股，小脚，太监，姨太太，五世同居的大家庭，贞节牌坊，地狱的监牢，廷杖，板子夹棍的法庭，这十一项，除姨太太外，差不多全是"我们所独有的"，"在这世界无不足以单独成一系统的"。高跟鞋与木屐何足以媲美小脚？"贞操锁"我在巴黎的克吕尼博物院看见过，并且带有照片回来，这不过是几个色情狂的私人的特制，万不配上比那普及全国一千多年之久，诗人颂为香钩，文人尊为金莲的小脚。我们走遍世界，研究过初民社会，没有看见过一个文明的或野蛮的民族把他们的女人的脚裹小到三四寸，裹到骨节断折残废，而一千年公认为"美"的！也没有看见过一个文明的民族的智识阶级有话不肯老实的说，必须凑成对子，做成骈文律诗律赋八股,历一千几百年之久,公认为"美"的!无论我们如何爱护祖宗,这十项的"国粹"是洋鬼子家里搜不出来的。

况且西洋的"臭虫"是装在玻璃盒里任人研究的,所以我们能在巴黎的克吕尼博物院纵观高跟鞋的古今沿革,纵观"贞操锁"的制法,并且可以在博物院中购买精制的"贞操锁"的照片寄回来让国中人士用作"西洋也有臭虫"的实例。我们呢?我们至今可有一个历史博物馆敢于搜集小脚鞋样,模型,图画,或鸦片烟灯,烟枪,烟膏,或廷杖,板子,闸床,夹棍,等等极重要的文化史料,用历史演变的原理排列展览,供全国人的研究与警醒吗?因为大家都要以为灭迹就可以遮羞,所以青年一辈人全不明白祖宗造的罪孽如何深重,所以他们不能明白国家民族何以堕落到今日的地步,也不能明白这三四十年的解放与改革的绝大成绩。不明白过去的黑暗,所以他们不认得今日的光明;不懂得祖宗罪孽的深重,所以他们不能知道这三四十年革新运动的努力并非全无效果。我们今日所以还要郑重指出八股,小脚,板子,夹棍,等等罪孽,岂是仅仅要宣扬家丑?我们的用意只是要大家明白我们的脊梁上驮着那二三千年的罪孽重担,所以几十年的不十分自觉的努力还不能够叫我们海底翻身。同时我们也可以从这种历史的知识上得着一种坚强的信心:三四十年的一点点努力已可以废除三千年的太监,一千年的小脚,六百年的八股,四五百年的男娼,五千年的酷刑,这不够使我们更决心向前努力吗!西洋人把高跟鞋,细腰模型,贞操锁都装置在博物院里,任人观看,叫人明白那个"美德造成的黄金世界"原来不在过去,而在那辽远的将来。这正是鼓励人们向前努力的好方法，是我们青年人不可不知道的。

固然，博物院里同时也应该陈列先民的优美成绩，谈固有文化的也应该如吴其玉先生说的"优劣并提"。这虽然不是我们现在讨论的本题，（本题是"我们的固有文化真是太丰富了吗？"）我们也可以在此谈谈。我们的固有文化究竟有什么"优""长"之处呢？我是研究历史的人，也是个有血气的中国人，当然也时常想寻出我们这个民族的固有文化的优长之处。但我寻出来的长处实在不多，说出来一定叫许多青年人失望。依我的愚见，我们的固有文化有三点是可以在世界上占数一数二的地位的：第一是我们的语言的"文法"是全世界最容易最合理的。第二是我们的社会组织，因为脱离封建时代最早，所以比较的是很平等的，很平民化的。第三是我们的先民，在印度宗教输入以前，他们的宗教比较的是最简单的，最近人情的；就在印度宗教势力盛行之后，还能勉力从中古宗教之下爬出来，勉强建立一个人世的文化：这样的宗教迷信的比较薄弱，也可算是世界希有的。然而这三项都夹杂着不少的有害的成分，都不是纯粹的长处。文法是最合理的简易的，可是文字的形体太繁难，太不合理了。社会组织是平民化了，同时也因为没有中坚的主力，所以缺乏领袖，又不容易组织，弄成一个一盘散沙的国家；又因为社会没有重心，所以一切风气都起于最下层而不出于最优秀的分子，所以小脚起于舞女，鸦片起于游民，一切赌博皆出于民间，小说戏曲也皆起于街头弹唱的小民。至于宗教，因为古代的宗教太简单了，所以中间全国投降了印度宗教，造成了一个长期的黑暗迷信的时代，至今还留下了不少的非人生活的遗痕。——然而这三项究竟还是我们在这个世界上最特异的三点：最简易合理的文法，平民化的社会构造，薄弱的宗教心。此外，我想了二十年，实在想不出什么别的优长之点了。如有别位学者能够指出其他的长处来，我当然很愿意考虑的。（这个问题当然不是一段短文所能讨论的，我在这里不过提出一个纲要而已。）

所以，我不能不被逼上"固有文化实在太不丰富"之结论了。我以为我们对于固有的文化，应该采取历史学者的态度，就是"实事求是"的态度。一部文化史平铺放着，我们可以平心细看：如果真是丰富，我们又何苦自讳其丰富？如果真是贫乏，我们也不必自讳其贫乏。如果真是罪孽深重，我们也不必自讳其罪孽深重。"实事求是"，才是最可靠的反省。自认贫乏，方才肯死心塌地的学；自认罪孽深重，方才肯下决心去消除罪愆。如果因为发现了自家不如人，就自暴自弃了，那只是不肖的纨袴子弟的行径，不是我们的有志青年应该有的态度。

话说长了，其他的论点不能详细讨论了，姑且讨论第二个论点，那就是模仿与创造的问题。吴其玉先生说文化进步发展的方式有四种：（一）模仿，（二）改进，（三）发明，（四）创作。这样分法，初看似乎有理，细看是不能成立的。吴先生承认"发明"之中"很多都由模仿来的"。"但也有许多与旧有的东西毫无关系的"。其实没有一件发明不是由模仿来的。吴先生举了两个例：一是瓦特的蒸汽力，一是印字术。他若翻开任何可靠的历史书，就可以知道这两件也是从模仿旧东西出来的。印字术是模仿抄写，这是最明显的事：从抄写到刻印章，从刻印章到刻印板画，从刻印板画到刻印符咒短文，逐渐进到刻印大部书，又由刻板进到活字排印，历史具在，那一个阶段不是模仿前一个阶段而添上的一点新花样？瓦特的蒸汽力，也是从模仿来的。瓦特生于1736年，他用的是牛可门（Newcomen）的蒸汽机，不过加上第二个凝冷器及其他修改而已。牛可门生于1663年，他用了同时人萨维里（Savery）的蒸汽机。牛、萨两人又都是根据法国人巴平（Denis Papin）的蒸汽唧筒。巴平又是模仿他的老师荷兰人胡根斯（Huygens）的空气唧筒的（看 Kaempffert：*Modern Wonder Workers*，pp. 467—503）。吴先生举的两个"发明"的例子，其实都是我所说的"模仿到十足时的一点新花样"。吴先生又说："创作也须靠模仿为入手，但只模仿是不够的。"这和我的说法有何区别？他把"创作"归到"精神文明"方面，如美术，音乐，哲学等。这几项都是"模仿以外，还须有极高的开辟天才，和独立的精神"。我的说法并不曾否认天才的重要。我说的是：

> 模仿熟了，就是学会了，工具用的熟了，方法练的细密了，有天才的人自然会"熟能生巧"，这一点功夫到时的奇巧新花样就叫做创造。（《信心与反省》页四八〇）

吴先生说："创造须由模仿入手。"我说："一切所谓创造都从模仿出来。"我看不出有一丝一毫的分别。

如此看来，吴先生列举的四个方式，其实只有一个方式：一切发明创作都从模仿出来。没有天才的人只能死板的模仿；天才高的人，功夫到时，自然会改善一点；改变的稍多一点，新花样添的多了，就好像是一件发明或创作了，其实还只是模仿功夫深时添上的一点新花样。

这样的说法，比较现时一切时髦的创造论似乎要减少一点弊窦。今日青年人的大毛病是误信"天才""灵感"等等最荒谬的观念，而不知天才没有功力只能蹉跎自误，一无所成。世界大发明家爱迭生说的最好："天才（Genius）是一分神来，九十九分汗下。"他所谓"神来"（Inspiration）即是玄学鬼所谓"灵感"。用血汗苦功到了九十九分时，也许有一分的灵巧新花样出来，那就是创作了。颓废懒惰的人，痴待"灵感"之来，是终无所成的。寿生先生引孔子的话："吾尝终日不食，终夜不寝，以思，无益，不如学也。"这一位最富于常识的圣人的话是值得我们大家想想的。

二十三，六，廿五

（原载 1934 年 7 月 1 日《独立评论》第 107 号）

悲观声浪里的乐观

双十节的前一日，我在燕京大学讲演《究竟我们在这二十三年里干了些什么？》各报的记录，都不免有错误。我今天把那天说的话的大意写出来，做一篇应时节的星期论文。

我们在这个双十节的前后，总不免要想想，究竟辛亥革命至今二十三年中我们干了些什么？究竟有没有成绩值得纪念？在这个最危急的国难时期里，我们最容易走上悲观的路，最容易灰心短气，只觉得革命革了二十三个整年，到头来还是一事无成，文不能对世界文化有任何的贡献，武不能抵御一个强邻的侵暴，我们还有什么兴致年年做这样照例的纪念？这是很普遍的国庆日的感想。所以我觉得我们不肯灰心的人应该用公平的态度和历史的眼光，来重新估计这二十三年中的总成绩，来替中华民国盘一盘账。

今日最悲观的人，实在都是当初太乐观了的人。他们当初就根本没有了解他们所期望的东西的性质，他们梦想一个自由平等，繁荣强盛的国家，以为可以在短时期中就做到那种梦想的境界。他妄想一个"奇迹"的降临，想了二十三年，那"奇迹"还没有影子，于是他们的信心动摇了，他们的极度乐观变成极度悲观了。

换句话说：悲观的人的病根在于缺乏历史的眼光。因为缺乏历史的眼光，所以第一不明白我们的问题是多么艰难，第二不了解我们应付艰难的凭借是多么薄弱，第三不懂得我们开始工作的时间是多么迟晚，第四不想想二十三年是多么短的一个时期，第五不认得我们在这样短的时期里居然也做到了一点很可观的成绩。

如果大家能有一点历史的眼光，大家就可以明白这二十多年来，"奇迹"虽然没有光临，至少也有了一点很可以引起我们的自信心的进步。进步都是比较的。必须要有历史的比较，方才可以明白那一点是进步，那一点是退化。我们要计算这二十三年的成绩，必须要拿现在的成绩来比较二十三年前的状态，然后可以下判断。这是历史眼光的最浅近的说法。

上星期教育部长王世杰先生在他的广播演说里，谈到这二十三年里的教育进步，他说：拿民国二十三年来比民国元年，小学生增多了四倍，中学生增加了十倍，大学及专科学校学生增加了差不多一百倍。这三级的数量的太不相称，是很不应该的，是必须努力补救纠正的。但这个历史统计的比较，至少可以使我们明白这二十三年中，尽管在贫穷纷乱之中，也不是没有惊人的进步。

二十三年中教育上的进步，不仅仅是王世杰先生指出的数量上的增加而已，还有统计数字不能表现出来的各种进步。我们四十岁以上的人，试回头想想二十多年前的中国学校是个什么样子。二十五六年前，当我在上海做中学生的时代，中学堂的博物,用器画,三角,解析几何,高等代数,往往都是请日本教员来教的。北京,天津,南京,苏州,上海,武昌,成都,广州,各地的官立中学师范的理科工课,甚至于图画手工,都是请日本人教的。外国文与外国地理历史也都是请青年会或圣约翰出身的教员来教的。我记得我们学堂里的西洋历史课本是美国十九世纪前期一个托名"Peter Parley"的《世界通史》,开卷就说上帝七日创造世界,接着就说"洪水",卷末有两页说中国,插了半页的图,刻着孔夫子戴着红缨大帽,拖着一条辫子!这是二十五年前的中国学堂的现状!现在我们有了一百十一所大学与学院了,这里面,除了极少数之外,一切学系都是中国人做主任做教员了;其中有好几个学系是可以在世界大学里立得住脚的;其中也有许多学者的科学成绩是世界学术界公认的。这不能不算是二十三年中的大进步吧?

试再看看二十五年前中国小学堂里读的什么书,用的什么文字。我在上海(最开通的上海!)做小学生的时候,读的是古文,一位先生用浦东话逐字逐句的解释,其实是翻译!做的是《孝弟说》,《今之为关也将以为暴义》,《汉文帝、唐太宗优劣论》。后来新编的教科书出来了,也还是用古文写的,字字句句都还要翻译讲解。民六以后,始有白话文的运动。民九以后,北京教育部始命令初小第一二年改用国语。民十一以后,小学与中学始改用国语教本。我们姑且不谈这十六七年中的新文学的积极的绝大成绩。我们试想想每年一千一百万小学儿童避免了的苦痛,节省了的脑力,总不能不说这是二十年来的一大进步吧?

试再举科学研究来作个例。辛亥革命的时候,全国没有一个科学研究的机关，这是历史的事实。国内现在所有的科学研究机关。——从最早成立的北京地质调查所，到最近成立的中央研究院，——都是这二十年中的产儿。二十年是很短的时间，何况许多科学研究所与各大学的科学试验室又都只有四五年的历史呢？然而在这短时间内，在经费困难与时局不安定之下，我们居然发展了不少方面的科学。在自然科学的方面，地质学与古生物学的成绩是无疑的赶过日本的六十年的成绩了；生物学，生理学，药物化学，气象学，也都有了很显著的成绩。在历史科学与社会科学的方面，中央研究院的历史语言研究所在考古学上的工作，地质调查所在先史考古学上的工作，北平社会调查所与南开经济学院在经济社会方面的调查工作，也都在短时期中做出了很大的成绩，得到了世界学人的承认。二十年中有了这些方面的科学发展，比起民国初元的贫乏状态来，真好像在荒野里建造起了一些琼楼玉宇，这不可以算是这二十年的大进步吗？

这样的历史比较，是打破悲观鼓舞信心最有效的方法。即如那二十年中好像最不争气的交通事业，如果用历史眼光去评量，这里那里也未尝没有一点进步。我们从徽州山里出来的人，从徽州到杭州从前要走六七天，现在只消六点钟了，这就是二十四倍的进步。前十年，一个甘肃朋友来到北京，走了一百零四天；上星期有人从甘肃来，只消走十四天了；今年年底，陇海路通到了西安，时间更可以缩短了。

但这二十三年中最伟大而又最容易被人忽略的进步，要算各方面的社会改革。最明显的当然是女子的解放。在身体的方面，现在二十岁左右的中国女子不但恢复了健全的人样，并且渐渐的要变成世界上最美的女性了。在教育的方面，男女同学的实行不过十多年，现在不但社会默认为当然，在校的男女学生也都渐渐消除了从前男女之间那种种不自然的丑态。此外如女子的经济地位与法律地位的抬高，如女子参加职业和社会政治事业的人数的加多，如婚姻习惯的逐渐变更，如离婚妇女与再嫁妇女在社会上的地位的改善，这都是二十年来中国社会的大进步。

我记得在民九的前后，四川有一个十九岁的女子杀了她的"十不全"的残废丈夫，她在法庭上的自辩是："我没有别的法子可以避开他！"四川的法院判了她十五年的监禁。这个案子详到司法部，部里的大官认为判得太轻了，把原审法官交付惩戒。有一天，在一个席上，一位有名的法学家（那时是法官惩戒委员会的会长）大骂我们北京大学的教授，说我们提倡打倒礼教，所以影响到四川的法官，使他们故意宽纵这样谋杀亲夫的女人！然而十年之后，国民政府颁布的新刑律与新民法，有许多方面比我们在民八九年所梦想的还要激进的多了。时代变了，法学家也只好跟着走了。

总而言之，这二十三年中固然有许多不能满人意的现状，其中也有许多真正有价值的大进步。革命到底是革命，总不免造成一些无忌惮的恶势力，但同时也总会打倒一些应该打倒的旧制度与旧势力。有许多不满人意的事，当然是革命后的纷乱时期所造成的，所以我们也赞成"革命尚未成功"的名言。但我们如果平心估量这二十多年的盘账单，终不能不承认我们在这个民国时期确然有很大的进步；也不能不承认那些进步的一大部分都受了辛亥以来的革命潮流的解放作用的恩惠。明白承认了这二十年努力的成绩,这可以打破我们的悲观,鼓励我们的前进。事实明告我们,这点成绩还不够抵抗强暴,还不够复兴国家,这也不应该叫我们灰心,只应该勉励我们鼓起更大的信心来,要在这将来的十年二十年中做到更大什佰倍的成绩。古代哲人曾说:"士不可以不弘毅,任重而道远。"悲观与灰心永远不能帮助我们挑那重担,走那长路!

二十三年双十节后二日

(原载1934年10月14日天津《大公报》,又载1934年10月21日《独立评论》第123号)

写在孔子诞辰纪念之后

我们家乡有句俗话说："做戏无法，出个菩萨。"编戏的人遇到了无法转变的情节，往往请出一个观音菩萨来解围救急。这两年来，中国人受了外患的刺激，颇有点手忙脚乱的情形，也就不免走上了"做戏无法，出个菩萨"的一条路。这本是人之常情。西洋文学批评史也有 deusex machina 的话，译出来也可说，"解围无计，出个上帝"。本年五月里美国奇旱，报纸上也曾登出旱区妇女孩子跪着祈祷求雨的照片。这都是穷愁呼天的常情，其可怜可恕，和今年我们国内许多请张天师求雨或请班禅喇嘛消灾的人，是一样的。

这种心理，在一般愚夫愚妇的行为上表现出来，是可怜而可恕的；但在一个现代政府的政令上表现出来，是可怜而不可恕的。现代政府的责任在于充分运用现代科学的正确智识，消极的防患除弊，积极的兴利惠民。这都是一点一滴的工作，一尺一步的旅程，这里面绝对没有一条捷径可以偷度。然而我们观察近年我们当政的领袖好像都不免有一种"做戏无法，出个菩萨"的心理，想寻求一条救国的捷径，想用最简易的方法做到一种复兴的灵迹。最近政府忽然手忙脚乱的恢复了纪念孔子诞辰的典礼，很匆遽的颁布了礼节的规定。8月27日，全国都奉命举行了这个孔诞纪念的大典。在每年许多个先烈纪念日之中加上一个孔子诞辰的纪念日，本来不值得我们的诧异。然而政府中人说这是"倡导国民培养精神上之人格"的方法；舆论界的一位领袖也说："有此一举，诚足以奋起国民之精神，恢复民族的自信。"难道世间真有这样简便的捷径吗？

我们当然赞成"培养精神上之人格"，"奋起国民之精神，恢复民族的自信"。但是古人也曾说过："礼乐所由起，百年积德而后可兴也。"国民的精神，民族的信心，也是这样的；他的颓废不是一朝一夕之故，他的复兴也不是虚文口号所能做到的。"洙水桥前，大成殿上，多士济济，肃穆趋跄"（用8月27日《大公报》社论中语）；四方城市里，政客军人也都率领着官吏士民，济济跄跄的行礼，堂堂皇皇的演说，——礼成祭毕，纷纷而散，假期是添了一日，口号是添了二十句，演讲词是多出了几篇，官吏学生是多跑了一趟，然在精神的人格与民族的自信上，究竟有丝毫的影响吗？

那一天《大公报》的社论曾有这样一段议论：

> 最近二十年，世变弥烈，人欲横流，功利思想如水趋壑，不特仁义之说为俗诽笑，即人禽之判亦几以不明，民族的自尊心与自信力既已荡然无存，不待外侮之来，国家固早已濒于精神幻灭之域。

如果这种诊断是对的，那么，我们的民族病不过起于"最近二十年"，这样浅的病根，应该是很容易医治的了。可惜我们平日敬重的这位天津同业先生未免错读历史了。《官场现形记》和《二十年目睹之怪现状》描写的社会政治情形，不是中国的实情吗？是不是我们得把病情移前三十年呢？《品花宝鉴》以至《金瓶梅》描写的也不是中国的社会政治吗？这样一来，又得挪上三五百年了。那些时代，孔子是年年祭的，《论语》、《孝经》、《大学》是村学儿童人人读的，还有士大夫讲理学的风气哩！究竟那每年"洙水桥前，大成殿上，多士济济，肃穆趋跄"，曾何补于当时的惨酷的社会，贪污的政治？

我们回想到我们三十年前在村学堂读书的时候，每年开学是要向孔夫子叩头礼拜的；每天放学，拿了先生批点过的习字，是要向中堂（不一定有孔子像）拜揖然后回家的。至今回想起来，那个时代的人情风尚也未见得比现在高多少。在许多方面，我们还可以确定的说："最近二十年"比那个拜孔夫子的时代高明的多多了。这二三十年中，我们废除了三千年的太监，一千年的小脚，六百年的八股，四五百年的男娼，五千年的酷刑，这都没有借重孔子的力量。八月二十七那一天汪精卫先生在中央党部演说，也指出"孔子没有反对纳妾，没有反对蓄奴婢；如今呢，纳妾蓄奴婢，虐待之固是罪恶，善待之亦是罪恶，根本纳妾蓄奴婢便是罪恶。"汪先生的解说是："仁是万古不易的，而仁的内容与条件是与时俱进的。"这样的解说毕竟不能抹煞历史的事实。事实是"最近"几年中，丝毫没有借重孔夫子，而我们的道德观念已进化到承认"根本纳妾蓄奴婢便是罪恶"了。

平心说来，"最近二十年"是中国进步最速的时代；无论在智识上，道德上，国民精神上，国民人格上，社会风俗上，政治组织上，民族自信力上，这二十年的进步都可以说是超过以前的任何时代。这时期中自然也有不少的怪现状的暴露，劣根性的表现，然而种种缺陷都不能减损这二十年的总进步的净赢余。这里不是我们专论这个大问题的地方。但我们可以指出这个总进步的几个大项目：

第一，帝制的推翻，而几千年托庇在专制帝王之下的城狐社鼠，——一切妃嫔，太监，贵胄，吏胥，捐纳，——都跟着倒了。

第二，教育的革新。浅见的人在今日还攻击新教育的失败，但他们若平心想想旧教育是些什么东西，有些什么东西，就可以明白这二三十年的新教育，无论在量上或质上都比三十年前进步至少千百倍了。在消极方面，因旧教育的推倒，八股，骈文，律诗，等等谬制都逐渐跟着倒了；在积极方面，新教育虽然还肤浅，然而常识的增加，技能的增加，文字的改革，体育的进步，国家观念的比较普遍，这都是旧教育万不能做到的成绩。（汪精卫先生前天曾说："中国号称以孝治天下，而一开口便侮辱人的母亲，甚至祖宗妹子等。"试问今日受过小学教育的学生还有这种开口骂人妈妈妹子的国粹习惯吗?)

第三，家庭的变化。城市工商业与教育的发展使人口趋向都会，受影响最大的是旧式家庭的崩溃，家庭变小了，父母公婆与族长的专制威风减削了，儿女宣告独立了。在这变化的家庭中，妇女的地位的抬高与婚姻制度的改革是五千年来最重大的变化。

第四，社会风俗的改革。小脚，男娼，酷刑等等，我已屡次说过了。在积极方面，如女子的解放，如婚丧礼俗的新试验，如青年对于体育运动的热心，如新医学及公共卫生的逐渐推行，这都是古代圣哲所不曾梦见的大进步。

第五，政治组织的新试验。这是帝制推翻的积极方面的结果。二十多年的试验虽然还没有做到满意的效果，但在许多方面（如新式的司法，如警察，如军事，如胥吏政治之变为士人政治）都已明白的显出几千年来所未曾有的成绩。不过我们生在这个时代，往往为成见所蔽，不肯承认罢了。单就最近几年来颁行的新民法一项而论，其中含有无数超越古昔的优点，已可说是一个不流血的绝大社会革命了。

这些都是毫无可疑的历史事实，都是"最近二十年"中不曾借重孔夫子而居然做到的伟大的进步。革命的成功就是这些，维新的成绩也就是这些。可怜无数维新志士，革命仁人，他们出了大力，冒了大险，替国家民族在二三十年中做到了这样超越前圣，凌驾百王的大进步，到头来，被几句死书迷了眼睛，见了黑旋风不认得是李逵，反倒唉声叹气，发思古之幽情，痛惜今之不如古，梦想从那"荆棘丛生，檐角倾斜"的大成殿里抬出孔圣人来"卫我宗邦，保我族类！"这岂不是天下古今最可怪笑的愚笨吗？

文章写到这里，有人打岔道："喂，你别跑野马了。他们要的是'国民精神上之人格，民族的自信'。在这'最近二十年'里，这些项目也有进步吗？不借重孔夫子，行吗？"

什么是人格？人格只是已养成的行为习惯的总和。什么是信心？信心只是敢于肯定一个不可知的将来的勇气。在这个时代，新旧势力，中西思潮，四方八面的交攻，都自然会影响到我们这一辈人的行为习惯，所以我们很难指出某种人格是某一种势力单独造成的。但我们可以毫不迟疑的说：这二三十年中的领袖人才，正因为生活在一个新世界的新潮流里，他们的人格往往比旧时代的人物更伟大：思想更透辟，知识更丰富，气象更开阔，行为更豪放，人格更崇高。试把孙中山来比曾国藩，我们就可以明白这两个世界的代表人物的不同了。在古典文学的成就上，在世故的磨炼上，在小心谨慎的行为上，中山先生当然比不上曾文正。然而在见解的大胆，气象的雄伟，行为的勇敢上，那一位理学名臣就远不如这一位革命领袖了。照我这十几年来的观察，凡受这个新世界的新文化的震撼最大的人物，他们的人格都可以上比一切时代的圣贤，不但没有愧色，往往超越前人。老辈中，如高梦旦先生，如张元济先生，如蔡元培先生，如吴稚晖先生，如张伯苓先生；朋辈中，如周诒春先生，如李四光先生，如翁文灏先生，如姜蒋佐先生：他们的人格的崇高可爱敬，在中国古人中真寻不出相当的伦比。这种人格只有这个新时代才能产生，同时又都是能够给这个时代增加光耀的。

我们谈到古人的人格，往往想到岳飞、文天祥和晚明那些死在廷杖下或天牢里的东林忠臣。我们何不想想这二三十年中为了各种革命慷慨杀身的无数志士！那些年年有特别纪念日追悼的人们，我们姑且不论。我们试想想那些为排满革命而死的许多志士，那些为民十五六年的国民革命而死的无数青年，那些前两年中在上海在长城一带为抗日卫国而死的无数青年，那些为民十三以来的共产革命而死的无数青年，——他们慷慨献身去经营的目标比起东林诸君子的目标来，其伟大真不可比例了。东林诸君子慷慨抗争的是"红丸"，"移宫"，"妖书"等等米米小的问题；而这无数的革命青年慷慨献身去工作的是全民族的解放，整个国家的自由平等，或他们所梦想的全人类社会的自由平等。我们想到了这二十年中为一个主义而从容杀身的无数青年，我们想起了这无数个"杀身成仁"中国青年，我们不能不低下头来向他们致最深的敬礼；我们不能不颂赞这"最近二十年"是中国史上一个精神人格最崇高，民族自信心最坚强的时代。他们把他们的生命都献给了他们的国家和他们的主义，天下还有比这更大的信心吗？

凡是咒诅这个时代为"人欲横流，人禽无别"的人，都是不曾认识这个新时代的人：他们不认识这二十年中国的空前大进步，也不认识这二十年中整千整万的中国少年流的血究竟为的是什么。

可怜的没有信心的老革命党呵！你们要革命，现在革命做到了这二十年的空前大进步，你们反不认得它了。这二十年的一点进步不是孔夫子之赐，是大家努力革命的结果，是大家接受了一个新世界的新文明的结果。只有向前走是有希望的。开倒车是不会有成功的。

你们心眼里最不满意的现状，——你们所咒诅的"人欲横流，人禽无别"——只是任何革命时代所不能避免的一点附产物而已。这种现状的存在，只够证明革命还没有成功，进步还不够。孔圣人是无法帮忙的；开倒车也决不能引你们回到那个本来不存在的"美德造成的黄金世界"的！养个孩子还免不了肚痛，何况改造一个国家，何况改造一个文化？别灰心了，向前走罢！

二十三，九，三夜

（原载 1934 年 9 月 9 日《独立评论》第 117 号）

辑四 爱国与读书

救国的事业须要有各色各样的人才；真正的救国的预备在于把自己造成一个有用的人才。

领袖人才的来源

北京大学教授孟森先生前天寄了一篇文字来，题目是论"士大夫"（见《独立》第十二期）。他下的定义是：

"士大夫"者，以自然人为国负责，行事有权，败事有罪，无神圣之保障，为诛殛所可加者也。

虽然孟先生说的"士大夫"，从狭义上说，好像是限于政治上负大责任的领袖，然而他又包括孟子说的"天民"一级不得位而有绝大影响的人物，所以我们可以说，若用现在的名词，孟先生文中所谓"士大夫"应该可以叫做"领袖人物"，省称为"领袖"。孟先生的文章是他和我的一席谈话引出来的，我读了忍不住想引伸他的意思，讨论这个领袖人才的问题。

孟先生此文的言外之意是叹息近世居领袖地位的人缺乏真领袖的人格风度，既抛弃了古代"士大夫"的风范，又不知道外国的"士大夫"的流风遗韵，所以成了一种不足表率人群的领袖。他发愿要搜集中国古来的士大夫人格可以做后人模范的，做一部《士大夫集传》；他又希望有人搜集外国士大夫的精华，做一部《外国模范人物集传》。这都是很应该做的工作，也许是很有效用的教育材料。我们知道《新约》里的几种耶稣传记影响了无数人的人格;我们知道布鲁达克(Plutarch)的英雄传影响了后世许多的人物。欧洲的传记文学发达的最完备,历史上重要人物都有很详细的传记,往往有一篇传记长至几十万言的,也往往有一个人的传记多至几十种的。这种传记的翻译,倘使有审慎的选择和忠实明畅的译笔,应该可以使我们多知道一点西洋的领袖人物的嘉言懿行,间接的可以使我们对于西方民族的生活方式得一点具体的了解。

中国的传记文学太不发达了,所以中国的历史人物往往只靠一些干燥枯窘的碑版文字或史家列传流传下来;很少的传记材料是可信的,可读的已很少了;至于可歌可泣的传记,可说是绝对没有。我们对于古代大人物的认识,往往只全靠一些很零碎的轶事琐闻。然而我至今还记得我做小孩子时代读的朱子《小学》里面记载的几个可爱的人物,如汲黯、陶渊明之流。朱子记陶渊明,只记他做县令时送一个长工给他儿子,附去一封家信,说:"此亦人子也,可善遇之。"这寥寥九个字的家书,印在脑子里,也颇有很深刻的效力,使我三十年来不敢轻用一句暴戾的辞气对待那帮我做事的人。这一个小小例子可以使我承认模范人物的传记,无论如何不详细,只须剪裁的得当,描写的生动,也未尝不可以做少年人的良好教育材料,也未尝不可介绍一点做人的风范。

但是传记文学的贫乏与忽略,都不够解释为什么近世中国的领袖人物这样稀少而又不高明。领袖的人才决不是光靠几本《士大夫集传》就能铸造成功的。"士大夫"的稀少,只是因为"士

大夫"在古代社会里自成一个阶级,而这个阶级久已不存在了。在南北朝的晚期,颜之推说:

> 吾观《礼经》,圣人之教,箕帚匕箸,咳唾唯诺,执烛沃盥,皆有节文,亦为至矣。但〔《礼经》〕既残缺非复全书,其有所不载,及世事变改者,学达君子自为节度,相承行之。故世号"士大夫风操"。而家门颇有不同,所见互称长短。然其阡陌亦自可知。(《颜氏家训·风操》第六)

在那个时代,虽然经过了魏、晋旷达风气的解放,虽然经过了多少战祸的摧毁,"士大夫"的阶级还没有完全毁灭,一些名门望族都竭力维持他们的门阀。帝王的威权,外族的压迫,终不能完全消灭这门阀自卫的阶级观念。门阀的争存不全靠声势的煊赫,子孙的贵盛。他们所倚靠的是那"士大夫风操",即是那个士大夫阶级所用来律己律人的生活典型。即如颜氏一家,遭遇亡国之祸,流徙异地,然而颜之推所最关心的还是"整齐门内,提撕子孙",所以他著作家训,留作他家子孙的典则。隋、唐以后,门阀的自尊还能维持这"士大夫风操"至几百年之久。我们看唐朝柳氏和宋朝吕氏、司马氏的家训,还可以想见当日士大夫的风范的保存是全靠那种整齐严肃的士大夫阶级的教育的。

然而这士大夫阶级终于被科举制度和别种政治和经济的势力打破了。元、明以后,三家村的小儿只消读几部刻板书,念几百篇科举时文,就可以有登科作官的机会;一朝得了科第,像《红鸾禧》戏文里的丐头女婿,自然有送钱投靠的人来拥戴他去走马上任。他从小学的是科举时文，从来没有梦见过什么古来门阀里的"士大夫风操"的教育与训练，我们如何能期望他居士大夫之位要维持士大夫的人品呢？

以上我说的话，并不是追悼那个士大夫阶级的崩坏，更不是希冀那种门阀训练的复活。我要指出的是一种历史事实。凡成为领袖人物的，固然必须有过人的天资做底子，可是他们的知识见地，做人的风度，总得靠他们的教育训练。一个时代有一个时代的"士大夫"，一个国家有一个国家的范型式的领袖人物。他们的高下优劣，总都逃不出他们所受的教育训练的势力。某种范型的训育自然产生某种范型的领袖。

这种领袖人物的训育的来源，在古代差不多全靠特殊阶级（如中国古代的士大夫门阀，如日本的贵族门阀，如欧洲的贵族阶级及教会）的特殊训练。在近代的欧洲则差不多全靠那些训练领袖人才的大学。欧洲之有今日的灿烂文化，差不多全是中古时代留下的几十个大学的功劳。近代文明有四个基本源头：一是文艺复兴，二是十六七世纪的新科学，三是宗教革新，四是工业革命。这四个大运动的领袖人物，没有一个不是大学的产儿。中古时代的大学诚然是幼稚的可怜，然而意大利有几个大学都有一千年的历史；巴黎，牛津，康桥都有八九百年的历史；欧洲的有名大学，多数是有几百年的历史的；最新的大学，如莫斯科大学也有一百八十多年了，柏林大学是一百二十岁了。有了这样长期的存在，才有积聚的图书设备，才有集中的人才，才有继长增高的学问，才有那使人依恋崇敬的"学风"。至于今日，西方国家的领袖人物，那一个不是从大学出来的？即使偶有三五个例外，也没有一个不是直接间接受大学教育的深刻影响的。

在我们这个不幸的国家，一千年来，差不多没有一个训练领袖人才的机关。贵族门阀是崩坏了，又没有一个高等教育的书院是有持久性的，也没有一种教育是训练"有为有守"的人才的。五千年的古国，没有一个三十年的大学！八股试帖是不能造领袖人才的，做书院课卷是不能造领袖人才的，当日最高的教育，——理学与经学考据——也是不能造领袖人才的。现在这些东西都快成了历史陈迹了，然而这些新起的"大学"，东抄西袭的课程，朝三暮四的学制，七零八落的设备，四成五成的经费，朝秦暮楚的校长，东家宿而西家餐的教员，十日一雨五日一风的学潮，——也都还没有造就领袖人才的资格。

丁文江先生在《中国政治的出路》（《独立》第十一期）里曾指出"中国的军事教育比任何其他的教育都要落后"，所以多数的军人都"因为缺乏最低的近代知识和训练，不足以担任国家的艰巨"。其实他太恭维"任何其他的教育"了！茫茫的中国，何处是训练大政治家的所在？何处是养成执法不阿的伟大法官的所在？何处是训练财政经济专家学者的所在？何处是训练我们的思想大师或教育大师的所在？

领袖人物的资格在今日已不比古代的容易了。在古代还可以有刘邦、刘裕一流的枭雄出来平定天下，还可以像赵普那样的人妄想用"半部《论语》治天下"。在今日的中国，领袖人物必须具备充分的现代见识，必须有充分的现代训练，必须有足以引起多数人信仰的人格。这种资格的养成，在今日的社会，除了学校,别无他途。

我们到今日才感觉整顿教育的需要,真有点像"临渴掘井"了。然而治七年之病,终须努力求三年之艾。国家与民族的生命是千万年的。我们在今日如果真感觉到全国无领袖的苦痛,如果真感觉到"盲人骑瞎马"的危机,我们应当深刻的认清只有咬定牙根来彻底整顿教育,稳定教育,提高教育的一条狭路可走。如果这条路上的荆棘不扫除,虎狼不驱逐,奠基不稳固;如果我们还想让这条路去长久埋没在淤泥水潦之中,——那么,我们这个国家也只好长久被一班无知识无操守的浑人领导到沉沦的无底地狱里去了。

(原载1932年8月7日《独立评论》第12号)

文学改良刍议

今之谈文学改良者众矣，记者末学不文，何足以言此？然年来颇于此事再四研思，辅以友朋辩论，其结果所得，颇不无讨论之价值。因综括所怀见解，列为八事，分别言之，以与当世之留意文学改良者一研究之。

吾以为今日而言文学改良，须从八事入手。八事者何？

一曰，须言之有物。二曰，不摹仿古人。三曰，须讲求文法。四曰，不作无病之呻吟。五曰，务去烂调套语。六曰，不用典。七曰，不讲对仗。八曰，不避俗字俗语。

一曰须言之有物

吾国近世文学之大病，在于言之无物。今人徒知"言之无文，行之不远"；而不知言之无物，又何用文为乎？吾所谓"物"，非古人所谓"文以载道"之说也。吾所谓"物"，约有二事：

（一）情感　《诗序》曰："情动于中而形诸言。言之不足，故嗟叹之。嗟叹之不足，故咏歌之。咏歌之不足，不知手之舞之，足之蹈之也。"此吾所谓情感也。情感者，文学之灵魂。文学而无情感，如人之无魂，木偶而已，行尸走肉而已（今人所谓"美感"者，亦情感之一也）。

（二）思想 吾所谓"思想"，盖兼见地，识力，理想三者而言之。思想不必皆赖文学而传，而文学以有思想而益贵；思想亦以有文学的价值而益贵也：此庄周之文，渊明、老杜之诗，稼轩之词，施耐庵之小说，所以复绝千古也。思想之在文学，犹脑筋之在人身。人不能思想。则虽面目姣好，虽能笑啼感觉，亦何足取哉？文学亦犹是耳。

文学无此二物，便如无灵魂无脑筋之美人，虽有秾丽富厚之外观，抑亦末矣。近世文人沾沾于声调字句之间，既无高远之思想，又无真挚之情感，文学之衰微，此其大因矣。此文胜之害，所谓言之无物者是也。欲救此弊，宜以质救之。质者何？情与思二者而已。

二曰不摹仿古人

文学者，随时代而变迁者也。一时代有一时代之文学：周、秦有周、秦之文学，汉、魏有汉、魏之文学，唐、宋、元、明有唐、宋、元、明之文学。此非吾一人之私言，乃文明进化之公理也。即以文论，有《尚书》之文，有先秦诸子之文，有司马迁、班固之文，有韩、柳、欧、苏之文，有语录之文，有施耐庵、曹雪芹之文：此文之进化也。试更以韵文言之：《击壤》之歌，《五子》之歌，一时期也；《三百篇》之诗，一时期也；屈原、荀卿之骚赋，又一时期也；苏、李以下，至于魏、晋，又一时期也；

江左之诗流为排比，至唐而律诗大成，此又一时期也；老杜、香山之"写实"体诸诗（如杜之《石壕吏》、《羌村》，白之《新乐府》），又一时期也；诗至唐而极盛，自此以后，词曲代兴，唐、五代及宋初之小令，此词之一时代也；苏、柳（永）、辛、姜之词，又一时代也；至于元之杂剧传奇，则又一时代矣；凡此诸时代，各因时势风会而变，各有其特长，吾辈以历史进化之眼光观之，决不可谓古人之文学皆胜于今人也。左氏、史公之文奇矣，然施耐庵之《水浒传》视《左传》、《史记》何多让焉？《三都》、《两京》之赋富矣，然以视唐诗宋词，则糟粕耳。此可见文学因时进化，不能自止。唐人不当作商、周之诗，宋人不当作相如、子云之赋，——即令作之，亦必不工。逆天背时，违进化之迹，故不能工也。

既明文学进化之理，然后可言吾所谓"不摹仿古人"之说。今日之中国，当造今日之文学，不必摹仿唐、宋，亦不必摹仿周、秦也。前见《国会开幕词》，有云："于铄国会，遵晦时休。"此在今日而欲为三代以上之文之一证也。更观今之"文学大家"，文则下规姚、曾，上师韩、欧；更上则取法秦、汉、魏、晋，以为六朝以下无文学可言，此皆百步与五十步之别而已，而皆为文学下乘。即令神似古人，亦不过为博物院中添几许"逼真赝鼎"而已，文学云乎哉！昨见陈伯严先生一诗云：

> 涛园抄杜句，半岁秃千毫。所得都成泪，相过问奏刀。
> 万灵噤不下，此老仰弥高。胸腹回滋味，徐看薄命骚。

此大足代表今日"第一流诗人"摹仿古人之心理也。其病根所在，在于以"半岁秃千毫"之工夫作古人的钞胥奴婢，故有"此老仰弥高"之叹。若能洒脱此种奴性，不作古人的诗，而惟作我自己的诗，则决不致如此失败矣。

吾每谓今日之文学，其足与世界"第一流"文学比较而无愧色者，独有白话小说（我佛山人，南亭亭长，洪都百炼生三人而已）一项。此无他故，以此种小说皆不事摹仿古人（三人皆得力于《儒林外史》，《水浒》，《石头记》。然非摹仿之作也），而惟实写今日社会之情状，故能成真正文学。其他学这个，学那个之诗古文家，皆无文学之价值也。今之有志文学者，宜知所从事矣。

三曰须讲文法

今之作文作诗者，每不讲求文法之结构。其例至繁，不便举之，尤以作骈文律诗者为尤甚。夫不讲文法，是谓"不通"。此理至明，无待详论。

四曰不作无病之呻吟

此殊未易言也。今之少年往往作悲观，其取别号则曰"寒灰"，"无生"，"死灰"；其作为诗文，则对落日而思暮年，对秋风而思零落，春来则惟恐其速去，花发又惟惧其早谢；此亡国之哀音也。老年人为之犹不可，况少年乎？其流弊所至，遂养成一种暮气，不思奋发有为，服劳报国，但知发牢骚之音，感喟之文；作者将以促其寿年，读者将亦短其志气：此吾所谓无病之呻吟也。国之多患，吾岂不知之？然病国危时，岂痛哭流涕所能收效乎？吾惟愿今之文学家作费舒特（Fichte），作玛志尼（Mazzini），而不愿其为贾生、王粲、屈原、谢皋羽也。其不能为贾生、王粲、屈原、谢皋羽，而徒为妇人醇酒丧气失意之诗文者，尤卑卑不足道矣！

五曰务去烂调套语

今之学者，胸中记得几个文学的套语，便称诗人。其所为诗文处处是陈言烂调，"蹉跎"，"身世"，"寥落"，"飘零"，"虫沙"，"寒窗"，"斜阳"，"芳草"，"春闺"，"愁魂"，"归梦"，"鹃啼"，"孤影"，"雁字"，"玉楼"，"锦字"，"残更"，……之类，累累不绝，最可憎厌。其流弊所至，遂令国中生出许多似是而非，貌似丽实非之诗文。今试举吾友胡先骕先生一词以证之：

> 荧荧夜灯如豆，映幢幢孤影，凌乱无据。翡翠衾寒，鸳鸯瓦冷。禁得秋宵几度？幺弦漫语，早丁字帘前，繁霜飞舞。袅袅余音，片时犹绕柱。

此词骤观之，觉字字句句皆词也，其实仅一大堆陈套语耳。"翡翠衾"，"鸳鸯瓦"，用之白香山《长恨歌》则可，以其所言乃帝王之衾之瓦也。"丁字帘"，"幺弦"，皆套语也。此词在美国所作，其夜灯决不"荧荧如豆"，其居室尤无"柱"可绕也。至于

"繁霜飞舞",则更不成话矣。谁曾见繁霜之"飞舞"耶?

吾所谓务去烂调套语者,别无他法,惟在人人以其耳目所亲见亲闻所亲身阅历之事物,一一自己铸词以形容描写之;但求其不失真,但求能达其状物写意之目的,即是工夫。其用烂调套语者,皆懒惰不肯自己铸词状物者也。

六曰不用典

吾所主张八事之中,惟此一条最受朋友攻击,盖以此条最易误会也。吾友江亢虎君来书曰:

> 所谓典者,亦有广狭二义。饾饤獭祭,古人早悬为厉禁;若并成语故事而屏之,则非惟文字之品格全失,即文字之作用亦亡。……文字最妙之意味,在用字简而涵义多。此断非用典不为功。不用典不特不可作诗,并不可写信,且不可演说。来函满纸"旧雨"、"虚怀"、"治头治脚"、"舍本逐末"、"洪水猛兽"、"发聋振聩"、"负弩先驱"、"心悦诚服"、"词坛"、"退避三舍"、"滔天"、"利器"、"铁证",……皆典也。试尽抉而去之,代以俚语俚字,将成何说话?其用字之繁简,犹其细焉。恐一易他词,虽加倍蓰而涵义仍终不能如是恰到好处,奈何?……

此论甚中肯要。今依江君之言,分典为广狭二义,分论之如下:

(一)广义之典非吾所谓典也。广义之典约有五种:

（甲）古人所设譬喻，其取譬之事物，含有普通意义，不以时代而失其效用者，今人亦可用之。如古人言"以子之矛，攻子之盾"，今人虽不读书者，亦知用"自相矛盾"之喻，然不可谓为用典也。上文所举例中之"治头治脚"，"洪水猛兽"，"发聋振聩"，……皆此类也。盖设譬取喻，贵能切当；若能切当，固无古今之别也。若"负弩先驱"，"退避三舍"之类，在今日已非通行之事物，在文人相与之间，或可用之，然终以不用为上。如言"退避"，千里亦可，百里亦可，不必定用"三舍"之典也。

（乙）成语　成语者，合字成辞，别为意义。其习见之句，通行已久，不妨用之。然今日若能另铸"成语"，亦无不可也。"利器"，"虚怀"，"舍本逐末"，……皆属此类。此非"典"也，乃日用之字耳。

（丙）引史事　引史事与今所论议之事相比较，不可谓为用典也。如老杜诗云，"未闻殷周衰，中自诛褒妲"，此非用典也。近人诗云，"所以曹孟德，犹以汉相终"，此亦非用典也。

（丁）引古人作比　此亦非用典也。杜诗云，"清新庾开府，俊逸鲍参军"，此乃以古人比今人，非用典也。又云，"伯仲之间见伊吕，指挥若定失萧曹"，此亦非用典也。

（戊）引古人之语　此亦非用典也。吾尝有句云，"我闻古人言，艰难惟一死"。又云，"尝试成功自古无，放翁此语未必是"。此乃引语，非用典也。

以上五种为广义之典，其实非吾所谓典也。若此者可用可不用。

（二）狭义之典，吾所主张不用者也。吾所谓用"典"者，谓文人词客不能自己铸词造句以写眼前之景，胸中之意，故借用或不全切，或全不切之故事陈言以代之，以图含混过去：是谓"用典"。上所述广义之典，除戊条外，皆为取譬比方之辞。但以彼喻此，而非以彼代此也。狭义之用典，则全为以典代言，自己不能直言之，故用典以言之耳，此吾所谓用典与非用典之别也。狭义之典亦有工拙之别，其工者偶一用之，未为不可，其拙者则当痛绝之。

（子）用典之工者　此江君所谓用字简而涵义多者也。客中无书不能多举其例，但杂举一二，以实吾言：

（1）东坡所藏"仇池石"，王晋卿以诗借观，意在于夺。东坡不敢不借，先以诗寄之，有句云，"欲留嗟赵弱，宁许负秦曲。传观慎勿许，间道归应速"。此用蔺相如返璧之典，何其工切也！

（2）东坡又有"章质夫送酒六壶，书至而酒不达"。诗云，"岂意青州六从事，化为乌有一先生"。此虽工已近于纤巧矣。

（3）吾十年前尝有读《十字军英雄记》一诗云："岂有酖人羊叔子？焉知微服赵主父？十字军真儿戏耳，独此两人可千古。"以两典包尽全书，当时颇沾沾自喜，其实此种诗，尽可不作也。

（4）江亢虎代华侨诔陈英士文有"未悬太白，先坏长城。世无钽麑，乃戕赵卿"四句，余极喜之。所用赵宣子一典，甚工切也。

（5）王国维咏史诗，有"虎狼在堂室，徙戎复何补？神州遂陆沉，百年委榛莽。寄语桓元子，莫罪王夷甫"。此亦可谓使事之工者矣。

上述诸例，皆以典代言，其妙处，终在不失设譬比方之原意;惟为文体所限,故譬喻变而为称代耳。用典之弊,在于使人失其所欲譬喻之原意。若反客为主,使读者迷于使事用典之繁,而转忘其所为设譬之事物,则为拙矣。古人虽作百韵长诗,其所用典不出一二事而已(《北征》与白香山《悟真寺诗》皆不用一典),今人作长律则非典不能下笔矣。尝见一诗八十四韵,而用典至百余事,宜其不能工也。

(丑)用典之拙者　用典之拙者,大抵皆懒惰之人,不知造词,故以此为躲懒藏拙之计。惟其不能造词,故亦不能用典也。总计拙典亦有数类:

(1)比例泛而不切,可作几种解释,无确定之根据。今取王渔洋《秋柳》一章证之:

娟娟凉露欲为霜,万缕千条拂玉塘。浦里青荷中妇镜,江干黄竹女儿箱。空怜板渚隋堤水,不见螂琊大道王。若过洛阳风景地,含情重问永丰坊。

此诗中所用诸典无不可作几样说法者。

(2)僻典使人不解。夫文学所以达意抒情也。若必求人人能读五车书,然后能通其文,则此种文可不作矣。

(3)刻削古典成语,不合文法。"指兄弟以孔怀,称在位以曾是"(章太炎语),是其例也。今人言"为人作嫁"亦不通。

(4)用典而失其原意。如某君写山高与天接之状,而曰"西接杞天倾"是也。

(5)古事之实有所指,不可移用者,今往乱用作普通事实。

如古人灞桥折柳，以送行者，本是一种特别土风。阳关、渭城亦皆实有所指。今之懒人不能状别离之情，于是虽身在滇越，亦言灞桥；虽不解阳关、渭城为何物，亦皆言"阳关三叠"，"渭城离歌"。又如张翰因秋风起而思故乡之莼羹鲈脍，今则虽非吴人，不知莼鲈为何味者，亦皆自称有"莼鲈之思"。此则不仅懒不可救，直是自欺欺人耳！

凡此种种，皆文人之下下工夫，一受其毒，便不可救。此吾所以有"不用典"之说也。

七曰不讲对仗

排偶乃人类言语之一种特性，故虽古代文字，如老子、孔子之文，亦间有骈句。如"道可道，非常道；名可名，非常名。无名天地之始，有名万物之母。故常无，欲以观其妙；常有，欲以观其徼"。此三排句也。"食无求饱，居无求安"；"贫而无谄，富而无骄"；"尔爱其羊，我爱其礼"。此皆排句也。然此皆近于语言之自然，而无牵强刻削之迹；尤未有定其字之多寡，声之平仄，词之虚实者也。至于后世文学末流，言之无物，乃以文胜；文胜之极，而骈文律诗兴焉，而长律兴焉。骈文律诗之中非无佳作，然佳作终鲜。所以然者何？岂不以其束缚人之自由过甚之故耶？（长律之中，上下古今，无一首佳作可言也。）今日而言文学改良，当"先立乎其大者"，不当枉废有用之精力于微细纤巧之末：此吾所以有废骈废律之说也。即不能废此两者，亦但当视为文学末技而已，非讲求之急务也。

今人犹有鄙夷白话小说为文学小道者，不知施耐庵、曹雪芹、吴趼人皆文学正宗，而骈文律诗乃真小道耳。吾知必有闻此言而却走者矣。

八曰不避俗语俗字

吾惟以施耐庵、曹雪芹、吴趼人为文学正宗，故有"不避俗字俗语"之论也（参看上文第二条下）。盖吾国言文之背驰久矣。自佛书之输入，译者以文言不足以达意，故以浅近之文译之，其体已近白话。其后佛氏讲义语录尤多用白话为之者，是为语录体之原始。及宋人讲学以白话为语录，此体遂成讲学正体（明人因之）。当是时，白话已久入韵文，观唐、宋人白话之诗词可见也。及至元时，中国北部已在异族之下，三百余年矣（辽、金、元）。此三百年中，中国乃发生一种通俗行远之文学。文则有《水浒》、《西游》、《三国》……之类，戏曲则尤不可胜计（关汉卿诸人，人各著剧数十种之多。吾国文人著作之富，未有过于此时者也）。以今世眼光观之，则中国文学当以元代为最盛；可传世不朽之作，当以元代为最多：此可无疑也。当是时，中国之文学最近言文合一，白话几成文学的语言矣。使此趋势不受阻遏，则中国几有一"活文学出现"，而但丁、路得之伟业（欧洲中古时，各国皆有俚语，而以拉丁文为文言，凡著作书籍皆用之，如吾国之以文言著书也。其后意大利有但丁（Dante）诸文豪，始以其国俚语著作。诸国踵兴，国语亦代起。路得（Luther）创新教始以德文译《旧约》、《新约》，遂开德文学之先。英、法诸国亦复如是。

今世通用之英文《新旧约》乃 1611 年译本，距今才三百年耳。故今日欧洲诸国之文学，在当日皆为俚语。迨诸文豪兴，始以"活文学"代拉丁之死文学；有活文学而后有言文合一之国语也），几发生于神州。不意此趋势骤为明代所阻，政府既以八股取士，而当时文人如何、李七子之徒，又争以复古为高，于是此千年难遇言文合一之机会，遂中道夭折矣。然以今世历史进化的眼光观之，则白话文学之为中国文学之正宗，又为将来文学必用之利器，可断言也（此"断言"乃自作者言之，赞成此说者今日未必甚多也）。以此之故，吾主张今日作文作诗，宜采用俗语俗字。与其用三千年前之死字（如"于铄国会，遵晦时休"之类），不如用二十世纪之活字；与其作不能行远不能普及之秦、汉、六朝文字，不如作家喻户晓之《水浒》、《西游》文字也。

结　论

上述八事，乃吾年来研思此一大问题之结果。远在异国，既无读书之暇晷，又不得就国中先生长者质疑问难，其所主张容有矫枉过正之处。然此八事皆文学上根本问题，一一有研究之价值。故草成此论，以为海内外留心此问题者作一草案。谓之刍议，犹云未定草也，伏惟国人同志有以匡纠是正之。

民国六年一月

（原载 1917 年 1 月 1 日《新青年》第 2 卷第 5 号，又载
1917 年 3 月《留美学生季报》春季第 1 号）

建设的文学革命论

国语的文学——文学的国语

1

我的《文学改良刍议》发表以来,已有一年多了。这十几个月之中,这个问题居然引起了许多很有价值的讨论,居然受了许多很可使人乐观的响应。我想我们提倡文学革命的人,固然不能不从破坏一方面下手。但是我们仔细看来,现在的旧派文学实在不值得一驳。什么桐城派的古文哪,《文选》派的文学哪,江西派的诗哪,梦窗派的词哪,《聊斋志异》派的小说哪,——都没有破坏的价值。他们所以还能存在国中,正因为现在还没有一种真有价值,真有生气,真可算作文学的新文学起来代他们的位置。有了这种"真文学"和"活文学",那些"假文学"和"死文学",自然会消灭了。所以我望我们提倡文学革命的人,对于那些腐败文学,个个都该存一个"彼可取而代也"的心理,个个都该从建设一方面用力,要在三五十年内替中国创造出一派新中国的活文学。

我现在做这篇文章的宗旨,在于贡献我对于建设新文学的意见。我且先把我从前所主张破坏的八事引来做参考的资料：

一、不做"言之无物"的文字。

二、不做"无病呻吟"的文字。

三、不用典。

四、不用套语烂调。

五、不重对偶：——文须废骈，诗须废律。

六、不做不合文法的文字。

七、不摹仿古人。

八、不避俗话俗字。

这是我的"八不主义"，是单从消极的，破坏的一方面着想的。

自从去年归国以后，我在各处演说文学革命，便把这"八不主义"都改作了肯定的口气，又总括作四条，如下：

一、要有话说，方才说话。这是"不做言之无物的文字"一条的变相。

二、有什么话，说什么话；话怎么说，就怎么说。这是（二）（三）（四）（五）（六）诸条的变相。

三、要说我自己的话，别说别人的话。这是"不摹仿古人"一条的变相。

四、是什么时代的人，说什么时代的话。这是"不避俗话俗字"的变相。

这是一半消极，一半积极的主张。一笔表过，且说正文。

2

我的《建设新文学论》的唯一宗旨只有十个大字："国语的文

学，文学的国语"。我们所提倡的文学革命，只是要替中国创造一种国语的文学。有了国语的文学，方才可有文学的国语。有了文学的国语，我们的国语才可算得真正国语。国语没有文学，便没有生命，便没有价值，便不能成立，便不能发达。这是我这一篇文字的大旨。

我曾仔细研究：中国这二千年何以没有真有价值真有生命的"文言的文学"？我自己回答道："这都因为这二千年的文人所做的文学都是死的，都是用已经死了的语言文字做的。死文字决不能产出活文学。所以中国这二千年只有些死文学，只有些没有价值的死文学。"

我们为什么爱读《木兰辞》和《孔雀东南飞》呢？因为这两首诗是用白话做的。为什么爱读陶渊明的诗和李后主的词呢？因为他们的诗词是用白话做的。为什么爱杜甫的《石壕吏》、《兵车行》诸诗呢？因为他们都是用白话做的。为什么不爱韩愈的《南山》呢？因为他用的是死字死话。……简单说来，自从《三百篇》到于今，中国的文学凡是有一些价值有一些儿生命的，都是白话的，或是近于白话的。其余的都是没有生气的古董，都是博物院中的陈列品！

再看近世的文学：何以《水浒传》、《西游记》、《儒林外史》、《红楼梦》可以称为"活文学"呢？因为他们都是用一种活文字做的。若是施耐庵、吴承恩、吴敬梓、曹雪芹都用了文言做书，他们的小说一定不会有这样生命，一定不会有这样价值。

读者不要误会；我并不曾说凡是用白话做的书都是有价值有生命的。我说的是：用死了的文言决不能做出有生命有价值的文学来。这一千多年的文学，凡是有真正文学价值的，没有一种不带有白话的性质，没有一种不靠这个"白话性质"的帮助。换言之：白话能产出有价值的文学，也能产出没有价值的文学；可以产出《儒林外史》，也可以产出《肉蒲团》。但是那已死的文言只能产出没有价值没有生命的文学，决不能产出有价值有生命的文学；只能做几篇《拟韩退之原道》或《拟陆士衡拟古》，决不能做出一部《儒林外史》。若有人不信这话，可先读明朝古文大家宋濂的《王冕传》，再读《儒林外史》第一回的《王冕传》，便可知道死文学和活文学的分别了。

为什么死文字不能产生活文学呢？这都由于文学的性质。一切语言文字的作用在于达意表情；达意达得妙，表情表得好，便是文学。那些用死文言的人，有了意思，却须把这意思翻成几千年前的典故；有了感情，却须把这感情译为几千年前的文言。明明是客子思家，他们须说"王粲登楼"，"仲宣作赋"；明明是送别，他们却须说"《阳关》三叠"，"一曲《渭城》"；明明是贺陈宝琛七十岁生日，他们却须说是贺伊尹周公傅说。更可笑的：明明是乡下老太婆说话，他们却要叫他打起唐宋八家的古文腔儿；明明是极下流的妓女说话，他们却要他打起胡天游、洪亮吉的骈文调子！……请问这样做文章如何能达意表情呢？既不能达意，既不能表情，那里还有文学呢？即如那《儒林外史》里的王冕，是一个有感情，有血气，能生动，能谈笑的活人。这都因为做书的人能用活言语活文字来描写他的生活神情。那宋濂集子里的王冕，便成了一个没有生气，不能动人的死人。为什么呢？因为宋濂用了二千年前的死文字来写二千年后的活人；所以不能不把这个活人变作二千年前的木偶，才可合那古文家法。古文家法是合了，那王冕也真"作古"了！

因此我说，"死文言决不能产出活文学"。中国若想有活文学，必须用白话，必须用国语，必须做国语的文学。

3

上节所说，是从文学一方面着想，若要活文学，必须用国语。如今且说从国语一方面着想，国语的文学有何等重要。

有些人说："若要用国语做文学，总须先有国语。如今没有标准的国语，如何能有国语的文学呢？"我说这话似乎有理，其实不然。国语不是单靠几位言语学的专门家就能造得成的；也不是单靠几本国语教科书和几部国语字典就能造成的。若要造国语，先须造国语的文学。有了国语的文学，自然有国语。这话初听了似乎不通。但是列位仔细想想便可明白了。天下的人谁肯从国语教科书和国语字典里面学习国语？所以国语教科书和国语字典，虽是很要紧，决不是造国语的利器。真正有功效有势力的国语教科书，便是国语的文学；便是国语的小说，诗文，戏本。国语的小说，诗文，戏本通行之日，便是中国国语成立之时。试问我们今日居然能拿起笔来做几篇白话文章，居然能写得出好几百个白话的字，可是从什么白话教科书上学来的吗？可不是从《水浒传》、《西游记》、《红楼梦》、《儒林外史》……等书学来的吗？这些白话文学的势力，比什么字典教科书都还大几百倍。字典说"这"字该读"鱼彦反"，我们偏读他做"者个"的者字。字典说

"么"字是"细小",我们偏把他用作"什么"、"那么"的么字。字典说"没"字是"沉也","尽也",我们偏用他做"无有"的无字解。字典说"的"字有许多意义,我们偏把他用来代文言的"之"字,"者"字,"所"字和"徐徐尔,纵纵尔"的"尔"字。……总而言之,我们今日所用的"标准白话",都是这几部白话的文学定下来的。我们今日要想重新规定一种"标准国语",还须先造无数国语的《水浒传》、《西游记》、《儒林外史》、《红楼梦》。

所以我以为我们提倡新文学的人,尽可不必问今日中国有无标准国语。我们尽可努力去做白话的文学。我们可尽量采用《水浒》、《西游记》、《儒林外史》、《红楼梦》的白话;有不合今日的用的,便不用他;有不够用的便用今日的白话来补助;有不得不用文言的,便用文言来补助。这样做去,决不愁语言文字不够用,也决不用愁没有标准白话。中国将来的新文学用的白话,就是将来中国的标准国语。造中国将来白话文学的人,就是制定标准国语的人。

我这种议论并不是"向壁虚造"的。我这几年来研究欧洲各国国语的历史,没有一种国语不是这样造成的。没有一种国语是教育部的老爷们造成的。没有一种是言语学专门家造成的。没有一种不是文学家造成的。我且举几条例为证:

一、意大利。五百年前,欧洲各国但有方言,没有"国语"。欧洲最早的国语是意大利文。那时欧洲各国的人多用拉丁文著书通信。到了十四世纪的初年意大利的大文学家但丁(Dante)极力主张用意大利话来代拉丁文。他说拉丁文是已死了的文字,不如他本国俗语的优美。所以他自己的杰作"喜剧",全用脱斯堪尼(Tuscany)(意大利北部的一邦)的俗话。这部"喜剧",风行一世,人都称他做"神圣喜剧"。那"神圣喜剧"的白话后来便成了意大利的标准国语。后来的文学家包卡嘉(Boccacio, 1313—1375)和洛伦查(Lorenzo de Medici)诸人也都用白话作文学。所以不到一百年,意大利的国语便完全成立了。

二、英国。英伦虽只是一个小岛国,却有无数方言。现在通行全世界的"英文"在五百年前还只是伦敦附近一带的方言,叫做"中部土话"。当十四世纪时,各处的方言都有些人用来做书。后来到了十四世纪的末年,出了两位大文学家,一个是赵叟(Chaucer, 1340—1400),一个是威克列夫(Wycliff 1320—1384)。赵叟做了许多诗歌,散文,都用这"中部土话"。威克列夫把耶教的《旧约》、《新约》也都译成"中部土话"。有了这两个人的文学,便把这"中部土话"变成英国的标准国语。后来到了十五世纪,印刷术输进英国,所印的书多用这"中部土话",国语的标准更确定了。到十六十七两世纪,萧士比亚和"伊里沙白时代"的无数文学大家,都用国语创造文学。从此以后,这一部分的"中部土话",不但成了英国的标准国语,几乎竟成了全地球的世界语了!

此外,法国、德国及其他各国的国语,大都是这样发生的,大都是靠着文学的力量才能变成标准的国语的。我也不去一一的细说了。

意大利国语成立的历史,最可供我们中国人的研究。为什么呢?因为欧洲西部北部的新国,如英吉利、法兰西、德意志,他们的方言和拉丁文相差太远了，所以他们渐渐的用国语著作文学，还不算希奇。只有意大利是当年罗马帝国的京畿近地，在拉丁文的故乡；各处的方言又和拉丁文最近。在意大利提倡用白话代拉丁文，真正和在中国提倡用白话代汉文，有同样的艰难。所以英、法、德各国语，一经文学发达以后，便不知不觉的成为国语了。在意大利却不然。当时反对的人很多，所以那时的新文学家，一方面努力创造国语的文学，一方面还要做文章鼓吹何以当废古文，何以不可不用白话。有了这种有意的主张（最有力的是但丁〔Dante〕和阿儿白狄〔Alberti〕两个人），又有了那些有价值的文学，才可造出意大利的"文学的国语"。

我常问我自己道："自从施耐庵以来，很有了些极风行的白话文学，何以中国至今还不曾有一种标准的国语呢？"我想来想去，只有一个答案。这一千年来，中国固然有了一些有价值的白话文学，但是没有一个人出来明目张胆的主张用白话为中国的"文学的国语"。有时陆放翁高兴了，便做一首白话诗；有时柳耆卿高兴了，便做一首白话词；有时朱晦庵高兴了，便写几封白话信，做几条白话札记；有时施耐庵、吴敬梓高兴了，便做一两部白话的小说。这都是不知不觉的自然出产品，并非是有意的主张。因为没有"有意的主张"，所以做白话的只管做白话，做古文的只管做古文，做八股的只管做八股。因为没有"有意的主张"，所以白话文学从不曾和那些"死文学"争那"文学正宗"的位置。白话文学不成为文学正宗，故白话不曾成为标准国语。

我们今日提倡国语的文学，是有意的主张。要使国语成为"文学的国语"。有了文学的国语，方有标准的国语。

4

上文所说,"国语的文学,文学的国语",乃是我们的根本主张。如今且说要实行做到这个根本主张,应该怎样进行。

我以为创造新文学的进行次序,约有三步:(一)工具,(二)方法,(三)创造。前两步是预备,第三步才是实行创造新文学。

(一)工具 古人说得好:"工欲善其事,必先利其器",写字的要笔好,杀猪的要刀快。我们要创造新文学,也须先预备下创造新文学的"工具"。我们的工具就是白话。我们有志造国语文学的人,应该赶紧筹备这个万不可少的工具。预备的方法,约有两种:

(甲)多读模范的白话文学例如《水浒传》、《西游记》、《儒林外史》、《红楼梦》;宋儒语录,白话信札;元人戏曲;明、清传奇的说白。唐、宋的白话诗词,也该选读。

(乙)用白话作各种文学 我们有志造新文学的人,都该发誓不用文言作文:无论通信,做诗,译书,做笔记,做报馆文章,编学堂讲义,替死人作墓志,替活人上条陈,……都该用白话来做。我们从小到如今,都是用文言作文,养成了一种文言的习惯,所以虽是活人,只会作死人的文字。若不下一些狠劲,若不用点苦工夫,决不能使用白话圆转如意。若单在《新青年》里面做白话文字,此外还依旧做文言的文字,那真是"一日暴之,十日寒之"的政策,决不能磨练成白话的文学家。

不但我们提倡白话文学的人应该如此做去，就是那些反对白话文学的人，我也奉劝他们用白话来做文字。为什么呢？因为他们若不能做白话文字，便不配反对白话文学。譬如那些不认得中国字的中国人，若主张废汉文，我一定骂他们不配开口。若是我的朋友钱玄同要主张废汉文，我决不敢说他不配开口了。那些不会做白话文字的人来反对白话文学，便和那些不懂汉文的人要废汉文，是一样的荒谬。所以我劝他们多做些白话文字，多做些白话诗歌，试试白话是否有文学的价值。如果试了几年，还觉得白话不如文言，那时再来攻击我们，也还不迟。

还有一层。有些人说，"做白话很不容易，不如做文言的省力"。这是因为中毒太深之过。受病深了，更宜赶紧医治。否则真不可救了。其实做白话并不难。我有一个侄儿，今年才十五岁，一向在徽州不曾出过门，今年他用白话写信来，居然写得极好。我们徽州话和官话差得很远，我的侄儿不过看了一些白话小说，便会做白话文字了。这可见做白话并不是难事，不过人性懒惰的居多数，舍不得抛"高文典册"的死文字罢了。

（二）方法　我以为中国近来文学所以这样腐败，大半虽由于没有适用的"工具"，但是单有"工具"，没有方法，也还不能造新文学。做木匠的人，单有锯凿钻刨，没有规矩师法，决不能造成木器。文学也是如此。若单靠白话便可造新文学，难道把郑孝胥、陈三立的诗翻成了白话，就可算得新文学了吗？难道那些用白话做的《新华春梦记》、《九尾龟》也可算作新文学吗？我以为现在国内新起的一班"文人"，受病最深的所在，只在没有高明的文学方法。我且举小说一门为例。现在的小说（单指中国人自己著的），看来看去，只有两派。一派最下流的，是那些学《聊斋志异》的札记小说。篇篇都是"某生，某处人，生有异禀，下笔千言，……一日于某地遇一女郎，……好事多磨，……遂为情死"；或是"某地，某生，游某地，眷某妓，情好綦笃，遂订白头之约，……而大妇妒甚，不能相容，女抑郁以死，……生抚尸一恸几绝"；……此类文字，只可抹桌子，固不值一驳。还有那第二派是那些学《儒林外史》或是学《官场现形记》的白话小说。上等的如《广陵潮》，下等的如《九尾龟》。这一派小说，只学了《儒林外史》的坏处，却不曾学得他的好处。《儒林外史》的坏处在于体裁结构太不紧严，全篇是杂凑起来的。例如娄府一群人，自成一段；杜府两公子自成一段；马二先生又成一段；虞博士又成一段；萧云仙、郭孝子又各自成一段。分出来，可成无数札记小说；接下去，可长至无穷无极。《官场现形记》便是这样。如今的章回小说，大都犯这个没有结构，没有布局的懒病。却不知道《儒林外史》所以能有文学价值者，全靠一副写人物的画工本领。我十年不曾读这书了，但是我闭了眼睛，还觉得书中的人物，如严贡生，如马二先生，如杜少卿，如权勿用，……个个都是活的人物。正如读《水浒》的人，过了二三十年，还不会忘记鲁智深、李逵、武松、石秀……一班人。请问列位读过《广陵潮》和《九尾龟》的人，过了两三个月，心目中除了一个"文武全才"的章秋谷之外，还记得几个活灵活现的书中人物？——所以我说，现在的"新小说"，全是不懂得文学方法的：既不知布局，又不知结构，又不知描写人物，只做成了许多又长又臭的文字；只配与报纸的第二张充篇幅，却不配在新文学上占一个位置。——小说在中国近年,比较的说来,要算文学中最发达的一门了。小说尚且如此,别种文学,如诗歌戏曲,更不用说了。

如今且说什么叫做"文学的方法"呢?这个问题不容易回答,况且又不是这篇文章的本题,我且约略说几句。

大凡文学的方法可分三类:

(1) 集收材料的方法　中国的"文学",大病在于缺少材料。那些古文家,除了墓志,寿序,家传之外,几乎没有一毫材料。因此,他们不得不做那些极无聊的"汉高帝斩丁公论","汉文帝、唐太宗优劣论"。至于近人的诗词,更没有什么材料可说了。近人的小说材料,只有三种:一种是官场,一种是妓女,一种是不官而官,非妓而妓的中等社会(留学生女学生之可作小说材料者,亦附此类),除此之外,别无材料。最下流的,竟至登告白征求这种材料。做小说竟须登告白征求材料,便是宣告文学家破产的铁证。我以为将来的文学家收集材料的方法,约如下:

(甲) 推广材料的区域　官场妓院与龌龊社会三个区域,决不够采用。即如今日的贫民社会,如工厂之男女工人,人力车夫,内地农家,各处大负贩及小店铺,一切痛苦情形,都不曾在文学上占一位置。并且今日新旧文明相接触,一切家庭惨变,婚姻苦痛,女子之位置,教育之不适宜……种种问题,都可供文学的材料。

(乙) 注重实地的观察和个人的经验　现今文人的材料大都是关了门虚造出来的,或是间接又间接的得来的,因此我们读这种小说,总觉得浮泛敷衍,不痛不痒的,没有一毫精采。真正文学家的材料大概都有"实地的观察和个人自己的经验"做个根底。不能作实地的观察,便不能做文学家;全没有个人的经验,也不能做文学家。

(丙)要用周密的理想作观察经验的补助　实地的观察和个人的经验,固是极重要,但是也不能全靠这两件。例如施耐庵若单靠观察和经验,决不能做出一部《水浒传》。个人所经验的,所观察的,究竟有限。所以必须有活泼精细的理想(Imagination),把观察经验的材料,一一的体会出来,一一的整理如式,一一的组织完全:从已知的推想到未知的,从经验过的推想到不曾经验过的,从可观察的推想到不可观察的。这才是文学家的本领。

(2)结构的方法　有了材料,第二步须要讲究结构。结构是个总名词,内中所包甚广,简单说来,可分剪裁和布局两步:

(甲)剪裁　有了材料,先要剪裁。譬如做衣服,先要看那块料可做袍子,那块料可做背心。估计定了,方可下剪。文学家的材料也要如此办理。先须看这些材料该用做小诗呢?还是做长歌呢?该用做章回小说呢?还是做短篇小说呢?该用做小说呢?还是做戏本呢?筹划定了,方才可以剪下那些可用的材料,去掉那些不中用的材料;方才可以决定做什么体裁的文字。

(乙)布局　体裁定了,再可讲布局。有剪裁,方可决定"做什么";有布局,方可决定"怎样做"。材料剪定了,须要筹算怎样做去始能把这材料用得最得当又最有效力。例如唐朝天宝时代的兵祸,百姓的痛苦,都是材料。这些材料,到了杜甫的手里,便成了诗料。如今且举他的《石壕吏》一篇,作布局的例。这首诗只写一个过路的客人一晚上在一个人家内偷听得的事情;

只用一百二十个字,却不但把那一家祖孙三代的历史都写出来,并且把那时代兵祸之惨,壮丁死亡之多,差役之横行,小民之苦痛,都写得逼真活现,使人读了生无限的感慨。这是上品的布局工夫。又如古诗《上山采蘼芜,下山逢故夫》一篇,写一家夫妇的惨剧,却不从"某人娶妻甚贤,后别有所欢,遂出妻再娶"说起,只挑出那前妻山上下来遇着故夫的时候下笔,却也能把那一家的家庭情形写得充分满意。这也是上品的布局工夫。——近来的文人全不讲求布局:只顾凑足多少字可卖几块钱;全不问材料用的得当不得当,动人不动人。他们今日做上回的文章,还不知道下一回的材料在何处!这样的文人怎样造得出有价值的新文学呢!

(3) 描写的方法　局已布定了,方才可讲描写的方法。描写的方法,千头万绪,大要不出四条:(一)写人。(二)写境。(三)写事。(四)写情。

写人要举动,口气,身分,才性,……都要有个性的区别:件件都是林黛玉,决不是薛宝钗;件件都是武松,决不是李逵。写境要一喧,一静,一石,一山,一云,一鸟,……也都要有个性的区别:《老残游记》的大明湖,决不是西湖,也决不是洞庭湖;《红楼梦》里的家庭,决不是《金瓶梅》里的家庭。写事要线索分明,头绪清楚,近情近理,亦正亦奇。写情要真,要精,要细腻婉转,要淋漓尽致。——有时须用境写人,用情写人,用事写人;有时须用人写境,用事写境,用情写境;……这里面的千变万化,一言难尽。

如今且回到本文。我上文说的:创造新文学的第一步是工具，第二步是方法。方法的大致，我刚才说了。如今且问，怎样预备方才可得着一些高明的文学方法？我仔细想来，只有一条法子：就是赶紧多多的翻译西洋的文学名著做我们的模范。我这个主张，有两层理由：

第一，中国文学的方法实在不完备，不够作我们的模范。即以体裁而论，散文只有短篇，没有布置周密，论理精严，首尾不懈的长篇；韵文只有抒情诗，绝少纪事诗，长篇诗更不曾有过；戏本更在幼稚时代，但略能纪事掉文，全不懂结构；小说好的，只不过三四部，这三四部之中，还有许多疵病；至于最精采的"短篇小说"，"独幕戏"，更没有了。若从材料一方面看来，中国文学更没有做模范的价值。才子佳人，封王挂帅的小说；风花雪月，涂脂抹粉的诗；不能说理，不能言情的"古文"；学这个，学那个的一切文学：这些文字，简直无一毫材料可说。至于布局一方面，除了几首实在好的诗之外，几乎没有一篇东西当得"布局"两个字！——所以我说，从文学方法一方面看去，中国的文学实在不够给我们作模范。

第二，西洋的文学方法，比我们的文学，实在完备得多，高明得多，不可不取例。即以散文而论，我们的古文家至多比得上英国的倍根（Bacon）和法国的孟太恩（Montaigne），至于像柏拉图（Plato）的"主客体"，赫胥黎（Huxley）等的科学文字，包士威尔（Boswell）和莫烈（Morley）等的长篇传记，弥儿（Mill）、弗林克令（Franklin）、吉朋（Gibbon）等的"自传"，太恩（Taine）和白克儿（Buckle）等的史论；……都是中国从不曾梦见过的体裁。更以戏剧而论，二千五百年前的希腊戏曲，一切结构的工夫，描写的工夫，高出元曲何止十倍。近代的萧士比亚（Shakespeare）和莫逆尔（Molière）更不用说了，最近六十年来，欧洲的散文戏本，千变万化，远胜古代，体裁也更发达了，最重要的，如"问题戏"，专研究社会的种种重要问题；"象征戏"（Symbolie Drama），专以美术的手段作的"意在言外"的戏本；"心理戏"，专描写种种复杂的心境，作极精密的解剖；"讽刺戏"，用嬉笑怒骂的文章，达愤世救世的苦心：——我写到这里，忽然想起今天梅兰芳正在唱新编的《天女散花》，上海的人还正在等着看新排的《多尔衮》呢！我也不往下数了。——更以小说而论，那材料之精确，体裁之完备，命意之高超，描写之工切，心理解剖之细密，社会问题讨论之透切，……真是美不胜收。至于近百年新创的"短篇小说"，真如芥子里面藏着大千世界；真如百炼的精金，曲折委婉，无所不可；真可说是开千古未有的创局，掘百世不竭的宝藏。——以上所说，大旨只在约略表示西洋文学方法的完备，因为西洋文学真有许多可给我们作模范的好处，所以我说：我们如果真要研究文学的方法，不可不赶紧翻译西洋的文学名著做我们的模范。

现在中国所译的西洋文学书，大概都不得其法，所以收效甚少。我且拟几条翻译西洋文学名著的办法如下：

（1）只译名家著作，不译第二流以下的著作　我以为国内真懂得西洋文学的学者应该开一会议，公共选定若干种不可不译的第一流文学名著：约数如一百种长篇小说，五百篇短篇小说，三百种戏剧，五十家散文，为第一部"西洋文学丛书"，期五年译完，再选第二部。译成之稿，由这几位学者审查，并一一为作长序及著者略传，然后付印；其第二流以下，如哈葛得之流，一概不选。诗歌一类，不易翻译，只可从缓。

（2）全用白话韵文之戏曲，也都译为白话散文　用古文译书，必失原文的好处。如林琴南的"其女珠，其母下之"，早成笑柄，且不必论。前天看见一部侦探小说《圆室案》中，写一位侦探"勃然大怒，拂袖而起"。不知道这位侦探穿的是不是康桥大学的广袖制服！——这样译书，不如不译。又如林琴南把萧士比亚的戏曲，译成了记叙体的古文！这真是萧士比亚的大罪人，罪在《圆室案》译者之上！

（3）创造　上面所说工具与方法两项，都只是创造新文学的预备。工具用得纯熟自然了，方法也懂了，方才可以创造中国的新文学。至于创造新文学是怎样一回事，我可不配开口了。我以为现在的中国，还没有做到实行预备创造新文学的地步，尽可不必空谈创造的方法和创造的手段，我们现在且先去努力做那第一第二两步预备的工夫罢！

民国七年四月

（原载 1918 年 4 月 15 日《新青年》第 4 卷第 4 号）

治学的方法与材料

现在有许多人说：治学问全靠有方法；方法最重要，材料却不很重要。有了精密的方法，什么材料都可以有好成绩。粪同溺可以作科学的分析，《西游记》同《封神演义》可以作科学的研究。

这话固然不错。同样的材料，无方法便没有成绩，有方法便有成绩，好方法便有好成绩。例如我家里的电话坏了，我箱子里尽管有大学文凭，架子上尽管有经史百家，也只好束手无法，只好到隔壁人家去借电话，请电话公司派匠人来修理。匠人来了，他并没有高深学问，从没有梦见大学讲堂是什么样子。但他学了修理电话的方法，一动手便知道毛病在何处，再动手便修理好了。我们有博士头衔的人只好站在旁边赞叹感谢。

但我们却不可不知道这上面的说法只有片面的真理。同样的材料，方法不同，成绩也就不同。但同样的方法，用在不同的材料上，成绩也就有绝大的不同。这个道理本很平常，但现在想做学问的青年人似乎不大了解这个极平常而又十分要紧的道理，所以我觉得这个问题有郑重讨论的必要。

科学的方法，说来其实很简单，只不过"尊重事实，尊重证据"。在应用上，科学的方法只不过"大胆的假设，小心的求证"。

在历史上，西洋这三百年的自然科学都是这种方法的成绩；中国这三百年的朴学也都是这种方法的结果。顾炎武、阎若璩的方法，同葛利略（Galileo）、牛敦（Newton）的方法，是一样的。他们都能把他们的学说建筑在证据之上。戴震、钱大昕的方法，同达尔文（Darwin）、柏司德（Pasteur）的方法，也是一样的：他们都能大胆地假设，小心地求证。

中国这三百年的朴学成立于顾炎武同阎若璩；顾炎武的导师是陈第，阎若璩的先锋是梅鷟。陈第作《毛诗古音考》（1601—1606），注重证据；每个古音有"本证"，有"旁证"；本证是《毛诗》中的证据，旁证是引别种古书来证《毛诗》。如他考"服"字古音"逼"，共举了本证十四条，旁证十条。顾炎武的《诗本音》同《唐韵正》都用同样的方法。《诗本音》于"服"字下举了三十二条证据，《唐韵证》于"服"字下举了一百六十二条证据。

梅鷟是明正德癸酉（1513）举人，著有《古文尚书考异》，处处用证据来证明伪《古文尚书》的娘家。这个方法到了阎若璩的手里，运用更精熟了，搜罗也更丰富了，遂成为《尚书古文疏证》，遂定了伪古文的铁案。有人问阎氏的考证学方法的指要，他回答道：

不越乎"以虚证实，以实证虚"而已。

他举孔子适周之年作例。旧说孔子适周共有四种不同的说法：

(1) 昭公七年（《水经注》）

(2) 昭公二十年（《史记·孔子世家》）

(3) 昭公二十四年（《史记索隐》）

(4) 定公九年（《庄子》）

阎氏根据《曾子问》里说孔子从老聃助葬恰遇日食一条，用算法推得昭公二十四年夏五月乙未朔日食，故断定孔子适周在此年。（《尚书古文疏证》卷八，第一百二十条）

这都是很精密的科学方法。所以"亭林、百诗之风"造成了三百年的朴学。这三百年的成绩有声韵学，训诂学，校勘学，考证学，金石学，史学，其中最精采的部分都可以称为"科学的"；其间几个最有成绩的人，如钱大昕、戴震、崔述、王念孙、王引之、严可均，都可以称为科学的学者。我们回顾这三百年的中国学术，自然不能不对这班大师表示极大的敬意。

然而从梅鷟的《古文尚书考异》到顾颉刚的《古史辨》，从陈第的《毛诗古音考》到章炳麟的《文始》，方法虽是科学的，材料却始终是文字的。科学的方法居然能使故纸堆里大放光明，然而故纸的材料终久限死了科学的方法，故这三百年的学术也只不过文字的学术，三百年的光明也只不过故纸堆的火焰而已！

我们试回头看看西洋学术的历史。

当梅鷟的《古文尚书考异》成书之日，正哥白尼（Copernicus）的天文革命大著出世（1543）之时。当陈第的《毛诗古音考》成书的第三年（1608），荷兰国里有三个磨镜工匠同时发明了望远镜。再过一年（1609），意大利的葛利略（Galileo）也造出了一座望远镜，他逐渐改良，一年之中，他的镜子便成了欧洲最精的望远镜。他用这镜子发现了木星的卫星,太阳的黑子,金星的光态,月球上的山谷。

葛利略的时代,简单的显微镜早已出世了。但望远镜发明之后,复合的显微镜也跟着出来。葛利略死(1642)后二三十年,荷兰有一位磨镜的,名叫李文厚(Leeuwenhoek),天天用他自己做的显微镜看细微的东西。什么东西他都拿来看看,于是他在蒸溜水里发现了微生物,鼻涕里和痰唾里也发现了微生物,阴沟臭水里也发现了微生物,微菌学从此开始了。这个时候(1675)正是顾炎武的《音学五书》成书的时候,阎若璩的《古文尚书疏证》还在著作之中。

从望远镜发现新天象(1609)到显微镜发现微菌(1675),这五六十年之间,欧洲的科学文明的创造者都出来了。试看下表:

	中 国	欧 洲
1606	陈第《古音考》。	
1608		荷兰人发明望远镜。
1609		葛利略的望远镜。
		解白勒(Kepler)发表他的火星研究,宣布行星运行的两条定律。
1610	黄宗羲生。	
1613	顾炎武生。	
1614		奈皮尔(Napier)的对数表。
1619	王夫之生。	解白勒的行星第三律。
1618—21		解白勒的《哥白尼天文学要指》。

续 表

	中　国	欧　洲
1623	毛奇龄生。	
1625	费密生。	
1626		倍根死。
1628	用西法修新历。	哈维（Harvey）的《血液运行论》。
1630		葛利略的《天文谈话》。
		解白勒死。
1633		葛利略因天文学受异端审判。
1635	颜元生。	
1636	阎若璩生。	
1637	宋应星的《天工开物》。	笛卡儿（Descartes）的《方法论》，发明解析几何。
1638		葛利略《科学的两新支》。
1640	徐霞客（宏祖）死。	
1642		葛利略死，牛敦生。
1644		葛利略的弟子佗里杰利（Torricelli）用水银试验空气压力，发明气压计的原理。
1655	阎若璩开始作《尚书古文疏证》，积三十余年始成书。	
1657	顾炎武注《韵补》。	
1660		英国皇家学会成立。
		化学家波耳（Boyle）发表他的气体新试验（波耳氏律）
1661		波耳的《怀疑的化学师》。

续　表

	中　国	欧　洲
1664	废八股。	
1665		牛敦发明微分学。
1666	顾炎武的《韵朴正》成。	牛敦发明白光的成分。
1667	顾炎武的《音学五书》成。	
1669	复八股	
1670	顾炎武初刻《日知录》八卷。	
1675		李文厚用显微镜发现微生物。
1676	顾炎武《日知录》自序	
1680	顾炎武《音学五书》后序。	
1687		牛敦的杰作《自然哲学原理》。

我们看了这一段比较年表，便可以知道中国近世学术和西洋近世学术的划分都在这几十年中定局了。在中国方面，除了宋应星的《天工开物》一部奇书之外，都只是一些纸上的学问；从八股到古音的考证固然是一大进步，然而终久还是纸上的工夫。西洋学术在这几十年中便已走上了自然科学的大路了。顾炎武、阎若璩规定了中国三百年的学术的局面；葛利略、解白勒、波耳、牛敦规定了西洋三百年的学术的局面。

他们的方法是相同的，不过他们的材料完全不同。顾氏、阎氏的材料全是文字的，葛利略一班人的材料全是实物的。文字的材料有限，钻来钻去，总不出这故纸堆的范围；故三百年的中国学术的最大成绩不过是两大部《皇清经解》而已。实物的材料无穷，故用望远镜观天象，而至今还有无穷的天体不曾窥见；用显微镜看微菌，而至今还有无数的微菌不曾寻出。但大行星已添了两座,恒星之数已添到十万万以外了!前几天报上说,有人正在积极实验同火星通信了。我们已知道许多病菌,并且已知道预防的方法了。宇宙之大,三百年中已增加了几十万万倍了;平均的人寿也延长了二十年了。

然而我们的学术界还在烂纸堆里翻我们的斤斗。

不但材料规定了学术的范围,材料并且可以大大地影响方法的本身。文字的材料是死的,故考证学只能跟着材料走,虽然不能不搜求材料,却不能捏造材料。从文字的校勘以至历史的考据,都只能尊重证据,却不能创造证据。

自然科学的材料便不限于搜求现成的材料,还可以创造新的证。实验的方法便是创造证据的方法。平常的水不会分解成轻气养气;但我们用人功把水分解成轻气和养气,以证实水是轻气和养气合成的。这便是创造不常有的情境,这便是创造新证据。

纸上的材料只能产生考据的方法;考据的方法只是被动的运动材料。自然科学的材料却可以产生实验的方法;实验便不受现成材料的拘束,可以随意创造平常不可得见的情境,逼拶出新结果来。考证家若没有证据,便无从做考证;史家若没有史料,便没有历史。自然科学家便不然。肉眼看不见的,他可以用望远镜,可以用显微镜。生长在野外的,他可以叫他生长在花房里;生长在夏天的,他可以叫他生在冬天。原来在人身上的,他可以移种在兔身上,狗身上。毕生难遇的,他可以叫他天天出现在眼前;太大了的,他可以缩小;整个的,他可以细细分析;复杂的,他可以化为简单;太少了的,他可以用人功培植增加。

故材料的不同可以使方法本身发生很重要的变化。实验的方法也只是大胆的假设，小心的求证；然而因为材料的性质，实验的科学家便不用坐待证据的出现，也不仅仅寻求证据，他可以根据假设的理论，造出种种条件，把证据逼出来。故实验的方法只是可以自由产生材料的考证方法。

葛利略二十多岁时，在本地的高塔上抛下几种重量不同的物件，看他们同时落地，证明了物体下坠的速率并不依重量为比例，打倒了几千年的谬说。这便是用实验的方法去求证据。他又做了一块板，长十二个爱儿（每个爱儿长约四英尺），板上挖一条阔一寸的槽。他把板的一头垫高，用一个铜球在槽里滚下去，他先记球滚到底的时间，次记球滚到全板四分之一的时间。他证明第一个四分之一的速度最慢，需要全板时间的一半。越滚下去，速度越大。距离的相比等于时间的平方的相比。葛利略这个试验总做了几百次，他试过种种不同的距离，种种不同的斜度，然后断定物体下坠的定律。这便是创造材料，创造证据。平常我们所见物体下坠，一瞬便过了，既没有测量的机会，更没有比较种种距离和种种斜度的机会。葛氏的试验便是用人力造出种种可以测量，可以比较的机会。这便是新力学的基础。

哈维研究血的循环，也是用实验的方法。哈维曾说：

> 我学解剖学同教授解剖学，都不是从书本子来的，是从实际解剖来的；不是从哲学家的学说上来的，是从自然界的条理上来的。（他的《血液运行》自序）

哈维用下等活动物来做实验,观察心房的跳动和血的流行。古人只解剖死动物的动脉,不知死动物的动脉管是空的。哈维试验活动物,故能发现古人所不见的真理。他死后四年(1661),马必吉(Malpighi)用显微镜看见血液运行的真状,哈维的学说遂更无可疑了。

此外如佗里杰利的试验空气的压力,如牛敦的试验白光的七色,都是实验的方法。牛敦在暗室中放进一点日光,使他通过三棱镜,把光放射在墙上。那一圆点的白光忽然变成了五倍大的带子,白光变成了七色:红,橘红,黄,绿,蓝,靛青,紫。他再用一块三棱镜把第一块三棱镜的光收回去,便仍成圆点的白光。他试验了许多回,又想出一个法子,把七色的光射在一块板上,板上有小孔,只许一种颜色的光通过。板后面再用三棱镜把每一色的光线通过,然后测量每一色光的曲折角度。他这样试验的结果始知白光是曲折力不同的七种光复合成的。他的实验遂发明了光的性质,建立了分光学的基础。

以上随手举的几条例子,都是顾炎武、阎若璩同时人的事,已可以表见材料同方法的关系了。考证的方法好有一比,比现今的法官判案,他坐在堂上静听两造的律师把证据都呈上来了,他提起笔来,宣判道:某一造的证据不充足,败诉了;某一造的证据充足,胜诉了。他的职务只在评判现成的证据,他不能跳出现成的证据之外。实验的方法也有一比,比那侦探小说里的福尔摩斯访案:他必须改装微行,出外探险,造出种种机会来,使罪人不能不呈献真凭实据。他可以不动笔,但他不能不动手动脚,去创造那逼出证据的境地与机会。

结果呢？我们的考证学的方法尽管精密，只因为始终不接近实物的材料，只因为始终不曾走上实验的大路上去，所以我们的三百年最高的成绩终不过几部古书的整理，于人生有何益处？于国家的治乱安危有何裨补？虽然做学问的人不应该用太狭义的实利主义来评判学术的价值，然而学问若完全抛弃了功用的标准，便会走上很荒谬的路上去，变成枉费精力的废物。这三百年的考证学固然有一部分可算是有价值的史料整理，但其中绝大的部分却完全是枉费心思。如讲《周易》而推翻王弼，回到汉人的"方士《易》"；讲《诗经》而推翻郑樵、朱熹，回到汉人的荒谬诗说；讲《春秋》而回到两汉陋儒的微言大义，——这都是开倒车的学术。

为什么三百年的第一流聪明才智专心致力的结果仍不过是枉费心思的开倒车呢？只因为纸上的材料不但有限，并且在那一个"古"字底下罩着许多浅陋幼稚愚妄的胡说。钻故纸的朋友自己没有学问眼力，却只想寻那"去古未远"的东西，日日"与古为邻"，却不知不觉地成了与鬼为邻，而不自知其浅陋愚妄幼稚了！

那班崇拜两汉陋儒方士的汉学家固不足道。那班最有科学精神的大师——顾炎武、戴震、钱大昕、段玉裁、孔广森、王念孙、王引之等——他们的科学成绩也就有限的很。他们最精的是校勘训诂两种学问，至于他们最用心的声韵之学简直是没有多大成绩可说。如他们费了无数心力去证明古时有"支"、"脂"、"之"三部的区别，但他们到如今不能告诉我们这三部究竟有怎样的分别。如顾炎武找了一百六十二条证据来证明"服"字古音"逼"，到底还不值得一个广东乡下人的一笑，因为顾炎武始终不知道"逼"字怎样读法。又如三百年的古音学不能决定古代究竟有无入声；段玉裁说古有入声而去声为后起，孔广森说入声是江左后起之音。二百年来，这个问题似乎没有定论。却不知这个问题不解决，则一切古韵的分部都是将错就错。况且依二百年来"对转"、"通转"之说，几乎古韵无一部不可通他部。如果部部本都可通，那还有什么韵部可说！

三百年的纸上工夫，成绩不过如此，岂不可叹！纸上的材料本只适宜于校勘训诂一类的纸上工作；稍稍逾越这个范围，便要闹笑话了。

西洋的学者先从自然界的实物下手，造成了科学文明，工业世界，然后用他们的余力，回来整理文字的材料。科学方法是用惯的了。实验的习惯也养成了。所以他们的余力便可以有惊人的成绩。在音韵学的方面，一个格林姆（Grimm）便抵得许多钱大昕、孔广森的成绩。他们研究音韵的转变，文字的材料之外，还要实地考察各国各地的方言，和人身发音的器官。由实地的考察，归纳成种种通则，故能成为有系统的科学。近年一位瑞典学者珂罗倔伦（Bernhard Karlgren）费了几年的工夫研究《切韵》，把二百六部的古音弄的清清楚楚。林语堂先生说：

> 珂先生是《切韵》专家，对中国音韵学的贡献发明，比中外过去的任何音韵学家还重要。（《语丝》第四卷第廿七期）

珂先生的成绩何以能这样大呢？他有西洋的音韵学原理作工具，

又很充分地运用方言的材料，用广东方言作底子，用日本的汉音吴音作参证，所以他几年的成绩便可以推倒顾炎武以来三百年的中国学者的纸上工夫。

我们不可以从这里得一点教训吗？

纸上的学问也不是单靠纸上的材料去研究的。单有精密的方法是不够用的。材料可以限死方法，材料也可以帮助方法。三百年的古韵学抵不得一个外国学者运用活方言的实验。几千年的古史传说禁不起三两个学者的批评指摘。然而河南发现了一地的龟甲兽骨，便可以把古代殷商民族的历史建立在实物的基础之上。一个瑞典学者安特森（J. G. Anderson）发现了几处新石器，便可以把中国史前文化拉长几千年。一个法国教士桑德华（Père Licent）发现了一些旧石器，便又可以把中国史前文化拉长几千年。北京地质调查所的学者在北京附近的周口店发现了一个人齿，经了一个解剖学专家步达生（Davidson Black）的考定，认为远古的原人，这又可以把中国史前文化拉长几万年。向来学者所认为纸上的学问，如今都要跳在故纸堆外去研究了。

所以我们要希望一班有志做学问的青年人及早回头想想。单学得一个方法是不够的；最要紧的关头是你用什么材料。现在一班少年人跟着我们向故纸堆去乱钻，这是最可悲叹的现状。我们希望他们及早回头，多学一点自然科学的知识与技术：那条路是活路，这条故纸的路是死路。三百年的第一流的聪明才智销磨在这故纸堆里，还没有什么好成绩。我们应该换条路走走了。等你们在科学试验室里有了好成绩，然后拿出你们的余力，回来整理我们的国故，那时候，一拳打倒顾亭林，两脚踢翻钱竹汀，有何难哉！

十七年九月

（原载 1928 年 11 月 10 日《新月》第 1 卷第 9 号，又载 1929 年 1 月《小说月报》第 20 卷第 1 期）

整理国故与"打鬼"

给浩徐先生信

浩徐先生：

今天看见一〇六期的《现代》，读了你的《主客》，忍不住要写几句话寄给你批评。

你说整理国故的一种恶影响是造成一种"非驴非马"的白话文。此话却不尽然。今日的半文半白的白话文，有三种来源。第一是做惯古文的人，改做白话，往往不能脱胎换骨，所以弄成半古半今的文体。梁任公先生的白话文属于这一类，我的白话文有时候也不能免这种现状。缠小了的脚，骨头断了，不容易改成天足，只好塞点棉花，总算是"提倡"大脚的一番苦心，这是大家应该原谅的。

第二是有意夹点古文调子，添点风趣，加点滑稽意味。吴稚晖先生的文章（有时因为前一种原因）有时是有意开玩笑的。鲁迅先生的文章，有时是故意学日本人做汉文的文体，大概是打趣"《顺天时报》派"的；如他的《小说史》自序。钱玄同先生是这两方面都有一点的：他极赏识吴稚晖的文章，又极赏识鲁迅弟兄，所以他做的文章也往往走上这一条路。

第三是学时髦的不长进的少年。他们本没有什么自觉的主张，又没有文学的感觉，随笔乱写，既可省做文章的工力，又可以借吴老先生作幌子。这种懒鬼，本来不会走上文学的路去，由他们去自生自灭罢。

这三种来源都和"整理国故"无关。你看是吗？

平心说来，我们这一辈人都是从古文里滚出来的，一二十年的死工夫或二三十年的死工夫究竟还留下一点子鬼影，不容易完全脱胎换骨。即如我自己，必须全副精神贯注在修词造句上，方才可以做纯粹的白话文；偶一松懈（例如做"述学"的文字，如《章实斋年谱》之类），便成了"非驴非马"的文章了。

大概我们这一辈"半途出身"的作者都不是做纯粹国语文的人。新文学的创造者应该出在我们的儿女的一辈里。他们是"正途出身"的；国语是他们的第一语言；他们大概可以避免我们这一辈人的缺点了。

但是我总想对国内有志作好文章的少年们说两句忠告的话。第一，做文章是要用力气的。第二，在现时的作品里，应该拣选那些用气力做的文章做样子，不可挑那些一时游戏的作品。

其次，你说国故整理的运动总算有功劳，因为国故学者判断旧文化无用的结论可以使少年人一心一意地去寻求新知识与新道德。你这个结论，我也不敢承认。

国故整理的事业还在刚开始的时候，决不能说已到了"最后一刀"。我们这时候说东方文明是"懒惰不长进的文明"，这种断语未必能服人之心。六十岁上下的老少年如吴稚晖、高梦旦也许能赞成我的话。但是一班黑头老辈如曾慕韩、康洪章等诸位先生一定不肯表同意。

那"最后一刀"究竟还得让国故学者来下手。等他们用点真工夫，充分采用科学方法，把那几千年的烂账算清楚了，报告出来，叫人们知道儒是什么，墨是什么，道家与道教是什么，释迦达摩又是什么，理学是什么，骈文律诗是什么，那时候才是"最后的一刀"收效的日子。

近来想想，还得双管齐下。输入新知识与新思想固是要紧，然而"打鬼"更是要紧。宗杲和尚说的好：

> 我这里无法与人，只是据款结案。恰如将个琉璃瓶子来，护惜如什么，我一见便为你打破。你又将得摩尼珠来，我又夺了。见你怎地来时，我又和你两手截了。所以临济和尚道，"逢佛杀佛，逢祖杀祖，逢罗汉杀罗汉"。你且道，既称善知识，为什么却要杀人？你且看他是什么道理？

浩徐先生，你且道，清醒白醒的胡适之却为什么要钻到烂纸堆里去"白费劲儿"？为什么他到了巴黎不去参观柏斯德研究所，却在那敦煌烂纸堆里混了十六天的工夫？

我披肝沥胆地奉告人们：只为了我十分相信"烂纸堆"里有无数无数的老鬼，能吃人，能迷人，害人的厉害胜过柏斯德（Pasteur）发现的种种病菌。只为了我自己自信，虽然不能杀菌，却颇能"捉妖"、"打鬼"。

这回到巴黎、伦敦跑了一趟，搜得不少"据款结案"的证据，可以把达摩、慧能，以至"西天二十八祖"的原形都给打出来。据款结案，即是"打鬼"。打出原形，即是"捉妖"。

这是整理国故的目的与功用。这是整理国故的好结果。

你说，"我们早知道在那方面做工夫是弄不出好结果来的"。那是你这聪明人的一时懵懂。这里面有绝好的结果。用精密的方法，考出古文化的真相；用明白晓畅的文字报告出来，叫有眼的都可以看见，有脑筋的都可以明白。这是化黑暗为光明，化神奇为臭腐，化玄妙为平常，化神圣为凡庸：这才是"重新估定一切价值"。他的功用可以解放人心，可以保护人们不受鬼怪迷惑。

西滢先生批评我的作品，单取我的《文存》，不取我的《哲学史》。西滢究竟是一个文人；以文章论，《文存》自然远胜《哲学史》。但我自信，中国治哲学史，我是开山的人，这一件事要算是中国一件大幸事。这一部书的功用能使中国哲学史变色。以后无论国内国外研究这一门学问的人都躲不了这一部书的影响。凡不能用这种方法和态度的，我可以断言，休想站得住。

梁漱溟先生在他的书里曾说，依胡先生的说法，中国哲学也不过如此而已（原文记不起了，大意如此）。老实说来，这正是我的大成绩。我所以要整理国故，只是要人明白这些东西原来"也不过如此！"本来"不过如此"，我所以还他一个"不过如此"。这叫做"化神奇为臭腐，化玄妙为平常"。

禅宗的大师说："某甲只将花插香炉上，是和尚自疑别有什么事。"把戏千万般，说破了"也不过如此"。（下略）

适之 十六，二，七

读　书

"读书"这个题，似乎很平常，也很容易。然而我却觉得这个题目很不好讲。据我所知，"读书"可以有三种说法：

（一）要读何书　关于这个问题，《京报副刊》上已经登了许多时候的"青年必读书"；但是这个问题，殊不易解决，因为个人的见解不同，个性不同。各人所选只能代表各人的嗜好，没有多大的标准作用。所以我不讲这一类的问题。

（二）读书的功用　从前有人作《读书乐》，说什么"书中自有千钟粟，书中自有黄金屋，书中自有颜如玉"，现在我们不说这些话了。要说，读书是求智识，智识就是权力。这些话都是大家会说的，所以我也不必讲。

（三）读书的方法　我今天是要想根据个人所经验，同诸位谈谈读书的方法。我的第一句话是很平常的，就是说，读书有两个要素：第一要精，第二要博。

现在先说什么叫"精"。

我们小的时候读书，差不多每个小孩都有一条书签，上面写十个字，这十个字最普遍的就是"读书三到：眼到，口到，心到"。现在这种书签虽不用，三到的读书法却依然存在。不过我以为读书三到是不够的；须有四到，是："眼到，口到，心到，手到"。我就拿它来说一说。

眼到是要个个字认得，不可随便放过。这句话起初看去似乎很容易，其实很不容易。读中国书时，每个字的一笔一画都不放过。近人费许多功夫在校勘学上，都因古人忽略一笔一画而已。读外国书要把 A，B，C，D，……等字母弄得清清楚楚。所以说这是很难的。如有人翻译英文，把 port 看作 pork，把 oats 看作 oaks，于是葡萄酒一变而为猪肉，小草变成了大树。说起来这种例子很多，这都是眼睛不精细的结果。书是文字做成的，不肯仔细认字，就不必读书。眼到对于读书的关系很大，一时眼不到，贻害很大，并且眼到能养成好习惯，养成不苟且的人格。

口到是一句一句要念出来。前人说口到是要念到烂熟背得出来。我们现在虽不提倡背书，但有几类的书，仍旧有熟读的必要；如心爱的诗歌，如精采的文章，熟读多些，于自己的作品上也有良好的影响。读此外的书，虽不须念熟，也要一句一句念出来，中国书如此，外国书更要如此。念书的功用能使我们格外明了每一句的构造，句中各部分的关系。往往一遍念不通，要念两遍以上，方才能明白的。读好的小说尚且要如此，何况读关于思想学问的书呢？

心到是每章每句每字意义如何？何以如是？这样用心考究。但是用心不是叫人枯坐冥想，是要靠外面的设备及思想的方法的帮助。要做到这一点，须要有几个条件：

（一）字典，辞典，参考书等等工具要完备。这几样工具虽不能办到，也当到图书馆去看。我个人的意见是奉劝大家，当衣服，卖田地，至少要置备一点好的工具。比如买一本韦氏大字典，胜于请几个先生。这种先生终身跟着你，终身享受不尽。

（二）要做文法上的分析。用文法的知识，作文法上的分析，要懂得文法构造，方才懂得它的意义。

（三）有时要比较参考，有时要融会贯通，方能了解。不可但看字面。一个字往往有许多意义，读者容易上当。例如 turn 这字：

作外动字解有十五解，

作内动字解有十三解，

作名词解有二十六解，

共五十四解，而成语不算。

又如 strike：

作外动字解有三十一解，

作内动字解有十六解，

作名词解有十八解，

共六十五解。

又如 go 字最容易了，然而这个字：

作内动字解有二十二解，

作外动字解有三解，

作名词解有九解，

共三十四解。

以上是英文字须要加以考究的例。英文字典是完备的；但是某一字在某一句究竟用第几个意义呢？这就非比较上下文，或贯串全篇，不能懂了。

中文较英文更难，现在举几个例：

祭文中第一句"维某年月日"之"维"字，究作何解？字典上说它是虚字。《诗经》里"维"字有二百多，必需细细比较研究，然后知道这个字有种种意义。

又《诗经》之"于"字，"之子于归"、"凤凰于飞"等句，"于"字究作何解？非仔细考究是不懂的。又"言"字人人知道，但在《诗经》中就发生问题，必须比较，然后知"言"字为联接字。诸如此例甚多。中国古书很难读，古字典又不适用，非是用比较归纳的研究方法，我们如何懂得呢？

总之，读书要会疑，忽略过去，不会有问题，便没有进益。

宋儒张载说："读书先要会疑。于不疑处有疑，方是进矣。"他又说："在可疑而不疑者，不曾学。学则须疑。"又说："学贵心悟，守旧无功。"

宋儒程颐说："学原于思。"

这样看起来，读书要求心到；不要怕疑难，只怕没有疑难。工具要完备，思想要精密，就不怕疑难了。

现在要说手到。手到就是要劳动劳动你的贵手。读书单靠眼到，口到，心到，还不够的；必须还得自己动动手，才有所得。例如：

(1) 标点分段，是要动手的。

(2) 翻查字典及参考书，是要动手的。

(3) 做读书札记，是要动手的。札记又可分四类：

(a) 抄录备忘。

(b) 作提要，节要。

(c) 自己记录心得。张载说:"心中苟有所开,即便札记。不则还塞之矣。"

(d) 参考诸书,融会贯通,作有系统的著作。

手到的功用。我常说:发表是吸收智识和思想的绝妙方法。吸收进来的智识思想,无论是看书来的,或是听讲来的,都只是模糊零碎,都算不得我们自己的东西。自己必须做一番手脚,或做提要,或做说明,或做讨论,自己重新组织过,申叙过,用自己的语言记述过,——那种智识思想方才可算是你自己的了。

我可以举一个例。你也会说"进化",他也会谈"进化",但你对于"进化"这个观念的见解未必是很正确的,未必是很清楚的;也许只是一种"道听途说",也许只是一种时髦的口号。这种知识算不得知识,更算不得是"你的"知识。假使你听了我句话,不服气,今晚回去就去遍翻各种书籍,仔细研究进化论的科学上的根据;假使你翻了几天书之后,发愤动手,把你研究所得写成一篇读书札记;假使你真动手写了这么一篇《我为什么相信进化论?》的札记列举了

(一)生物学上的证据,

(二)比较解剖学上的证据,

(三)比较胚胎学上的证据,

(四)地质学和古生物学上的证据,

(五)考古学上的证据,

(六)社会学和人类学上的证据。

到这个时候,你所有关于"进化论"的知识,经过了一番组织安排,经过了自己的去取叙述,这时候这些知识方才可算是你自己

的了。所以我说，发表是吸收的利器；又可以说，手到是心到的法门。

至于动手标点，动手翻字典，动手查书，都是极要紧的读书秘诀，诸位千万不要轻轻放过。内中自己动手翻书一项尤为要紧。我记得前几年我曾劝顾颉刚先生标点姚际恒的《古今伪书考》。当初我知道他的生活困难，希望他标点一部书付印，卖几个钱。那部书是很薄的一本，我以为他一两个星期就可以标点完了。那知顾先生一去半年，还不曾交卷。原来他于每条引的书，都去翻查原书，仔细校对，注明出处，注明原书卷第，注明删节之处。他动手半年之后，来对我说，《古今伪书考》不必付印了，他现在要编辑一部疑古的丛书，叫作"辨伪丛刊"。我很赞成他这个计划，让他去动手。他动手了一两年之后，更进步了，又超过那"辨伪丛刊"的计划了，他要自己创作了。他前年以来，对于中国古史，做了许多辨伪的文字；他眼前的成绩早已超过崔述了，更不要说姚际恒。顾先生将来在中国史学界的贡献一定不可限量，但我们要知道他成功的最大原因是他的手到的工夫勤而且精。我们可以说，没有动手不勤快而能读书的，没有手不到而能成学者的。

第二要讲什么叫"博"。

什么书都要读，就是博。古人说："开卷有益"，我也主张这个意思，所以说读书第一要精，第二要博。我们主张"博"有两个意思：

第一，为预备参考资料计，不可不博。

第二，为做一个有用的人计，不可不博。

第一，为预备参考资料计。

在座的人，大多数是戴眼镜的。诸位为什么要戴眼镜？岂不是因为戴了眼镜，从前看不见的，现在看得见了；从前很小的，现在看得很大了；从前看不分明的，现在看得清楚分明了？王荆公说得最好：

世之不见全经久矣。读经而已，则不足以知经。故某自百家诸子之书，至于《难经》、《素问》、《本草》诸小说，无所不读；农夫女工，无所不问；然后于经为能知其大体而无疑。盖后世学者与先王之时异矣；不如是，不足以尽圣人故也。……致其知而后读，以有所去取，故异学不能乱也。惟其不能乱，故能有所去取者，所以明吾道而已。（《答曾子固》）

他说："致其知而后读。"又说："读经而已，则不足以知经。"即如《墨子》一书在一百年前，清朝的学者懂得此书还不多。到了近来，有人知道光学，几何学，力学，工程学……等，一看《墨子》，才知道其中有许多部分是必须用这些科学的知识方才能懂。后来有人知道了论理学，心理学……等，懂得《墨子》更多了。读别种书愈多，《墨子》愈懂得多。

所以我们也说，读一书而已则不足以知一书。多读书，然后可以专读一书。譬如读《诗经》，你若先读了北大出版的《歌谣周刊》，便觉得《诗经》好懂的多了；你若先读过社会学，人类学，你懂得更多了；你若先读过文字学，古音韵学，你懂得更多了；你若读过考古学，比较宗教学等，你懂得的更多了。

你要想读佛家唯识宗的书吗？最好多读点论理学，心理学，比较宗教学，变态心理学。无论读什么书总要多配几副好眼镜。

你们记的达尔文研究生物进化的故事吗？达尔文研究生物演变的现状，前后凡三十多年，积了无数材料，想不出一个简单贯串的说明。有一天他无意中读马尔图斯的人口论，忽然大悟生存竞争的原则，于是得着物竞天择的道理，遂成一部破天荒的名著，给后世思想界打开一个新纪元。

所以要博学者，只是要加添参考的材料，要使我们读书时容易得"暗示"；遇着疑难时，东一个暗示，西一个暗示，就不至于呆读死书了。这叫做"致其知而后读"。

第二，为做人计。

专工一技一艺的人，只知一样，除此之外，一无所知。这一类的人，影响于社会很少。好有一比，比一根旗竿，只是一根孤拐，孤单可怜。

又有些人广泛博览，而一无所专长，虽可以到处受一班贱人的欢迎，其实也是一种废物。这一类人，也好有一比，比一张很大的薄纸，禁不起风吹雨打。

在社会上，这两种人都是没有什么大影响，为个人计，也很少乐趣。

理想中的学者，既能博大，又能精深。精深的方面，是他的专门学问。博大的方面，是他的旁搜博览。博大要几乎无所不知，精深要几乎惟他独尊，无人能及。他用他的专门学问做中心，次及于直接相关的各种学问，次及于间接相关的各种学问，次及于不很相关的各种学问，以次及毫不相关的各种泛览。这样的学者，也有一比，比埃及的金字三角塔。那金字塔（据最近《东方杂志》，第二十二卷第六号，页一四七）高四百八十英尺，底边各边长七百六十四英尺。塔的最高度代表最精深的专门学问；从此点以次递减，代表那旁收博览的各种相关或不相关的学问。塔底的面积代表博大的范围，精深的造诣，博大的同情心。这样的人，对社会是极有用的人才，对自己也能充分享受人生的趣味。宋儒程颢说的好：

须是大其心使开阔：譬如为九层之台，须大做脚始得。

博学正所以"大其心使开阔"。我曾把这番意思编成两句粗浅的口号，现在拿出来贡献给诸位朋友，作为读者的目标：

为学要如金字塔，
要能广大要能高。

十四，四，廿二夜改稿

（原载 1925 年 4 月 18 日《京报副刊》，收入《胡适文存三集》时，作者作了修改）

黄梨洲论学生运动

去年在《晨报》的"五四纪念号"里，我曾说过：

在变态的社会国家里面，政府太卑劣腐败了，国民又没有正式的纠正机关（如代表民意的国会之类），那时候，干预政治的运动一定是从青年的学生界发生的。

我们这样承认学生干政的运动为"变态的社会里不得已的事"，当时已有许多人看了摇头，说我们做大学教授的人不应该这样鼓励学生的运动。

但是二百六十年前，有一位中国大学者，他不但认学生干预政治是变态的社会里不得已的事，他竟老实说这种举动是"三代遗风"！

这位学者就是明末清初的黄梨洲先生。他的《明夷待访录》中《学校篇》说：

学校所以养士也。然古之圣王其意不仅此也，必使治天下之具皆出于学校。……天子之所是未必是，天子之所非未必非，天子亦遂不敢自为非是，而于学校。是故养士为学校之一事，而学校不仅为养士而设也。

这就是说，学校不仅是为造毕业生而设的，理想的学校应该是一个造成天下公是公非的所在。黄梨洲的理想国家里没有国会一类的制度，但他要使学校执行国会的职务。所以他说：

> 东汉太学三万人，危言深论，不隐豪强，公卿避其贬议。宋诸生伏阙搥鼓，请起李纲。三代遗风，惟此犹为相近。使当日之在朝廷者，以其所非是为非是，将见盗贼奸邪慑心于正气霜雪之下，君安而国可保也。乃论者目之为衰世之事。不知其所以亡者，收捕党人，编管陈欧，正坐破坏学校所致，而反咎学校之人乎？

可见他不但不认这种学生干政的事为"衰世之事"，他简直说"三代遗风，惟此犹为相近"！

他又说：

> 太学祭酒（即今之国立大学校长）推择当世大儒，其重与宰相等。……每朔日，天子临幸太学，宰相六卿谏议皆从之。祭酒南面讲学，天子亦就弟子之列。政有缺失，祭酒直言无讳。

这是黄梨洲理想中的国立大学。他真是一个乌托邦的理想家！他如何能料到他著书之后二百五十八年的某月朔日，"宰相六卿"

都"巡狩"于天津去打一万元一底的麻雀牌呢!

黄梨洲不但希望国立大学要干预政治,他还希望一切学校都要做成纠弹政治的机关。国立的学校要行使国会的职权,郡县立的学校要执行郡县议会的职权。他说:

> 郡县朔望大会一邑之缙绅士子。学官讲学。郡县官就弟子列,北面再拜。师弟子各以疑义相质难。其以簿书期会不至者,罚之。郡县官政事缺失,小则纠绳,大则鸣鼓号于众。

这不是行使郡县议会的职权吗?

黄梨洲极力反对官府任命校长教员的制度,他主张校长教员都由公议推举。他又主张学生应该有权驱逐一切卑污腐败的校长与教员。他说:

> 郡县学官毋得出自选除。郡县公议,请名儒主之。
> 其人稍有干于清议,则诸生得共起而易之,曰,是不可以为吾师也!

以上略述黄梨洲关于学生运动的意见。我并不想借黄梨洲来替现在的学生吐气。我的意思只是因为黄梨洲少年时自己也曾做过一番轰轰烈烈的学生运动,他著书的时候已是近六十岁的人了,他不但不忏悔他少年时代的学生运动,他反正正经经的说这种活动是"三代遗风",是保国的上策,是谋政治清明的唯一方法！这样一个人的这番议论，在我们今日这样的时代，难道没有供我们纪念的价值吗？

十，五，二

（原载1921年5月4日《晨报》"五四纪念号"）

爱国运动与求学

当5月7日北京学生包围章士钊宅，警察拘捕学生的事件发生以后，北京各学校的学生团体即有罢课的提议。有些学校的学生因为北大学生会不曾参加五七的事，竟在北大第一院前辱骂北大学生不爱国。北大学生也有很愤激的，有些人竟贴出布告攻击北大代理校长蒋梦麟媚章媚外。然而几日之内，北大学生会举行总投票表决罢课问题，共投一千一百多票，反对罢课者八百余票，这件事真使一班留心教育问题的人心里欢喜。可喜的不在罢课案的被否决，而在（1）投票之多，（2）手续的有秩序，（3）学生态度的镇静。我的朋友高梦旦在上海读了这段新闻，写了一封长信给我，讨论此事，说，这样做去，便是在求学的范围以内做救国的事业，可算是在近年学生运动史上开一个新纪元。——只可惜我还没有回高先生的信，上海五卅的事件已发生了，前二十天的秩序与镇静都无法维持了。于是6月3日以后，全国学校遂都罢课了。

这也是很自然的。在这个时候，国事糟到这步田地，外间的刺激这么强：上海的事件未了，汉口的事件又来了，接着广州、南京的事件又来了；在这个时候，许多中年以上的人尚且忍耐不住，许多六十老翁尚且要出来慷慨激昂地主张宣战，何况这无数的少年男女学生呢？

我们观察这七年来的"学潮"，不能不算民国八年的五四事件与今年的五卅事件为最有价值。这两次都不是有什么作用，事前预备好了然后发动的；这两次都只是一般青年学生的爱国血诚，遇着国家的大耻辱，自然爆发；纯然是烂缦的天真，不顾利害地干将去，这种"无所为而为"的表示是真实的，可爱敬的。许多学生都是不愿意牺牲求学的时间的；只因为临时发生的问题太大了，刺激太强烈了，爱国的感情一时迸发，所以什么都顾不得了：功课也不顾了，秩序也不顾了，辛苦也不顾了。所以北大学生总投票表决不罢课之后，不到二十天，也就不能不罢课了。二十日前不罢课的表决可以表示学生不愿意牺牲功课的诚意；二十日后毫无勉强地罢课参加救国运动可以证明此次学生运动的牺牲的精神。这并非前后矛盾：有了前回的不愿牺牲，方才更显出后来的牺牲之难能而可贵。岂但北大一校如此？国中无数学校都有这样的情形。

但群众的运动总是不能持久的。这并非中国人的"虎头蛇尾"，"五分钟的热度"。这是世界人类的通病。所谓"民气"，所谓"群众运动"，都只是一时的大问题刺激起来的一种感情上的反应。感情的冲动是没有持久性的；无组织又无领袖的群众行动是最容易松散的。我们不看见北京大街的墙上大书着"打倒英日"、"不要五分钟的热度"吗？其实写那些大字的人，写成之后，自己看着很满意，他的"热度"早已消除大半了；他回到家里，坐也坐得下了，睡也睡得着了。所谓"民气"，无论在中国在欧美，都是这样：突然而来，悠然而去，几天一次的公民大会，几天一次的示威游行，虽然可以勉强多维持一会儿，然而那回天安门打架之后，国民大会也就不容易召集了。

我们要知道，凡关于外交的问题，民气可以督促政府，政府可以利用民气；民气与政府相为声援方才可以收效。没有一个像样的政府，虽有民气，终不能单独成功。因为外国政府决不能直接和我们的群众办交涉；民众运动的影响（无论是一时的示威或是较有组织的经济抵制），终是间接的。一个健全的政府可以利用民气作后盾，在外交上可以多得胜利，至少也可以少吃点亏。若没有一个能运用民气的政府，我们可以断定民众运动的牺牲的大部分是白白地糟蹋了的。

倘使外交部于 6 月 24 日同时送出沪案及修改条约两照会之后即行负责交涉，那时民气最盛，海员罢工的声势正大，沪案的交涉至少可以得一个比较满人意的结果。但这个政府太不像样了：外交部不敢自当交涉之冲，却要三个委员来代掮末梢；三个委员都是很聪明的人，也就乐得三揖三让，延搁下去。他们不但不能用民气，反惧怕民气了！况且某方面的官僚想借这风潮延长现政府的寿命；某方面的政客也想借这问题展缓东北势力的侵逼。他们不运用民气来对付外人，只会利用民气来便利他们自己的私图！于是一误，再误，至于今日，沪案及其他关连之各案丝毫不曾解决，而民气却早已成了强弩之末了！

上海的罢工本是对英日的，现在却是对邮政当局，商务印书馆，中华书局了。北京的学生运动一变而为对付杨荫榆，又变而为对付章士钊了。广州对英的事件全未了结，而广州城却早已成为共产与反共产的血战场了。三个月的"爱国运动"的变相竟致如此！

　　这时候有一件差强人意的事，就是全国学生总会议决秋季开学后各地学生应一律到校上课，上课后应努力于巩固学生会的组织，为民众运动的中心。北京学联会也决议北京各校同学于开学前务必到校，一面上课，一面仍继续进行。

　　这是很可喜的消息。全国学生总会的通告里并且有"五卅运动并非短时间所可解决"的话。我们要为全国学生下一转语：救国事业更非短时间所能解决；帝国主义不是赤手空拳打得倒的；"英日强盗"也不是几千万人的喊声咒得死的。救国是一件顶大的事业；排队游街，高喊着"打倒英日强盗"，算不得救国事业；甚至于砍下手指写血书，甚至于蹈海投江，杀身殉国，都算不得救国的事业。救国的事业须要有各色各样的人才；真正的救国的预备在于把自己造成一个有用的人才。

　　易卜生说的好：

　　　　真正的个人主义在于把你自己这块材料铸造成个东西。

他又说：

　　　　有时候我觉得这个世界就好像大海上翻了船，最要紧的是救出我自己。

在这个高唱国家主义的时期，我们要很诚恳的指出：易卜生说的"真正的个人主义"正是到国家主义的唯一大路。救国须从救出

你自己下手！

学校固然不是造人才的唯一地方，但在学生时代的青年却应该充分地利用学校的环境与设备来把自己铸造成个东西。我们须要明白了解：

> 救国千万事，何一不当为？
> 而吾性所适，仅有一二宜。

认清了你"性之所近，而力之所能勉"的方向，努力求发展，这便是你对国家应尽的责任，这便是你的救国事业的预备工夫。国家的纷扰，外间的刺激，只应该增加你求学的热心与兴趣，而不应该引诱你跟着大家去呐喊。呐喊救不了国家。即使呐喊也算是救国运动的一部分，你也不可忘记你的事业有比呐喊重要十倍百倍的。你的事业是要把你自己造成一个有眼光有能力的人才。

你忍不住吗？你受不住外面的刺激吗？你的同学都出去呐喊了，你受不了他们的引诱与讥笑吗？你独坐在图书馆里觉的难为情吗？你心里不安吗？——这也是人情之常，我们不怪你；我们都有忍不住的时候。但我们可以告诉你一两个故事，也许可以给你一点鼓舞：——

德国大文豪葛德（Goethe）在他的年谱里（英译本页一八九）曾说，他每遇着国家政治上有大纷扰的时候，他便用心去研究一种绝不关系时局的学问，使他的心思不致受外界的扰乱。所以拿破仑的兵威逼迫德国最厉害的时期里，葛德天天用功研究中国的文物。又当利俾瑟之战的那一天，葛德正关着门，做他的名著 Essex 的"尾声"。

德国大哲学家费希特（Fichte）是近代国家主义的一个创始者。然而他当普鲁士被拿破仑践破之后的第二年（1807）回到柏林，便着手计划一个新的大学——即今日之柏林大学。那时候，柏林还在敌国驻兵的掌握里。费希特在柏林继续讲学，在很危险的环境里发表他的《告德意志民族》（Reden an die deutsche nation）。往往在他讲学的堂上听得见敌人驻兵操演回来的笳声。他这一套讲演——《告德意志民族》——忠告德国人不要灰心丧志，不要惊皇失措；他说，德意志民族是不会亡国的；这个民族有一种天付的使命，就是要在世间建立一个精神的文明，——德意志的文明；他说，这个民族的国家是不会亡的。

后来费希特计划的柏林大学变成了世界的一个最有名的学府；他那部《告德意志民族》不但变成了德意志帝国建国的一个动力，并且成了十九世纪全世界的国家主义的一种经典。

上边的两段故事是我愿意介绍给全国的青年男女学生的。我们不期望人人都做葛德与费希特。我们只希望大家知道：在一个扰攘纷乱的时期里跟着人家乱跑乱喊，不能就算是尽了爱国的责任，此外还有更难更可贵的任务：在纷乱的喊声里，能立定脚跟，打定主意，救出你自己，努力把你这块材料铸造成个有用的东西！

十四，八，卅一夜　在天津脱稿

（原载 1925 年 9 月 5 日《现代评论》第 2 卷第 39 期）

赠与今年的大学毕业生

这一两个星期里，各地的大学都有毕业的班次，都有很多的毕业生离开学校去开始他们的成人事业。学生的生活是一种享有特殊优待的生活，不妨幼稚一点，不妨吵吵闹闹，社会都能纵容他们，不肯严格的要他们负行为的责任。现在他们要撑起自己的肩膀来挑他们自己的担子了。在这个国难最紧急的年头，他们的担子真不轻！我们祝他们的成功，同时也不忍不依据我们自己的经验，赠与他们几句送行的赠言，——虽未必是救命毫毛，也许作个防身的锦囊罢！

你们毕业之后，可走的路不出这几条：绝少数的人还可以在国内或国外的研究院继续作学术研究；少数的人可以寻着相当的职业；此外还有做官，办党，革命三条路；此外就是在家享福或者失业闲居了。第一条继续求学之路，我们可以不讨论。走其余几条路的人，都不能没有堕落的危险。堕落的方式很多，总括起来，约有这两大类：

第一是容易抛弃学生时代的求知识的欲望。你们到了实际社会里，往往所用非所学，往往所学全无用处，往往可以完全用不着学问，而一样可以胡乱混饭吃，混官做。在这种环境里，即使向来抱有求知识学问的决心的人，也不免心灰意懒，把求知的欲望渐渐冷淡下去。况且学问是要有相当的设备的；书籍，试验室，师友的切磋指导，闲暇的工夫，都不是一个平常要糊口养家的人所能容易办到的。没有做学问的环境，又谁能怪我们抛弃学问呢？

第二是容易抛弃学生时代的理想的人生的追求。少年人初次与冷酷的社会接触，容易感觉理想与事实相去太远，容易发生悲观和失望。多年怀抱的人生理想，改造的热诚，奋斗的勇气，到此时候，好像全不是那么一回事。眇小的个人在那强烈的社会炉火里，往往经不起长时期的烤炼就熔化了，一点高尚的理想不久就幻灭了。抱着改造社会的梦想而来，往往是弃甲曳兵而走，或者做了恶势力的俘虏。你在那俘虏牢狱里，回想那少年气壮时代的种种理想主义，好像都成了自误误人的迷梦！从此以后，你就甘心放弃理想人生的追求，甘心做现成社会的顺民了。

要防御这两方面的堕落，一面要保持我们求知识的欲望，一面要保持我们对于理想人生的追求。有什么好法子呢？依我个人的观察和经验，有三种防身的药方是值得一试的。

第一个方子只有一句话："总得时时寻一两个值得研究的问题！"问题是知识学问的老祖宗；古今来一切知识的产生与积聚，都是因为要解答问题，——要解答实用上的困难或理论上的疑难。所谓"为知识而求知识"，其实也只是一种好奇心追求某种问题的解答，不过因为那种问题的性质不必是直接应用的，人们就觉得这是"无所为"的求知识了。我们出学校之后，离开了做学问的环境，如果没有一个两个值得解答的疑难问题在脑子里盘旋，就很难继续保持追求学问的热心。可是，如果你有了一个真有趣的问题天天逗你去想他，天天引诱你去解决他，天天对你挑衅笑你无可奈何他，——这时候，你就会同恋爱一个女子发了疯一样，坐也坐不下，睡也睡不安，没工夫也得偷出工夫去陪她，没钱也得撙衣节食去巴结她。没有书，你自会变卖家私去买书；没有仪器，你自会典押衣服去置办仪器；没有师友，你自会不远千里去寻师访友。你只要能时时有疑难问题来逼你用脑子，你自然会保持发展你对学问的兴趣，即使在最贫乏的智识环境中，你也会慢慢的聚起一个小图书馆来，或者设置起一所小试验室来。所以我说：第一要寻问题。脑子里没有问题之日，就是你的智识生活寿终正寝之时！古人说，"待文王而兴者，凡民也。若夫豪杰之士，虽无文王犹兴"。试想葛理略（Galileo）和牛敦（Newton）有多少藏书？有多少仪器？他们不过是有问题而已。有了问题而后，他们自会造出仪器来解答他们的问题。没有问题的人们，关在图书馆里也不会用书，锁在试验室里也不会有什么发现。

第二个方子也只有一句话："总得多发展一点非职业的兴趣。"离开学校之后，大家总得寻个吃饭的职业。可是你寻得的职业未必就是你所学的，或者未必是你所心喜的，或者是你所学而实在和你的性情不相近的。在这种状况之下，工作就往往成了苦工，就不感觉兴趣了。为糊口而作那种非"性之所近而力之所能勉"的工作，就很难保持求知的兴趣和生活的理想主义。最好的救济方法只有多多发展职业以外的正当兴趣与活动。一个人应该有他的职业，又应该有他的非职业的顽艺儿，可以叫做业余活动。凡一个人用他的闲暇来做的事业，都是他的业余活动。往往他的业余活动比他的职业还更重要，因为一个人的前程往往全靠他怎样用他的闲暇时间。他用他的闲暇来打马将，他就成个赌徒；你用你的闲暇来做社会服务，你也许成个社会改革者；或者你用你的闲暇去研究历史，你也许成个史学家。你的闲暇往往定你的终身。英国十九世纪的两个哲人，弥儿（J. S. Mill）终身做东印度公司的秘书，然而他的业余工作使他在哲学上，经济学上，政治思想史上都占一个很高的位置；斯宾塞（Spencer）是一个测量工程师，然而他的业余工作使他成为前世纪晚期世界思想界的一个重镇。古来成大学问的人，几乎没有一个不是善用他的闲暇时间的。特别在这个组织不健全的中国社会，职业不容易适合我们性情，我们要想生活不苦痛或不堕落，只有多方发展业余的兴趣，使我们的精神有所寄托，使我们的剩余精力有所施展。有了这种心爱的顽艺儿，你就做六个钟头的抹桌子工夫也不会感觉烦闷了，因为你知道，抹了六点钟的桌子之后，你可以回家去做你的化学研究，或画完你的大幅山水，或写你的小说戏曲，或继续你的历史考据，或做你的社会改革事业。你有了这种称心如意的活动，生活就不枯寂了，精神也就不会烦闷了。

第三个方子也只有一句话："你总得有一点信心。"我们生当这个不幸的时代，眼中所见，耳中所闻，无非是叫我们悲观失望的。特别是在这个年头毕业的你们，眼见自己的国家民族沉沦到这步田地，眼看世界只是强权的世界，望极天边好像看不见一线的光明，——在这个年头不发狂自杀，已算是万幸了，怎么还能够希望保持一点内心的镇定和理想的信任呢？我要对你们说：这时候正是我们要培养我们的信心的时候！只要我们有信心，我们还有救。古人说："信心（Faith）可以移山。"又说："只要工夫深，生铁磨成绣花针。"你不信吗？当拿破仑的军队征服普鲁士占据柏林的时候，有一位穷教授叫做菲希特（Fichte）的，天天在讲堂上劝他的国人要有信心，要信仰他们的民族是有世界的特殊使命的，是必定要复兴的。菲希特死的时候（1814），谁也不能预料德意志统一帝国何时可以实现。然而不满五十年，新的统一的德意志帝国居然实现了。

一个国家的强弱盛衰，都不是偶然的，都不能逃出因果的铁律的。我们今日所受的苦痛和耻辱，都只是过去种种恶因种下的恶果。我们要收将来的善果，必须努力种现在的新因。一粒一粒的种，必有满仓满屋的收，这是我们今日应该有的信心。

我们要深信：今日的失败，都由于过去的不努力。

我们要深信：今日的努力，必定有将来的大收成。

佛典里有一句话："福不唐捐。"唐捐就是白白的丢了。我们也应该说：没有一点努力是会白白的丢了的。在我们看不见想不到的时候，在我们看不见想不到的方向，你瞧！你下的种子早已生根发叶开花结果了！

你不信吗？法国被普鲁士打败之后，割了两省地，赔了五十万万佛郎的赔款。这时候有一位刻苦的科学家巴斯德（Pasteur）终日埋头在他的试验室里做他的化学试验和微菌学研究。他是一个最爱国的人，然而他深信只有科学可以救国。他用一生的精力证明了三个科学问题：（1）每一种发酵作用都是由于一种微菌的发展；（2）每一种传染病都是由于一种微菌在生物体中的发展；

(3) 传染病的微菌，在特殊的培养之下，可以减轻毒力，使它从病菌变成防病的药苗。——这三个问题，在表面上似乎都和救国大事业没有多大的关系。然而从第一个问题的证明，巴斯德定出做醋酿酒的新法，使全国的酒醋业每年减除极大的损失。从第二个问题的证明，巴斯德教全国的蚕丝业怎样选种防病，教全国的畜牧农家怎样防止牛羊瘟疫，又教全世界的医学界怎样注重消毒以灭除外科手术的死亡率。从第三个问题的证明，巴斯德发明了牲畜的脾热瘟的疗治药苗，每年替法国农家减除了二千万佛郎的大损失；又发明了疯狗咬毒的治疗法，救济了无数的生命。所以英国的科学家赫胥黎（Huxley）在皇家学会里称颂巴斯德的功绩道："法国给了德国五十万万佛郎的赔款，巴斯德先生一个人研究科学的成绩足够还清这一笔赔款了。"

巴斯德对于科学有绝大的信心，所以他在国家蒙奇辱大难的时候，终不肯抛弃他的显微镜与试验室。他绝不想他的显微镜底下能偿还五十万万佛郎的赔款，然而在他看不见想不到的时候，他已收获了科学救国的奇迹了。

朋友们，在你最悲观最失望的时候，那正是你必须鼓起坚强的信心的时候。你要深信：天下没有白费的努力。成功不必在我，而功力必不唐捐。

二十一，六，二十七夜

（原载1932年7月3日《独立评论》第7号）

教育破产的救济方法还是教育

我们中国人有一种最普遍的死症,医书上还没有名字,我姑且叫他做"没有胃口"。无论什么好东西,到了我们嘴里,舌头一舔,刚觉有味,才吞下肚去,就要作呕了。胃口不好,什么美味都只能"浅尝而止",终不能下咽,所以我们天天皱起眉头,做出苦样子来,说:没有好东西吃!这个病症,看上去很平常,其实是死症。

前些年,大家都承认中国需要科学;然而科学还没有进口,早就听见一班妄人高唱"科学破产"了;不久又听见一班妄人高唱"打倒科学"了。前些年,大家又都承认中国需要民主宪政;然而宪政还没有入门,国会只召集过一个,早就听见一班"学者"高唱"议会政治破产""民主宪政是资本主义的副产物"了。

更奇怪的是今日大家对于教育的不信任。我做小孩子的时候,常听见人说这类的话:"普鲁士战胜法兰西,不在战场上而在小学校里。""英国的国旗从日出处飘到日入处,其原因要在英国学堂的足球场上去寻找。"那时的中国人真迷信教育的万能!山东有一个乞丐武训,他终身讨饭,积下钱来就去办小学堂;他开了好几个小学堂,当时全国人都知道"义丐武训"的大名。这件故事,最可以表示那个时代的人对于教育的狂热。民国初元,范源濂等人极力提倡师范教育，他们的见解虽然太偏重"普及"而忽略了"提高"的方面，然而他们还是向来迷信教育救国的一派的代表。民国六年以后，蔡元培等人注意大学教育，他们的弊病恰和前一派相反，他们用全力去做"提高"的事业，却又忽略了教育"普及"的方面。但无论如何，范、蔡诸人都还绝对信仰教育是救国的唯一路子。民八至民九，杜威博士在中国各地讲演新教育的原理与方法，也很引起了全国人的注意。那时阎锡山在娘子关内也正在计划山西的普及教育，太原的种种补充小学师资的速成训练班正在极热烈的猛进时期，当时到太原游览参观的人都不能不深刻的感觉山西的一班领袖对于普及教育的狂热。

曾几何时，全国人对于教育好像忽然都冷淡了！渐渐的有人厌恶教育了，渐渐的有人高喊"教育破产"了。

从狂热的迷信教育，变到冷淡的怀疑教育，这里面当然有许多复杂的原因。第一是教育界自己毁坏他们在国中的信用：自从民八双十节以后北京教育界抬出了"索薪"的大旗来替代了"造新文化"的运动，甚至于不恤教员罢课至一年以上以求达到索薪的目的，从此以后，我们真不能怪国人瞧不起教育界了。第二是这十年来教育的政治化，使教育变空虚了；往往学校所认为最不满意的人，可以不读书，不做学问，而仅仅靠着活动的能力取得禄位与权力；学校本身又因为政治的不安定，时时发生令人厌恶的风潮。第三，这十几年来（直到最近时期），教育行政的当局无力管理教育，就使私立中学与大学尽量的营业化；往往失业的大学生与留学生，不用什么图书仪器的设备，就可以挂起中学或大学的招牌来招收学生；野鸡学校越多，教育的信用当然越低落了。第四，这十几年来，所谓高等教育的机关，添设太快了，国内人才实在不够分配，所以大学地位与程度都降低了，这也是教育招人轻视的一个原因。第五，粗制滥造的毕业生骤然增多了，而社会上的事业不能有同样速度的发展，政府机关又不肯充分采用考试任官的方法，于是"粥少僧多"的现象就成为今日的严重问题，做父兄的，担负了十多年的教育费，眼见子弟拿着文凭寻不到饭碗，当然要埋怨教育本身的失败了。

这许多原因（当然不限于这些），我们都不否认。但我要指出，这种种原因都不够证成教育的破产。事实上，我们今日还只是刚开始试办教育，还只是刚起了一个头，离那现代国家应该有的教育真是去题万里！本来还没有"教育"可说，怎么谈得到"教育破产"？产还没有置，有什么可破？今日高唱"教育破产"的妄人，都只是害了我在上文说的"没有胃口"的病症。他们在一个时代也曾跟着别人喊着要教育，等到刚尝着教育的味儿，他们早就皱起眉头来说教育是吃不得的了！我们只能学耶稣的话来对这种人说："啊！你们这班信心浅薄的人啊！"

我要很诚恳的对全国人诉说：今日中国教育的一切毛病，都由于我们对教育太没有信心，太不注意，太不肯花钱。教育所以"破产"，都因为教育太少了，太不够了。教育的失败，正因为我们今日还不曾真正有教育。

为什么一个小学毕业的孩子不肯回到田间去帮他父母做工呢？并不是小学教育毁了他。第一，是因为田间小孩子能读完小学的人数太少了，他觉得他进了一种特殊阶级，所以不屑种田学手艺了。第二，是因为那班种田做手艺的人也连小学都没有进过，本来也就不欢迎这个认得几担大字的小学生。第三，他的父兄花钱送他进学堂，心眼里本来也就指望他做一个特殊阶级，可以夸耀邻里，本来也就最不指望他做块"回乡豆腐干"重回到田间来。

对于这三个根本原因，一切所谓"生活教育""职业教育"，都不是有效的救济。根本的救济在于教育普及，使个个学龄儿童都得受义务的（不用父母花钱的）小学教育；使人人都感觉那一点点的小学教育并不是某种特殊阶级的表记，不过是个个"人"必需的东西，——和吃饭睡觉呼吸空气一样的必需的东西。人人都受了小学教育，小学毕业生自然不会做游民了。

中学教育和大学教育的许多怪现状，也不会是教育本身的毛病，也往往是这个过渡时期（从没有教育过渡到刚开始有教育的时期）不可避免的现状。因为教育太希有，太贵；因为小学教育太不普及，所以中等教育更成了极少数人家子弟的专有品，大学教育更不用说了。今日大多数升学的青年，不一定都是应该升学的，只因为他们的父兄有送子弟升学的财力，或者因为他们的父兄存了"将本求利"的心思勉力借贷供给他们升学的。中学毕业要贴报条向亲戚报喜，大学毕业要在祠堂前竖旗杆，这都不是今日已绝迹的事。这样希有的宝贝（今日在初中的人数约占全国人口一千分之一；在高中的人数约占全国人口四千分之一；在专科以上学校的人数约占全国人口一万分之一！）当然要高自位置，不屑回到内地去，宁作都市的失业者而不肯做农村的导师了。

今日中等教育与高等教育所以还办不好，基本的原因还在于学生的来源太狭，在于下层的教育基础太窄太小，（十九年度全国高中普通科毕业生数不满八千人,而二十年度专科以上学校一年级新生有一万五千多人!)来学的多数是为熬资格而来,不是为求学问而来。因为要的是资格,所以只要学校肯给文凭便有学生。因为要的是资格,所以教员越不负责任,越受欢迎,而严格负责的训练管理往往反可以引起风潮;学问是可以牺牲的,资格和文凭是不可以牺牲的。

欲要救济教育的失败,根本的方法只有用全力扩大那个下层的基础,就是要下决心在最短年限内做到初等义务教育的普及。国家与社会在今日必须拼命扩充初等义务教育,然后可以用助学金和免费的制度,从那绝大多数的青年学生里,选拔那些真有求高等知识的天才的人去升学。受教育的人多了,单有文凭上的资格就不够用了,多数人自然会要求真正的知识与技能了。

这当然是绝大的财政负担,其经费数目的伟大可以骇死今日中央和地方天天叫穷的财政家。但这不是绝不可能的事。在七八年前,谁敢相信中国政府每年能担负四万万元的军费?然而这个巨大的军费数目在今日久已是我们看惯毫不惊讶的事实了!

所以今日最可虑的还不是没有钱,只是我们全国人对于教育没有信心。我们今日必须坚决的信仰:五千万失学儿童的救济比五千架飞机的功效至少要大五万倍!

二十三,八,十七

(原载 1934 年 8 月 19 日《大公报·星期论文》,又载 1934 年 8 月 27 日《国闻周报》第 11 卷第 34 期)

大众语在那儿

自从一些作家提出了"大众语"的问题，常有朋友问我对这问题有什么意见。我对于这个问题只有一个小意见：请大家先做点大众语的作品出来，给我们看看。

在民国八年的八月里，我的朋友李辛白先生来对我说："你们办的报是为大学中学的学生看的，你们说的话是老百姓看不懂的。我现在要办个报给老百姓看，名字就叫做'新生活'。今天来找你，是要你给我的报做一篇短文章。老实说，这一篇是借你的名字来做广告的。以后我就不再请你做文章了：你们做的文章，老百姓看不懂。"

李辛白从前办过《安徽白话报》，他一生最喜欢办通俗小报；最近几年中，他在南京办了一个《老百姓》，现在不知道怎样了。

且说那一天，我答应了辛白的要求，就动手写一篇要给老百姓看的短文章。题目也是辛白出的："新生活是什么？"我拿起笔来，才知道这个题目不好做，才知道这篇文章不容易写。（十五年后，我才得读国内贤豪的无数讲新生活的大文章，可惜都不能救济我十五年前的枯窘！）我勉强写成了一篇短文，删了又删，改了又改，足足费了我一个整天的工夫，才写定了一千多字，登在《新生活》的创刊号上。

这篇短文后来跑进了各种小学国语教科书里，初中国语教科书第一册也有选他的，要算是我的文章传播最广的一篇了。

我写了那篇文章之后，《新生活》杂志上就没有我的文字了。过了一年多，有一天我见着李辛白，我对他说："我看了这一年的《新生活》，只觉得你们的文章越写越深了。你们当初嫌我不能做老百姓看的文章；所以我很想看看你们的文章，我好学学老百姓看得懂的文章应该怎么做。可是我等了一年，还没有看到一篇老百姓看得懂的文章。"辛白回答道："糟极了！这一年之中，恐怕还只有你那篇文章是老百姓看得懂的！"

李辛白是提倡大众语文学的老祖宗。可是他办的报，尽管叫做"老百姓"，看的仍旧是中学堂里的学生，始终不会跑到老百姓的手里去。

那一次的一点经验，给了我不少的教训。后来又有一次经验，也是我忘记不了的。

民国二十二年的冬天，我在武汉大学讲演，同时在那边的客人有唐擘黄、杨金甫，还有几位，我记不清了。有一天，武汉大学的朋友说，山上的小学和幼稚园的小孩子要招待我们喝茶。我们很高兴的走到了那边，才知道那班小主人还要每个客人"说几句话"。这大概是武汉大学的朋友们布置下的促狭计策，要考考我们能不能向小孩子说话，能不能说幼稚园里的"大众语"！

提到演说，我可以算是久经大敌的老将了。我曾在加拿大和美国的联合广播台上向整个北美洲的人演说过，毫不觉得心慌。可是这一天我考落第了！那天我们都想用全副力量来说几句小孩子听得懂的话：想他们懂得我们的话和话里的意思。我说了一个故事，话是可以懂的，话里的意思（因为故事太深了）是他们不能完全了解的。我失败了。那一天只有杨金甫说的一个故事是全体小主人都听得懂，又都喜欢听的。别的客人都考了个不及格。

我说了这两次的经验，为的是要说明一个小小的意思。大众语不是在白话之外的一种特别语言文字。大众语只是一种技术，一种本领，只是那能够把白话做到最大多数人懂得的本领。

这种技术不光靠挑用单简明显的字眼语句，也不光靠能剽窃一两句方言土话。同是苏州人说苏州话，一样有个好懂和不好懂的分别。这种技术的高低，全看我们对于所谓"大众"的同情心的厚薄。凡是说话作文能叫人了解的人，都是富于同情心，能细心体贴他的听众（或读者）的。"体贴"就是艳词里说的"换我心为你心"；就是时时刻刻想到对面听话的人那一个字听不懂，那一句话不容易明白。能这样体贴人，自然能说听众懂得的话，自然能做读者懂得的文。

英国科学大家赫胥黎最会作通俗的科学讲演，他能对一大群工人作科学讲演。他自己说他最得力于科学前辈法拉第的一句话。有人问法拉第："你讲演科学的时候，你能假定听众对于你讲的题目先有了多少知识？"法拉第回答："我假定他们全不知道。"这就是体贴的态度。我们必须先想像这班听众全不知道我要对他们说的题目，方才能够细心体会用什么法子选什么字句，才可以叫那些最没有根柢的人也能明白我要说的话。能够体贴到听众里面程度最低的一个人，然后能说大众全听得懂的话。

现在许多空谈大众语的人，自己就不会说大众的话，不会做大众的文，偏要怪白话不大众化，这真是不会写字怪笔秃了。白话本来是大众的话，决没有不可以回到大众去的道理。时下文人做的文字所以不能大众化，只是因为他们从来就没有想到大众的存在。因为他们心里眼里全没有大众，所以他们乱用文言的成语套语，滥用许多不曾分析过的新名词；文法是不中不西的，语气是不文不白的；翻译是硬译，做文章是懒做。他们本来就没有学会说白话，做白话，怪不得白话到了他们的手里就不肯听他们的指挥了。这样嘴里有大众而心里从来不肯体贴大众的人，就是真肯"到民间去"，他们也学不会说大众话的。

所以我说：大众语不是一个语言文字的问题，只是一个技术的问题。提倡大众语的人，都应该先训练自己做一种最大多数人看得懂，听得懂的文章。"看得懂"是为识字的大众着想的；"听得懂"是为不识字的大众着想的。我们如果真有心做大众语的文章，最好的训练是时时想像自己站在无线电发音机面前，向那绝大多数的农村老百姓说话，要字字句句他们都听得懂。用一个字，不要忘了大众；造一句句子，不要忘了大众；说一个比喻，不要忘了大众。这样训练的结果，自然是大众语了。

二十三，九，四

（原载1934年9月8日天津《大公报·文艺副刊》第100期）